UM VENENO DOCE E SOMBRIO

JUDY I. LIN

UM VENENO DOCE E SOMBRIO

Tradução
Adriana Fidalgo

1ª edição

— Galera —
RIO DE JANEIRO
2023

CAPA Sija Hong	**REVISÃO** Mauro Borges
PREPARAÇÃO Agatha de Barros	**TÍTULO ORIGINAL** *A Venom Dark and Sweet*

CIP-BRASIL. CATALOGAÇÃO NA PUBLICAÇÃO
SINDICATO NACIONAL DOS EDITORES DE LIVROS, RJ

L715v   Lin, Judy I.
        Um veneno doce e sombrio / Judy I. Lin ; tradução Adriana Fidalgo. - 1. ed. - Rio de Janeiro : Galera, 2023.
        (Os livros do chá ; 2)

        Tradução de: A venom dark and sweet
        Sequência de: Uma magia destilada em veneno
        ISBN 978-65-5981-247-9

        1. Ficção taiwanesa-canadense. I. Fidalgo, Adriana. II. Título. III. Série.

22-81549   CDD: 819.13
                               CDU: 82-3(71)

Meri Gleice Rodrigues de Souza - Bibliotecária - CRB-7/6439

Copyright © 2022 by Judy I. Lin

Publicado mediante acordo com Feiwel & Friends, um selo da
Macmillan Publishing Group, LLC. Todos os direitos reservados.

Proibida a reprodução, no todo ou em parte, através de quaisquer meios.
Os direitos morais da autora foram assegurados.

Texto revisado segundo o novo Acordo Ortográfico da Língua Portuguesa.

Direitos exclusivos de publicação em língua portuguesa somente para o Brasil
adquiridos pela
EDITORA GALERA RECORD LTDA.
Rua Argentina, 120 – Rio de Janeiro, RJ – 20921-380 – Tel.: (21) 2585-2000,
que se reserva a propriedade literária desta tradução.

Impresso no Brasil

ISBN 978-65-5981-247-9

Seja um leitor preferencial Record.
Cadastre-se e receba informações sobre nossos
lançamentos e nossas promoções.

Atendimento e venda direta ao leitor:
sac@record.com.br

Para meu marido: seu amor me amparou nos momentos mais difíceis.

Glossário

Termo	Nome chinês	Pronúncia	Significado
Águas Pretas (Batalhão)	黑江 (營)	hēi jiāng (yíng)	Uma força rebelde operando perto do Rio das Águas Claras.
dān	丹	dān	Medicina contida em comprimido ou pó, em geral associada ao aprimoramento de propriedades mágicas.
Dōngzhì	冬至	dōng zhì	Solstício de Inverno (feriado).
guǎn	管	guǎn	Instrumento musical de palheta dupla.
miǎn guān	冕冠	miǎn guān	Equivalente chinês a uma coroa, usada pelo imperador regente.
shénnóng-shī	神農師	shén nóng shī	Mestre de Magia Shénnóng.
shénnóng-tú	神農徒	shén nóng tú	Aprendiz de Magia Shénnóng.
wǔ xíng	五形功夫	wǔ xíng gōng fū	Os cinco estilos de artes marciais.
wǔlín-shī	武林師	wǔ lín shī	Mestre de artes marciais do Tigre Preto.
zhīcáng-sī	知藏司	zhī cáng sī	Guardião de Segredos, um Ancião de Yěliǔ.

Guia de Pronúncia — Nome de Personagem

Nome	Nome chinês	Pronúncia
Badu	巴渡	Bā Dù
Bìxì	贔屓	Bì Xì

Chen Shao	陳邵	Chén Shào
Fei	霏	Fēi
Gao Ruyi	高如意	Gāo Rú Yì
Gongyu	龔禹	Gōng Yǔ
Hongbo	宏博	Hóng Bó
Ho-yi e Ho-buo	何姨, 何伯	Hó Yí, Hó Bó
Huang (Irmão / Tenente)	黃 (師兄 /上尉)	Huáng (shī xiōng / shàng wèi)
Li (Xu) Kang	李 (許) 康	Lǐ (Xǔ) Kāng
Li Ying-Zen	李瑩貞	Lǐ Yíng Zhēn
Lin Huayu	林華宇	Lin Huá Yǔ
Lin Wenyi	林文義	Lin Wén Yì
Luo Lian	羅蓮	Luó Lián
Pequeno Wu (Wu Zhong-Chang)	小吳(吳忠昌)	Xiǎo Wú (Wú Zhōng Chāng)
Qi Meng-Fu (Professor)	齊夢福 (師尊)	Qí Mèng Fú (shī zūn)
Ren (Ge)	仁 (哥)	Rén (gē)
Tai (Anciã)	泰 (師尊)	Tài (shī zūn)
Zhang Ning	張寧	Zhāng Níng
Zhang Shu	張舒	Zhāng Shū

Lugares Dignos de Nota

Nome do lugar	Nome chinês	Pronúncia	Localização
Águas Claras (Rio)	清水(河)	Qīng shuǐ (hé)	Rio que separa a província de Yún das Ilhas Esmeralda.
Ānhé (Província)	安和 (省)	an hé (shěng)	Província costeira e agrícola do sudeste.

Băiniăo (Desfiladeiro)	百鳥 (峽)	băi niăo (xiá)	A Garganta dos Cem Pássaros; ao largo da cidade de Ràohé.
Dàxī	大熙	dà xī	O Vasto e Brilhante Império.
Fúróng (Rio)	芙蓉 (河)	fúróng (hé)	Um afluente do Rio das Águas Claras, corta o Desfiladeiro de Băiniăo.
Guòwū (Estreito)	過巫 (關)	guò wū (guān)	Passagem na montanha que leva a Yěliŭ.
Hánxiá (Academia)	函霞 (寺)	hán xiá (sì)	Academia dedicada à Carpa Azul e aos estudos de agricultura, criação de animais e chá.
Huá (Prefeitura)	華 (州)	huá (zhōu)	Prefeitura, fica a oeste da capital.
Jia (Cidade)	佳 (都)	Jiā (dū)	Capital de Dàxī.
Kallah (Província)	佧拉 (省)	kă lā (shěng)	Província de pastagens do noroeste.
Língyă (Mosteiro)	陵雅 (寺)	líng yă (sì)	Mosteiro, túmulo dos antigos imperadores. Localizado dentro de Jia.
Lùzhou (Prefeitura)	綠 (洲)	lù (zhōu)	Prefeitura do nordeste, composta de uma península e um grupo de ilhas, também conhecida como as Ilhas Esmeralda.
Mar do Esquecimento (Mar de Bambu)	忘憂竹海	wàng yōu zhú hăi	Floresta de bambu na fronteira entre Kallah e Yún.
Ràohé (Cidade)	遶和 (鎮)	rào hé (zhèn)	Cidade às margens do Águas Claras, na costa leste de Yún.
Sù (Província)	溯 (省)	sù (shěng)	Província agrícola do sudoeste.

Tai Shan Zhuang (Residência)	泰山 (莊)	tài shān (zhuāng)	Antiga residência da Anciã Tai.
Tiānxiáng (Lago)	天祥 (湖)	tiān xiáng (hú)	Lago na fronteira de Kallah.
Wǔlín (Academia)	武林 (寺)	wǔ lín (sì)	Academia consagrada ao Tigre Preto e aos estudos de estratégia militar e artes marciais.
Xìngyuán (Vila)	興元(村)	xìng yuán (cūn)	Vila na base da passagem na montanha que leva a Yěliǔ.
Xīnyì (Vila)	辛藝 (村)	xīn yì (cūn)	Aldeia natal de Ning.
Yěliǔ (Academia)	野柳 (寺)	yě liǔ (sì)	Academia dedicada a Bìxì, à Tartaruga Esmeralda, e aos estudos da justiça e dos ritos.
Yún (Província)	雲 (省)	yún (shěng)	Província montanhosa do norte.

Ingredientes Medicinais Chineses Mencionados

Nome do ingrediente	Nome chinês	Pronúncia	Nome científico ou comum
bānjǐtiān	巴戟天	bā jǐ tiān	Raiz de *Morinda officinalis* (amora indiana).
benjoim	安息香	ān xí xiāng	Resina obtida da casca da árvore e usada como incenso e perfume.
chénxiāng	沉香	chén xiāng	Resina de Pau-de-águila.
dāncān	丹參	dān cān	Raiz de *Salvia miltiorrhiza* (Sálvia vermelha).
fu ling (cogumelo)	茯靈	fú líng	*Wolfiporia extensa*, um fungo.

hú huáng lián	胡黃連	hú huáng lián	Raiz de *Picrorhiza scrophulariiflora*.
kūnbù	昆布	kūn bù	Alga marinha.
lí lú	藜蘆	lí lú	Raiz de *Veratrum nigrum*.
língzhī (cogumelo)	靈芝	líng zhī	*Ganoderma lingzhi*, um fungo.
pó de pérola	珍珠粉	zhēn zhū fěn	Pérola ou concha de *Pteria martensii* (ostra) moída.
raiz de alcaçuz	甘草	gān cǎo	Raiz de *Glycyrrhiza uralensis*.
raiz de peônia branca	白芍	bái sháo	Raiz de *Paeonia sterniana*.
shārén	砂仁	shā rén	Frutos secos de *Wurfbainia vilosa*.
yuǎnzhì	遠志	yuǎn zhì	Raiz de *Polygala tenuifolia*.
zheěrgēn	折耳根	zhé ěr gēn	Tubérculo de *Houttuynia cordata* (Cauda de lagarto chinês; folha coração).

Capítulo Um
Kang 康

Quando menino, Kang sonhava em voltar ao palácio.

Um emissário chegaria a Lùzhou, um borrão de cor nos céus cinzentos e rochas pretas. Haveria músicos tocando uma melodia radiante e alegre e bandeiras tremulando ao vento. Um palanquim deixaria na praia, onde tais devaneios muitas vezes ocorriam a Kang, um oficial da corte vestido com uma túnica azul, e o homem desenrolaria um pergaminho bordado: um decreto do imperador. A família seria convidada a retornar a Jia, suas posições restauradas, e o garoto retomaria a vida entre as crianças do palácio.

No entanto, nenhum emissário apareceu e aqueles sonhos de infância se dissiparam. Somente agora, enquanto aguarda diante do imponente portão do palácio, as memórias lhe assaltam. Fustigam-no como os ventos do norte um dia fizeram, lhe invadem o nariz com o cheiro de sal. Mas Kang sabe a verdade: seu lar de infância não existe mais. Não há imperatriz viúva para pedir à cozinha que lhes traga outro prato de doces. Nenhum tio imperador para ensinar caligrafia em uma tela. Nenhuma princesa recitando mais um tratado sobre negociação diante do tutor. Kang voltou sob uma chuva de flechas, levando consigo nada além de mentiras e destruição. Não importa o quanto quisesse fingir o contrário: houve um dedo seu em tudo o que aconteceria a seguir.

Seu cavalo bufa baixinho, esbarrando na montaria ao lado. O animal sente a mudança no ar, a oscilação dos ventos. Kang imaginou que um golpe de Estado seria mais sangrento. Sangue e fogo, a julgar pelas histórias contadas por professores e pelas próprias lembranças fragmentadas de dez anos antes. Em vez disso, viu os soldados do exército se espalharem pelas fendas de Jia como água em um leito seco de rio. A capital de Dàxī os sorveu durante toda a noite, conforme o céu empalidecia e um novo amanhecer raiava sobre a cidade adormecida.

O portão se abre. Kang entra, flanqueado pelos homens do pai. Há fileiras de soldados em estado de alerta, vestidos com o uniforme preto da guarda da cidade. Um caminho foi aberto à frente, e os soldados se curvam quando eles passam. Não há som de batalha a seguir, nenhum desafiante clangor de aço. Apenas o peso da expectativa, da mudança iminente.

Quando encontrou o pai na casa de chá, o general era todo sorrisos, o rosto corado pelo vinho. Ele lhe deu um tapinha nas costas e disse que Kang havia feito sua parte. Como um bom filho, um bom soldado. Embora queira desfrutar do entusiasmo causado pela aprovação do pai, Kang ainda sente um desconforto no fundo da mente, como uma comichão. A voz de Zhen sussurra para ele: *Todos aqueles planos se concretizando, mas a que custo?* Ele julgou que a prima se referisse à fraude de seu noivado, mas ela riu na sua cara diante da sugestão.

Um dos soldados de infantaria se aproxima para tomar as rédeas do cavalo, e Kang desmonta. Um oficial o cumprimenta com uma ligeira reverência, trajado com o preto e verde do Ministério da Justiça, e se apresenta como o governador de Sù, Wang Li. Eles atravessam uma porta lateral e sobem a escada estreita escondida no muro alto junto ao Pátio do Futuro Promissor.

— O General de Kăiláng! — anuncia um arauto ao longe, e o grito em resposta é estrondoso, ecoando pela passagem de pedra.

— Quero lhe dar as boas-vindas pessoalmente, meu príncipe. — O governador sorria no topo da escada e gesticula para ele prosseguir. — Bem-vindo de volta a Jia.

O som do título faz a pele de Kang arrepiar. *Príncipe.*

Mas o pensamento é afugentado pelo que o aguarda no pátio abaixo. Daquela posição estratégica ele vê os oficiais da corte aglomerados no espaço diante das escadas que levam ao Salão da Luz Eterna, cercados pelo vermelho da guarda do palácio e o preto da guarda da cidade. Alguns homens parecem confusos, enquanto outros já se prostraram no chão na ânsia de mostrar deferência ao futuro imperador. À esquerda, a longa muralha está repleta de arqueiros, e Kang vê o mesmo tremeluzir de sombras ao longo do comprimento da parede oposta. Uma presença óbvia para aqueles abaixo, um lembrete do poder do general.

O general está no topo da escada, adornado em armadura completa. Fulgurante em preto e dourado, desde as garras curvas do elmo até o brilho das botas. O Chanceler Zhou está a sua direita, vestido com os trajes formais da corte. Não há dúvida de quem vai governar e quem o ajudou a subir ao trono.

O pai de Kang levanta os braços e o rugido dos soldados silencia. Eles se ajoelham em saudação, uma onda sincronizada. Os hesitantes remanescentes da corte ainda de pé também se ajoelham, seguindo o exemplo de seus pares. Mas Kang grava aqueles rostos na memória, assim como sabe que o chanceler também os está registrando. Os que se curvaram primeiro e os que vacilaram.

Os braços do general retornam à lateral do corpo enquanto o arauto avança outra vez.

— Levantem-se para ouvir as palavras do regente, que em breve ascenderá ao trono de nosso vasto império.

Os soldados retornam à posição de sentido com um baque das lanças reverberando nos muros do pátio. Os oficiais se levantam, cambaleantes.

— Para alguns de vocês, minha volta pode parecer uma surpresa — a voz do General de Kǎiláng ecoa acima da multidão. — De bom grado fui para o exílio há tantos anos, desejando ver a glória de nosso grande império progredir sem conflitos internos. Não podemos projetar força em meio a brigas. Pensei que daria a meu irmão uma chance, e, em vez disso, ele se empenhou em levar Dàxī à ruína.

Meu pai sempre foi afeito a discursos inspiradores e conhecido pela capacidade de instigar aqueles que o seguem, de encorajá-los a lutar em seu nome.

— Mesmo com todas as suas ambições, ele jamais imaginou que seu próprio sangue se voltaria contra ele. A princesa que criou envenenou o pai e tentou eliminar os membros da corte que ficariam no caminho da consolidação de seu poder. Agora, a mim foi confiado restaurar a honra do nome Li e garantir que se faça justiça pela morte de meu irmão.

O discurso inflamado do general parece ter jogado um ninho de vespas no meio da corte, pois a plateia não consegue mais se conter e se manter em silêncio: as pessoas sussurram e murmuram entre si diante da revelação. Kang sente o foco da atenção sobre si e luta para manter o rosto impassível, mesmo sob crescente inquietação.

Uma garota lhe contou sobre os componentes do veneno e suas origens em Lùzhou. Uma princesa tentou esconder a notícia da morte do pai do restante do reino. Kang vislumbrou apenas uma pequena parte dos planos intrinsecamente traçados pelo pai, e o general se recusou a responder a suas perguntas sobre de onde viera o veneno.

Ele encontra o olhar do chanceler, e o homem lhe dirige um pequeno sorriso antes de se voltar para o pátio mais uma vez.

A dúvida rasteja fundo sob a pele de Kang. Importa se seu pai liberou o veneno? O imperador não existe mais, a princesa se foi, o trono está vazio e à espera daquele que vai ocupá-lo. Mas, por dentro, a pergunta ainda queima: *Foi seu pai quem deu a ordem?*

— Trarei paz e prosperidade de volta a Dàxī. Vou extirpar os traidores, os corruptos — anuncia o general com grande fervor. — Começando pelo palácio. A traiçoeira princesa e sua shénnóng-tú de estimação escaparam, mas não continuarão livres por muito tempo. O Ministério da Justiça vai trazê-las de volta.

O Chanceler Zhou dá um passo à frente e proclama:

— Assim deseja o imperador regente de Dàxī!

— Assim deseja o imperador regente! — ecoam os súditos, então se ajoelham mais uma vez para receber seu comando divino.

De cabeça baixa, rosto escondido de olhares desconfiados, Kang sente os lábios se curvarem em um sorriso.

Ela está viva.

Capítulo Dois
Ning 寧

Minha mãe dizia que o mundo nasceu da escuridão. A partir daquele grande nada primordial veio a consciência, e os primeiros deuses despertaram de seu sono. A Grande Deusa surgiu, quebrando a escuridão como se quebra um ovo. Com o irmão, separou céu e terra.
Nunca se esqueçam, dissera ela. *O mundo começou com um sonho. Nossa vida é igual. Continuem sonhando, minhas filhas. O mundo é maior do que imaginam.*

A luz do sol atravessa o dossel verde acima, as folhas farfalhando levemente na brisa. O ar tem o perfume de um agradável dia de verão, mas estou presa em algum lugar entre o sono e a vigília. Sinto como se tivesse me esquecido de algo importante, fora de alcance. Meu corpo é sacudido por um movimento embaixo de mim, e me sento depressa demais, a cabeça girando.

As árvores passam como um borrão aos meus olhos. Minhas mãos roçam um tecido áspero: o cobertor que escorregou quando me mexi. Eu me viro e percebo que estou em uma carroça. Sentada a minha frente, minha irmã está com os olhos fechados, a boca se movendo. Conheço a expressão: Shu trabalha em um quebra-cabeça particularmente difícil em sua mente. Algum tipo de padrão de bordado, ou está contabilizando os ingredientes na despensa do papai. Mas, então, seus olhos se abrem e encontram os meus. Ela se apressa para se sentar ao meu lado.

— Você acordou — diz Shu com alívio, e então, antes que eu possa impedi-la, chama as duas figuras sentadas na parte da frente da carroça. — Ela acordou!

Não consigo me conter. Agarro seu braço para ter certeza de que ela é real. Preciso saber que não continuo sonhando, que não estou adormecida em um barco sobre o Rio Jade, ainda tentando encontrar o caminho de volta para casa. Ou pior: encolhida no chão das masmorras do palácio, esperando a manhã da minha execução. Os pensamentos inquietantes afugentam o calor do dia, deixando apenas um calafrio em seu rastro. Shu olha para minha mão e então a cobre com a sua.

Ela abre a boca para dizer algo, mas, antes de falar, a carroça para com um solavanco, nos jogando para a frente. Uma das figuras se desequilibra na frente da carroça e aterrissa ao nosso lado, a borda do chapéu largo lançando sombra em seu rosto. Apenas quando ela olha para cima é que reconheço o rosto: as feições marcantes, reverenciadas por poetas em versos floreados, que agora me são familiares. Alguém a quem até ouso chamar de amiga.

Zhen, a princesa de Dàxī, veste uma túnica marrom simples, o cabelo preso em uma longa trança. Atrás dela está o cocheiro, alguém que também reconheço: Ruyi, sua aia, vestida com um uniforme marrom idêntico. Parecem fazendeiros voltando de um dia no campo.

Ruyi me dá um rápido aceno de reconhecimento antes de se virar para incitar o cavalo adiante com um estalo da língua.

— Como está se sentindo? — pergunta Zhen. Shu também me olha com veemência, e a sensação de alarme se intensifica.

Balanço a cabeça, ainda um pouco tonta, tentando me lembrar.

— Você vai ter de me contar o que aconteceu.

Sem convite, as imagens então surgem diante de mim. O rosto imponente do chanceler me sentenciando à morte. As vívidas pétalas dos botões de peônia no bordado de Shu. Perseguir minha irmã através da floresta sombria. Meu pai chorando sobre seu corpo. A forma decadente da Serpente de Ouro, o brilho de suas presas cruéis e os olhos vermelhos de sangue.

Uma dor repentina irradia do centro da minha testa e solto uma exclamação, curvando o corpo.

A agonia se espalha por mim como fogo, consumindo qualquer outro pensamento. Vagamente, sinto mãos me tocando, me ajudando a deitar enquanto a dor me inunda de novo e de novo. Flutuo em meio a ela por um instante. Podem ser minutos ou horas, não sei. Até que por fim, pouco a pouco, a agonia diminui. Até que consigo, lentamente, encontrar o caminho de volta a mim mesma, então me forço a sentar outra vez.

— Aqui. Beba um pouco de água.

Um frasco é colocado em minhas mãos, e derramo água fria na boca.

— Você dormiu por três dias e três noites. — Shu me passa um lenço para enxugar o rosto, irradiando preocupação. — Sua febre estava alta, e papai tentou expurgar a infecção da melhor maneira possível. Alguns sintomas provavelmente ainda persistem...

Resgatei Shu da escuridão apenas para cair nela, e não me lembro de nada do que aconteceu depois.

— Papai... Onde ele está? — Deixamos de lado nossas diferenças a fim de salvar Shu, juntos. Mas tenho muito mais a perguntar a ele. Sobre ele e mamãe no palácio. Quero saber do que desistiu para começar uma vida nova em Xīnyì. Tudo o que nunca entendi até ir para Jia.

Shu parece relutante em responder.

— Depois que você perdeu a consciência, papai mandou avisar à vila que eu tinha piorado e que ele não poderia fazer as rondas diárias. O Capitão Wu foi ver como eu estava, e também nos dar um aviso.

Certa vez, nosso pai salvou a vida do capitão depois de uma queda feia. O Capitão Wu sempre foi gentil conosco, tentando nos dar rações extras, muito embora, no geral, papai as recusasse.

— Ele avisou que os soldados viriam em breve de Nánjiāng para procurá-lo, por ordem do governador. Papai lhe deu permissão para revistar nossa casa enquanto eu me escondia na cama com você. — Os lábios de Shu estremecem com a lembrança. Estendo o braço e seguro a mão da minha irmã, ciente de que deve ter sido uma experiência aterrorizante.

— Seu pai veio nos encontrar depois — continua Zhen. — Ele nos disse que deveríamos partir... nos forneceu as roupas e a carroça, e falou que os enviaria na direção oposta se os soldados viessem.

— Por que ele não está conosco? — pergunto. — Ele corre perigo!

Zhen troca um olhar com Shu. Aquela familiaridade me perpassa com uma descarga de irritação. Elas sabem de algo que eu não sei. O que acham que precisam esconder?

— Ele não quis vir — admite Zhen, finalmente. — Disse que ainda há pacientes sob seus cuidados.

É óbvio. Seus pacientes. Suas obrigações.

— Tentei convencê-lo a vir — acrescenta Shu, mas, em vez de me tranquilizar, a informação só me irrita ainda mais. O modo como sempre tenta ver o melhor das pessoas, mesmo quando continuam a nos decepcionar. Ela não deveria ser o alvo da minha raiva, ainda assim...

— Vila à frente! — avisa Ruyi, quebrando a tensão.

Zhen volta para a dianteira da carroça enquanto Shu olha adiante com interesse, me deixando sozinha com minhas perguntas e pensamentos sombrios.

A luz oblíqua da tarde não brilha sobre a vila movimentada. Em seu lugar, apenas um bando de galinhas cruza nosso caminho quando atravessamos os portões. Passamos por casas de tijolos de barro construídas em torno de pequenos pátios, separadas da estrada principal por cercas baixas de madeira. Uma mulher pendura a roupa no varal, e Ruyi vai conversar com ela, voltando com a localização de uma pousada. Da parte de trás da carroça, eu a vejo nos espiar, e a mulher desvia o olhar somente quando me flagra a observando de volta.

Ruyi conduz o cavalo por outra estrada e entra em um pátio largo com o portão aberto. A placa pendurada na parede indica apenas que se trata de uma pousada, sem nome oficial para o estabelecimento. Um homem idoso sai para nos cumprimentar com um sorriso e toma as rédeas do cavalo das mãos de Ruyi.

Deslizo para fora da carroça, mas minhas pernas quase cedem sob meu peso e me apoio na lateral. Se dormi por três dias e três noites, aquilo explicaria minha fraqueza... e o ronco do meu estômago. Zhen tagarela alegremente com a idosa que nos dá as boas-vindas com uma bandeja de doces. Ouço a princesa contar uma história sobre como somos peregrinos a caminho de Yěliǔ para prestar nossos respeitos à Tartaruga Esmeralda do Oeste.

Reconheço agora que estamos em Xìngyuán, uma vila diante da passagem na montanha que leva a Yěliǔ. Um lugar onde nunca estive, a dois dias de viagem ao norte da minha casa. Zhen deve estar seguindo as instruções da carta de Wenyi, como havia planejado desde o início. Vai pedir ajuda. Sou grata a ela por me ajudar a chegar até minha vila, alterando seus planos para que eu pudesse salvar Shu. Ela não nos deixou para trás, mesmo quando poderia facilmente tê-lo feito.

— Me deixe examinar seu ferimento. — Ruyi surge atrás de mim e me ampara, percebendo que mal consigo andar. — Precisamos trocar o cataplasma outra vez.

Quando ela menciona o emplastro, meu braço começa a doer, quase como um lembrete. Manco até a porta que Zhen e Shu já atravessaram. Do outro lado, há uma grande sala, com vários bancos e mesas de madeira. Ruyi me ajuda a sentar pesadamente em um deles.

— Vou trazer um pouco de chá para vocês, gentis clientes. — A anciã abaixa a cabeça, e Ruyi a segue pela outra porta, na parede oposta.

Olho para o curativo, lembrando do momento em que a serpente cravou as presas em meu braço e do horror de retornar ao meu corpo com as marcas ainda na pele. Sou tomada por um estranho desejo de verificar sua aparência agora.

Shu paira perto de mim, tentando ser útil, mas posso sentir sua ansiedade.

— Não precisa ficar olhando. Ruyi vai me ajudar — afirmo, sabendo que a visão de sangue a deixa desconfortável.

Minha irmã tenta protestar, mas Zhen a chama para ajudá-la, e Shu parte com um olhar relutante.

Quando Ruyi volta com uma grande bacia de água fumegante e alguns panos limpos, eu já havia usado o que sobrou do tecido para limpar os restos de cataplasma a fim de examinar bem as feridas.

Parte do meu braço está rosada e inchada, quente ao toque. Há dois cortes onde as presas perfuraram a pele e a rasgaram quando caí da árvore no universo da Transmutação e voltei ao meu próprio corpo. Certa vez acreditei, como disse à Governanta Yang, desconhecer qualquer magia que pudesse enviar uma pessoa através do tempo e do espaço.

As marcas contam uma história diferente. Existem magias mais sombrias do que compreendemos.

Ruyi me ajuda a limpar os ferimentos. Cerro os dentes com a dor brusca e lancinante. Ela tira as ervas de molho em uma tigela à parte e as deposita no meu braço. O cheiro pungente que liberam é medicinal e familiar... Me lembra meu pai. Engulo a tristeza e digo a mim mesma que *ele* escolheu ficar para trás.

Depois que o emplastro foi aplicado e a atadura, presa, o calor do curativo alivia um pouco a dor. Abro e fecho a mão, sentindo a pele repuxar e esticar. Terminamos bem a tempo de nossos anfitriões nos receberem para jantar no quintal, cercado por lindas rosas em tons variados florescendo na cerca e na treliça acima. Branco-pálido com bordas do rosa mais claro, flores amarelas brilhantes do tamanho do meu punho e rosas trepadeiras cor de pêssego, com muitos botões pequenos e delicados. A fragrância complementa nossa refeição enquanto comemos tigelas de macarrão picante mergulhado em molho de pimenta, coberto com tripas crocantes de porco e broto de feijão. A massa é acompanhada por pequenos pratos de repolho em conserva e rabanete. Partilhamos também um prato de zhéërgēn, um tubérculo branco amolecido em óleo, sua doçura um delicioso contraste para a salsicha salgada e curada com a qual é frito. Os pratos da vila são consideravelmente mais condimentados do que estou habituada, o que não é surpresa, pois a região faz fronteira com a prefeitura de Huá, famosa por seu amor por pimentas. Ho-yi e Ho-buo, os simpáticos estalajadeiros, mantêm nossas xícaras cheias de chá de crisântemo e se recusam a ser tratados pelos títulos respeitosos destinados aos anciões.

Com a fome saciada, nos retiramos cedo para nossos respectivos quartos, cientes de que a jornada para subir a serra até Yěliǔ vai tomar a maior parte do dia seguinte. Ho-buo se oferece para nos ajudar a trocar a carroça e o cavalo por dois pôneis resistentes, capazes de carregar nossas provisões montanha acima.

Shu me ajuda a apertar as bandagens de modo a assegurar que não vão sair do lugar durante a noite, mas ela franze a testa para meu braço, como se o membro a tivesse insultado de alguma forma.

— Algum problema? — pergunto, com suavidade.

Ela puxa as ataduras uma última vez, certificando-se de que estão seguras, mas não me olha nos olhos.

— Eu... Eu não gosto que você tenha se machucado por minha causa — murmura.

Sinto um aperto no coração diante de sua expressão. Minha generosa irmã, sempre disposta a ajudar, incapaz de ver alguém sofrendo. Eu deveria saber que ela iria se preocupar. Ainda temos de discutir o que aconteceu antes do meu retorno e o que se desenrolou desde então. Mas não sei se estou pronta para tocar no assunto.

— Estou de volta agora. — Dou de ombros, tentando manter o tom leve. — E *você* está de volta, e isso é tudo o que me importa.

Ela suspira.

— Odeio não ter sido capaz de ajudá-la, não ter nem mesmo podido ajudar papai quando ele tratou de você.

Reconheço seu desamparo porque senti o mesmo e me entristece não poder poupá-la do sentimento.

— Se não fosse seu bordado, eu não teria descoberto o antídoto. — Eu a lembro. — Garota esperta. — Tento bagunçar seu cabelo, como eu costumava fazer para irritá-la quando éramos crianças. Ela se esquiva dos meus dedos, finalmente sorrindo um pouco.

Sopro a vela e dormimos, deixando as preocupações de lado por aquela noite. Mas, em vez de sonhos relaxantes e memórias felizes, sonho com olhos vermelhos me observando na escuridão.

Capítulo Três
Kang 康

Quando sua mãe morreu, Kang pensou que também perderia o pai. Por três dias e três noites, o general velou a esposa no quarto onde o corpo foi mantido, recusando-se a sair quando a família tentou incentivá-lo a comer ou descansar. Pediram a Kang que intercedesse em nome deles, mas foi inútil. O general não falaria com ninguém. Kang pôde apenas se ajoelhar na porta e ouvir o som do choro ou da fúria do pai do outro lado. Na quarta manhã da vigília, chegou uma carta da capital destinada apenas aos olhos do general, carta esta que foi passada por baixo da porta.

O general saiu logo depois, pegou um barco e mantimentos suficientes para uma semana e desapareceu. Não disse para onde iria ou quando voltaria. Kang executou sozinho o restante dos ritos fúnebres. As orações. As intermináveis cerimônias, procissões pela vila; recebeu as homenagens do povo de sua mãe, dos soldados do pai. Ele observou conforme as chamas da pira funerária da mãe iluminavam a noite e carregou os ossos dela pelas falésias para serem oferecidos ao mar.

Kang quase se convenceu de que o pai viajara em busca da morte. Então a vela do barco apareceu no horizonte quase cem dias depois que a mãe foi sepultada. Ele recebeu o pai na margem, aos pés das Falésias Esmeralda, ainda vestindo o branco do luto. O general estava macilento, queimado de sol, mas os olhos brilhavam com um fervor desesperado. Kang descobriu sobre o conteúdo da carta, sobre o acidente de caça que não foi bem um acidente de caça e o papel do imperador na morte da mãe.

Foi então que Kang entendeu o novo propósito do pai.

Vingança.

Dois dias após o general marchar sobre a capital com suas tropas, Kang é convocado para a câmara do conselho do pai. Esperando na entrada do palácio interior, Kang pensa de modo fugaz em como tudo parece o mesmo e, no entanto, completamente diferente. Os soldados enviados para sua residência foram substituídos pela guarda privada do pai, rostos familiares, mas não amigáveis. Os oficiais que, há menos de uma semana, passavam apressados por ele nos corredores agora o saúdam com um aceno de cabeça ou até uma reverência. Os criados também parecem inseguros sobre como cumprimentá-lo e tendem a evitar o rapaz, tomando um caminho diferente se o virem ao longe. Mas aqueles que agora o servem o fazem com deferência e um certo medo, pois o Ministério da Justiça começou a vasculhar as alas do palácio depois da proclamação do general, erradicando os suspeitos de serem leais à trama que resultou na fuga da princesa.

À exceção de quando foi levado como prisioneiro pelos túneis secretos até o jardim privado da princesa, aquela é a primeira vez em muitos anos que Kang viu o palácio interior. Pelo que se lembrava dos corredores pintados, pouca coisa mudou, mas as paredes do interior da câmara do conselho agora não tinham qualquer tipo de ornamentação ou cor. Todas as decorações do antigo imperador foram removidas, à espera de que o novo governante determine o que julga agradável aos olhos. Há apenas seu pai, sentado à mesa de sequoia, com o chanceler à sua esquerda, tomando uma xícara de chá.

— Pai. — Kang faz uma mesura. — Chanceler.

O pai gesticula para que ele se sente no assento vazio em frente ao chanceler, enquanto o homem o cumprimenta com um aceno de cabeça.

Kang se senta na cadeira dura de madeira enquanto um criado chega com uma bandeja de iguarias e chá. Esperava uma audiência privada com o pai, mas parece que há outro propósito para a reunião. Algo além de assuntos familiares.

Depois que o pai voltou de sua viagem pelo mar, jamais falou com Kang sobre a morte da mãe. Nunca discutiu seus planos. Em público, sempre o tratou como um de seus soldados, recusando-se a lhe dispensar qualquer tratamento preferencial, e Kang se sentia grato por aquilo. Mas nas próprias residências, o pai se tornou recluso.

Ele se lembra de quando o chanceler apareceu pela primeira vez em Lùzhou, disfarçado de comerciante em um navio menor. O general e ele conversaram até tarde da noite, em reuniões às quais Kang não tinha acesso, até forçar a entrada no estúdio do pai, um lugar antes proibido para ele. Então falou com veemência sobre não ser mais rejeitado como uma criança, sobre ser tratado como um soldado capaz. Escolheu termos que o pai entenderia, embora Kang não quisesse admitir o medo latente que a tudo permeava: ele não queria perder o pai também.

Foi o chanceler que falou por ele, que persuadiu o general a enviá-lo na missão de se infiltrar na capital.

— Nossos planos aconteceram como previsto. — O general pousa o pincel no suporte, interrompendo as lembranças de Kang. Ele move a missiva para a direita a fim de deixar a tinta secar. De onde está, Kang distingue apenas alguns ideogramas. Algo sobre celeiros e Ānhé.

— Não poderia ter sido mais tranquilo — comenta o Chanceler Zhou, pousando a xícara ao lado. — Sofremos perdas mínimas em nossos números. Agora devemos apenas conquistar o apoio da corte para garantir que sua ascensão seja bem-sucedida.

Kang deveria ser grato ao chanceler por interceder junto ao pai muitos meses antes, o que lhe permitiu participar da missão. No entanto, viu a facilidade com que o homem se voltou contra a princesa, ouviu os rumores sobre como *Ninguém sobe ao trono sem a aprovação do chanceler*. Para sobreviver à ascensão de dois imperadores, agora se aproximando do terceiro... O Chanceler Zhou não é um homem simples, e, quanto mais Kang descobre sobre ele, mais suas suspeitas aumentam.

— Os Ministérios da Guerra e da Justiça sempre se dobraram àqueles em maior número — diz o general. — Tenho os recrutas de Lùzhou, meus leais batalhões na área, comandantes dispostos a liderar sob minha bandeira. Com as recriadas do Governador Wang, acredito que controlamos pelo menos metade da força militar de Dàxī, e outros podem ser persuadidos se lhes forem oferecidos incentivos. É o Ministério dos Ritos, os astrônomos, os envolvidos no governo do império que preciso convencer. — O pai de Kang fala de seus números com confiança, e é somente quando menciona a corte que franze as sobrancelhas.

— O Ministro Song ama seus símbolos, um grande propósito. — O chanceler sorri. — Acredito que o plano que sugeri trará a Vossa Alteza o que deseja, a aceitação de todos os ministérios.

De sua mão, ecoa o tilintar de pedras. O olhar de Kang é atraído para dois orbes conforme o Chanceler Zhou os manuseia na palma direita. São de um verde profundo e rico, um sinal do jade de alta qualidade. Populares em sua adolescência, aqueles amuletos eram talhados de várias pedras preciosas polidas. Dizia-se que ajudavam na concentração, mas saíram de moda nos últimos anos.

— Sim, eu revisei seu plano. — O pai de Kang não parece tão convencido.

— Devemos agir logo — afirma o chanceler. — Um rápido acerto de contas com aqueles que se opuseram ao senhor, para mostrar que o general não hesitará em usar as forças sob seu comando. Mas... — Seus olhos procuram Kang, e ele curva a cabeça. Uma repentina onda de irritação invade o rapaz, mesmo enquanto luta para escondê-la. A tentativa óbvia de cortesia, um velho oficial da corte fazendo seu papel. Não é nenhuma novidade. Os comandantes do exército têm a própria postura; os oficiais da corte usam gestos sutis e palavras veladas. No final, são todos iguais, movendo peças no tabuleiro a fim de garantir o poder máximo.

— Há uma razão pela qual o convidei para se juntar a mim neste conselho — revela o general, se dirigindo diretamente ao filho. Kang sente o peso da afirmação, a importância do que está prestes a lhe ser concedido. — Sua mãe sempre quis lhe dar tempo para amadurecer uma personalidade própria antes que tivesse de assumir as responsabilidades de honrar a Família Li e o nome Li. Mas chegou a hora de você reivindicar seu lugar.

— Eu segui suas instruções, pai — diz Kang, baixinho, sincero em cada palavra. — Vim ao palácio em seu nome.

— E você completou sua tarefa como eu esperava.

Seu pai lhe concede um sorriso. Para Kang, é um grande elogio. Ter concluído um trabalho, ter o reconhecimento que tanto queria.

— Havia um propósito para sua presença no palácio antes da minha chegada — continua o general. — Não foi apenas uma distração, como propus no início, a fim de desviar a atenção daqueles na corte enquanto eu executava meus planos. Foi também para preparar a corte para o papel que você vai desempenhar, para plantar essas sementes de legitimidade.

O calor do elogio desaparece tão rapidamente quanto surgiu, substituído por um calafrio repentino. A hesitação do pai tem um significado diferente da do chanceler. Kang sabe que não será algo agradável.

— O que precisa que eu faça? — pergunta.

— Você será nomeado príncipe depois de eu ascender, pois um governante com um herdeiro adequado é aquele que oferece maior estabilidade. A ordem natural das coisas. Você nunca expressou qualquer tipo de ambição para o papel, então preciso perguntar. Você aceita?

Finalmente. A pergunta que sempre pairou sobre suas cabeças em Lùzhou. A pergunta que todos os conselheiros contornaram, a pergunta que a mãe jamais quis responder, pois Kang nunca ousaria perguntar diretamente ao pai sobre suas ambições ao trono. E o primeiro instinto, a primeira expectativa, é sempre concordar. Obedecer sem questionar, e, no entanto... Kang é incapaz de fazê-lo. Ele precisa perguntar. Ele tem de saber.

Kang se levanta da cadeira e se ajoelha no chão, inclinando a cabeça, ciente de que a pergunta pode lhe custar tudo. Ele repassou diferentes maneiras de abordar o assunto. Defendeu o pai para Ning, mesmo quando ela lhe revelou a terrível origem do veneno. Àquela altura, com o trono ao seu alcance, não deveria haver mais qualquer razão para o pai lhe ocultar a verdade.

— Pai, se me permite fazer uma pergunta que tem me importunado todo esse tempo na capital... Imploro que ouça e me dê uma resposta.

O chanceler solta um muxoxo ofendido, mas Kang não lhe dá atenção. Tudo o que importa é a resposta do pai. Sempre foi o que mais lhe importou. Sua aceitação. Mais preciosa que qualquer quantia em ouro.

— Fale.

— Sobre o veneno... Os tijolos de chá envenenados que foram distribuídos pelo reino no ano passado — começa Kang. Sempre se sentiu um passo atrás, apenas recentemente admitido nos conselhos e, ainda assim, isolado do círculo íntimo de confiança. — Ouvi rumores de que os médicos e shénnóng-shī isolaram os componentes do veneno, e um dos ingredientes é o kūnbù amarelo. De Lùzhou.

— O que você quer saber? — A voz do pai soa indiferente. Ele não parece perturbado, apenas curioso.

— Gostaria de saber por quê... Por que você envenenou o chá? — Kang escolhe as palavras com cuidado, atento à sabedoria compartilhada pela mãe. Ela sempre lhe disse que escolher as palavras certas é metade da vitória na batalha, no que é dito e não dito, conhecido e desconhecido. Às vezes é melhor avançar que recuar.

Kang força seu olhar a permanecer firme enquanto o pai estuda seu rosto. Nas últimas semanas, ele aprendeu depressa a engolir a própria tristeza, a própria raiva. A se imaginar como as marés, nunca vacilando.

— Eu o avisei! — O chanceler bate a mão na mesa ao seu lado, o estrondo tão alto quanto um trovão. Levanta de um pulo, se colocando ao lado de Kang, e também faz uma mesura em atenção ao general. — O jovem passou muito tempo na presença da princesa e daquela shénnóng-tú. Elas lhe sussurraram suspeitas que poderiam nublar seu julgamento, afetar sua lealdade.

O frio é substituído por uma descarga de gelo perpassando o corpo de Kang. A dúvida o remoía. Enquanto lutava com as próprias incertezas, parece que outros se faziam as mesmas perguntas. O chanceler está se preparando para garantir o próprio lugar na corte. Se conquistar a lealdade do general, coloca todos os outros ao seu redor sob suspeita, até mesmo a família do próprio general...

— Pai, imploro que não...

— Sentem-se, vocês dois — dispara o general, enérgico, interrompendo o apelo de Kang. — Basta. Logo você entenderá como funciona o mundo e como devemos usar as armas que temos à disposição — diz finalmente, depois de os dois voltarem a seus lugares. — Tenho dependido da espada por muito tempo, acreditando que a lealdade e os laços familiares seriam suficientes para salvar aqueles que amo. Mas nem mesmo a distância foi o suficiente. Meu irmão não ficou feliz com meu sucesso em esculpir uma vida na rochosa Lùzhou. Ele queria me ver sofrer e, agora, eu levei o sofrimento até sua porta.

A intensidade silenciosa em seus olhos é inquietante e, por um momento, Kang sente medo. O Chanceler Zhou assente ao seu lado.

— Você tem de agradecer diretamente ao chanceler por trazer o assunto a minha atenção muitos meses antes. Nunca teríamos descoberto a verdade sobre a morte de sua mãe se não fosse por ele.

Ah. A origem do enredo. O quão habilmente o assassinato foi perpetrado. Um espião infiltrado no povo de sua mãe. A lâmina do imperador nas sombras. Qual foi o preço do chanceler para compartilhar a informação?

— É apenas meu dever, Alteza. — O chanceler então sorri. O tilintar está de volta, as pedras girando em sua mão como se estivesse em meditação. — Não é preciso agradecer.

Em seguida, ele encara Kang, e o rapaz entende o aviso implícito: *Cuidado.*

— O veneno é uma ferramenta — explica o pai, sério, olhando para o nada, como se ponderasse as linhas de um texto antigo. — Como o uso da espada, do cavalo, da flecha. Pode criar extrema devastação, mas também pode ser usado para enfraquecer nossos inimigos, lenta e discretamente.

— Mesmo que esses inimigos sejam os inocentes de Dàxī? — pergunta Kang. Centenas, talvez milhares, mortos. Todos os plebeus... com medo.

— Você sacrificaria um para salvar muitos? Que tal uma centena de vidas por mil vidas? A vida de todos em Dàxī? — argumenta o pai.

Kang não sabe como responder.

Sabe apenas que foi a perda de uma pessoa que colocou todo aquele plano em movimento. Foi a morte da mãe de Kang que deslocou uma pedra, e agora uma avalanche se seguirá, com resultados devastadores.

O semblante do pai se suaviza.

— Sempre esqueço. Você herdou a empatia de sua mãe pelas pessoas comuns.

Depois de assegurar ao pai e ao chanceler que faria seu papel, Kang é dispensado. Com as mãos ainda nas portas, ouve o próprio nome. Ele hesita, escutando através do vão.

— Você acredita que ele fará o que deve? — O chanceler, ainda questionando. Kang sente a boca se apertar em uma linha fina. Ele precisa tomar cuidado.

— Acredito que, no final, ele verá tudo o que fiz pelo império. — Seu pai de repente parece cansado, apoiando a cabeça em uma das mãos. — Tudo o que fiz por *ele*.

— Espero que esteja certo — diz o chanceler, levantando-se para sair.

Talvez seja um estranho truque de luz, mas, quando o chanceler se virou, Kang poderia jurar que seus olhos tinham um brilho vermelho sob a luz da lanterna.

Capítulo Quatro
Ning 寧

Pela manhã, carregamos nossos pertences em dois pôneis com a ajuda de Ho-yi e Ho-buo. Reparo nos conjuntos de bules e xícaras de cerâmica pintados nas prateleiras da sala principal e me lembro do baú de shénnóng-shī arruinado da minha mãe. Todos os seus utensílios destruídos. Apesar da amargura, sou a guardiã do seu legado e seguirei adiante em sua memória. Porque a memória é tudo o que tenho.

— Eu mesma pintei isso — comenta Ho-yi, quando me vê pegar uma das peças, um dos dedos roçando as rosas feitas com mão tão delicada. Compro um conjunto e também um pacote de crisântemos secos. O peso das xícaras na bolsa me tranquiliza; eu não havia percebido, até então, como me sentia nua sem os utensílios para minha magia.

Antes de partirmos, Ho-yi nos dá uma sacola extra de comida e dispensa com um gesto a insistência de Zhen para pagarmos mais em troca dos suprimentos, afirmando que os itens apodreceriam se não os levássemos.

— Foi um ano difícil — explica ela. — Não são muitos os peregrinos que atravessam o desfiladeiro, não como nos anos anteriores.

— Ah, se você tivesse viajado até aqui há dois anos! — exclama Ho-buo. — A vila inteira estaria cheia de pessoas nos meses de verão. Barracas de comida e mercadorias, enfeites pendurados em todas as ruas.

— Sua vila também teve de lidar com os tijolos de chá envenenados? — pergunta Ruyi.

Ambos balançam a cabeça.

— Fomos poupados, felizmente — responde Ho-yi. — Houve um tijolo envenenado, mas foi encontrado antes de ser distribuído.

— O que nos atormenta são os bandidos. — Ho-buo faz uma careta. — Eles têm ameaçado as estradas nos arredores, e as coisas pioraram no inverno passado. Tomem cuidado.

Pegamos o caminho concorrido tão cedo que as copas das árvores ainda estavam escondidas pela bruma. Fiz caminhadas nas montanhas perto de Xīnyì antes, com meus pais, mas elas parecem colinas comparadas àqueles picos.

A floresta está repleta de atividade. Algo se afasta nos arbustos densos, assustado com o barulho de nossos passos. O zumbido dos insetos e a algazarra dos pássaros chamando uns aos outros enchem o ar.

Ruyi segue à frente com Shu no primeiro pônei, enquanto Zhen fica na retaguarda, pegando de mim as rédeas do segundo. Pela sua expressão, posso ver que ela quer conversar, e espero que comece enquanto iniciamos a subida pela encosta da montanha.

— Precisamos falar do conteúdo da carta de Wenyi — diz Zhen. — Tivemos pouco tempo para você me dar seu conselho.

Eu a encaro, surpresa. A princesa parece perturbada enquanto conduz o pônei ao longo do caminho. É inquietante que ela mostre tal nível de preocupação, tão diferente de sua habitual postura impassível.

— O que dizia?

— A família de Wenyi mora perto do Rio das Águas Claras. Nos últimos anos, houve um aumento nos números de um grupo rebelde que se autodenomina o Batalhão das Águas Pretas. — Um trocadilho interessante, preciso admitir. O Águas Claras é o rio que divide a província de Yún da península de Lùzhou. — Há suspeitas de que se trate do retorno das tropas do próprio general, de que alguns dos membros foram ex-líderes em seus exércitos.

O General de Kǎiláng. Aquele que encontrei brevemente na casa de chá, cuja presença me aterroriza mesmo quando recordo a ocasião agora. Ele é o pai de Kang, uma verdade que minha mente acha difícil de assimilar. O menino cujos pensamentos eu sentia como se fossem meus, que eu acreditava ser inocente naqueles estratagemas até trair minha confiança. Ele escondeu tanta coisa de mim, manteve tanto fora do alcance de minha magia. Deveria ser um dos alvos da minha raiva, e, no entanto...

— Ning? — Zhen interrompe meus pensamentos errantes, e percebo que deixei o silêncio se prolongar por mais tempo do que o apropriado.

— Desculpe, por favor, continue. — Balanço a cabeça. De que me adianta lembrar de Kang? Ele está do outro lado do império, inalcançável, e eu caminhando ao lado de sua inimiga, a maior ameaça às ambições do seu pai.

— O magistrado local é suspeito de acusar os cidadãos de pequenos crimes e enviá-los a Lùzhou para cumprir pena, mas eles nunca chegam às fazendas de sal. Em vez disso, são recrutados pelos Águas Escuras e forçados a aterrorizar a província enquanto fingem manter a paz.

— São acusações graves — pondero. Mesmo com meu limitado conhecimento de política, sei que esse é um nível de corrupção que só pode ser alcançado com conexões e recursos profundos. Sabemos que ela se alastrou pelo império, de Lùzhou a Sù, sem dúvidas com o envolvimento do governador... Eu me pergunto se há algum lugar de Dàxī ao qual o general não estendeu sua influência, se são todos uma continuação de seu plano. A derradeira e grandiosa ascensão ao trono.

— É traição — concorda Zhen. — Mas não o crime mais grave de que foi acusado. Aqueles capazes de escapar das garras dos Águas Escuras voltam para casa... mudados. Com o passar do tempo, lentamente começam a perder o controle sobre o que é real.

— Eu... não tenho certeza se entendi — admito.

— Ao que parece, as mudanças são pequenas no início — explica a princesa. — Mas, lentamente, os homens começam a sucumbir ao que Wenyi suspeitava ser outro tipo de veneno. Eles ficam confusos, param de reconhecer famílias e amigos e começam a ferir a si mesmos ou a outros ao redor.

Estremeço. Que terrível poder, levar os inimigos à loucura.

— Por que iriam querer machucar os plebeus? — pergunto. — Os cidadãos comuns não têm o poder de se opor a eles.

— Medo. O medo é a arma deles. — Zhen franze o cenho. — Agora, em vez de invadir os assentamentos ao longo do rio em busca de provisões, os bandidos são abastecidos e equipados pelos Águas Escuras, e esses bandidos temem que, se recusarem, o batalhão vai recrutar ou assassinar seus entes queridos. Algumas das vilas e cidades até acolheram os Águas Escuras, empenharam sua lealdade a esse grupo. Acreditam que oferecem melhor proteção do que as forças imperiais.

Zhen balança a cabeça.

— Chega da política daquela região. O que quero saber é... Você conhece esse tipo de veneno? Ou é um tipo de magia, como a que você fez com o pássaro?

Entendo o que a princesa está perguntando. Ela se lembra do que aconteceu com Peng-ge, a quem obriguei a beber água envenenada quando distorci sua realidade, fazendo o pássaro acreditar que estava morrendo de sede. Aquilo contrariava minha própria natureza e os ensinamentos de Shénnóng, e, ainda assim, não vi outra maneira de realizar a tarefa. Mas não me arrependo, porque me permitiu avançar naquela etapa da competição.

É uma linha que um dia posso ter de cruzar outra vez, usar minha magia não apenas contra um pássaro, mas também contra um inimigo humano, se minha vida ou a de Shu estiver em perigo.

— Consegui influenciar o pássaro porque é uma criatura simples — revelo. — Uma criatura simples que tinha necessidades simples, e apelei para sua natureza básica. A necessidade de comida, abrigo e água. Eu também não estava muito longe da ave, o que me permitiu estabelecer essa ligação através da Transmutação. Manter esse tipo de influência a uma grande distância, controlar a mente de tantos ao mesmo tempo...

— Entendo — diz Zhen, e sua decepção acende uma pontada de aborrecimento dentro de mim, apenas por um breve momento. Não foi uma solução muito elegante no contexto de uma competição sancionada pela corte, mas, ainda assim, tais usos não tão belos da magia Shénnóng tinham seu propósito. A hipocrisia da situação incomoda um pouco, mas então me lembro de que não foi a princesa quem repreendeu o uso daquela magia, foram alguns dos outros juízes, que demonstravam desgosto pelo método.

A raiva não nos ajudaria agora. Preciso manter a lucidez para os próximos dias.

— Meu conhecimento sobre magia é limitado — continuo. — Jamais recebi treinamento formal, e minha irmã tinha acabado de começar a estudar quando adoeceu. Mas você viu por si mesma a serpente de três cabeças que expurguei de Ruyi. Diferentes magias podem existir, algumas que nunca encontrei antes. Algumas que talvez nem minha mãe tenha visto.

Zhen faz uma careta com a lembrança.

— Seu braço... — começa ela, como se não quisesse saber a resposta à pergunta. — O que aconteceu com ele?

Conto a ela sobre o que aconteceu quando segui minha irmã através da Transmutação, sobre a serpente na floresta e a impossibilidade de uma criatura naquele outro mundo ferir meu corpo físico. Criaturas que não deveriam existir ganhando vida diante de nós.

Ela considera minhas palavras, então finalmente diz:

— Isto é preocupante. Esses sinais e rumores, a aparição dessas abominações. Espero que Yěliǔ nos forneça as respostas que procuramos.

É minha vez de guiar o pônei pelo trecho seguinte da estrada conforme continuamos nossa lenta caminhada pela montanha, em um ritmo constante através da floresta. O caminho se estreita à medida que nos embrenhamos nos bosques, as árvores cada vez mais densas. Enquanto as outras mantêm um fluxo constante de conversa, continuo ruminando as informações preocupantes reveladas por Zhen.

Novas magias. Novas coisas a temer.

— Olhem isso — alerta Ruyi de onde está, um pouco mais à frente. Ela está parada diante de um pilar quebrado, a base coberta de musgo, e a diferença na cor da parte superior indica que o dano é recente. A nossos pés, há pedaços de um tigre de pedra. Aquelas são estátuas guardiãs, vistas como representações dos olhos vigilantes dos deuses. Sua profanação é preocupante. Alguém não teme a retaliação dos céus.

— Uma coisa é ler relatórios sobre as agitações. — Zhen estuda o tigre com o focinho partido, o rosnado feroz mudo. — Mas Dàxī mudou desde a última viagem do meu pai. Vejo nitidamente agora.

Ela encontra meu olhar, e sei que está se lembrando do meu aviso: *Há uma diferença entre viver o sofrimento e ler sobre ele.*

Uma árvore caída bloqueia o caminho e temos de navegar através da mata fechada, cortando a vegetação rasteira para atravessar com os pôneis. Conforme continuamos nossa jornada, consumimos punhados de nozes e pães brancos macios para repor as energias enquanto nossas panturrilhas começam a doer da subida constante. Embora Ruyi não nos apresse, sinto sua ânsia de colocar a maior distância possível entre nós e minha vila. Horas depois, com o sol se aproximando do horizonte e a luz começando a desvanecer, o caminho se alarga novamente sob nossos pés.

A terra dá lugar a uma estrada pavimentada com pedra à medida que as árvores rareiam. Continuamos em direção a uma ponte que atravessa uma pequena ravina. Os tigres de pedra em ambos os lados da estrutura estão ilesos, mas sinais de destruição são evidentes ali também. Há bandeiras pisoteadas no chão, marcadas por pegadas de botas. Ruyi se agacha na frente de uma delas, lendo sinais indecifráveis para meus olhos inexperientes.

— Eles tinham cavalos, carroças. — Ela aponta padrões no tecido. Marcas de roda e vincos. — Mas não traziam os suprimentos habituais, e sim algo pesado. Tem alguma coisa errada.

— Devemos continuar? — pergunta Zhen.

Ruyi assente.

— Fiquem juntas e tomem cuidado.

Atravessamos a ponte de pedra, a floresta subitamente silenciosa ao nosso redor. Os grandes portões de pedra, da altura de três homens, estão abertos, mas, quando nos aproximamos, vejo uma rachadura ao longo da lateral. Como se uma explosão tivesse acontecido ali.

Uma espada é desembainhada a minha direita, depois outra. Paradas com as armas em punho, Ruyi e Zhen parecem a postos. Shu e eu assumimos o controle dos pôneis. Eu me aproximo da minha irmã, sem saber o que vamos encontrar.

Atravessamos os portões e entramos no pátio, contemplando a destruição diante de nós. Meu pônei resfolega, escavando o chão. Sinto o cheiro forte e persistente de fumaça.

— Não estou gostando disso — murmura Shu para si mesma. Estendo o braço e seguro sua mão, oferecendo a ela um pouco de conforto, mesmo que o medo continue a se espalhar e crescer em minhas entranhas em uma tentativa de se apoderar de mim.

É possível ver que as estruturas de Yěliŭ já foram bastante majestosas. Os edifícios são feitos de pedra cinzenta e tetos inclinados de telha preta. Deve ter sido muito trabalhoso transportar aqueles materiais montanha acima. O lago no centro, em torno do qual os edifícios estão dispostos, é de um azul escuro e turvo. Uma ponte de muitas voltas cruza a superfície, um caminho em ziguezague destinado à reflexão, adequado para uma academia de aprendizagem.

Há também bosques de bambu crescendo a partir de bases redondas de pedra, brotando da terra e cobertos de folhas verdes e amarelas. Olhando ao redor, notamos que muitos caíram ou foram cortados. Quando me aproximo de um dos bambuzais, vejo alguma coisa sobre as lajotas de pedra. Mas em vez de outra bandeira rasgada, como eu esperava, recuo horrorizada.

É um corpo.

— Shu, não olhe! — grito, e ergo o braço para cobrir seus olhos.

À frente, Ruyi se vira para encontrar meu olhar, a expressão espelhando a minha. Ela está parada sobre outro cadáver. Eu os vejo por todo lado. Por todo o pátio.

Entramos em um massacre.

Capítulo Cinco
Ning 寧

— Não olhe — sussurro outra vez para Shu. Ela aperta minha mão.
— Consegue segurar as rédeas? — pergunto. Shu assente e fecha os olhos, então passo a guia do pônei para suas mãos. — Volto já.
— Não... não se afaste muito — pede ela, a voz trêmula.
— Não vou longe.
Eu me aproximo do primeiro corpo. Com cautela, uso o pé para rolar o homem até que fique de costas. Sua garganta está cortada, uma profunda ferida vermelha. Seus olhos encaram o céu, sem ver. Veste trajes de erudito, uma longa túnica preta com uma faixa branca, as bainhas manchadas de sangue. Ao seu lado vejo um pingente familiar, um que reconheço como o mesmo símbolo que jamais saiu do lado de Wenyi.
Tantos corpos estão espalhados pelas pedras feito lixo. Nenhuma daquelas pessoas tinha armas, nem caídas a seus pés ou ao seu alcance. Foram abatidas, indefesas, onde estavam. Os braços ensanguentados ao tentar se defender.
— Isso é assassinato — digo a mim mesma, mas sai mais alto do que esperado, ecoando no ar.
— Não sabemos quem ainda pode estar aqui. — Ruyi se aproxima com Zhen; o semblante de ambas está sombrio. — Precisamos procurar abrigo.
As duas mulheres nos flanqueiam com as espadas desembainhadas. Shu e eu instigamos os pôneis; os animais, ansiosos para serem afastados do fedor de fumaça e sangue, forçam as rédeas.

— A estrutura menor. — Zhen aponta na direção de um prédio distante do caminho principal, cercado por um bosque de árvores. Nós nos apressamos ao longo da cerca baixa, à procura de qualquer coisa que ainda possa espreitar nas sombras. Gostaria de poder preparar uma xícara de chá a fim de expandir minha consciência do perigo, a fim de aguçar meus sentidos com goji e crisântemo. Mais uma vez sou dolorosamente lembrada das dificuldades de usar minha magia, das minhas limitações sem meus utensílios.

Depois de amarrar os pôneis a um poste, seguimos para uma porta dupla de pedra no centro do edifício. São talhadas com elaboradas figuras de guerreiros em armadura, empunhando *daos* curvos sobre cavalos empinados, os cascos se tocando no ponto onde as portas se encontram.

É preciso o esforço conjunto de Ruyi e Zhen para abrir somente uma das pesadas portas. Ela desliza no chão para revelar um espaço cavernoso. O teto parece muito baixo, as paredes, muito escuras. Dois pilares imponentes se erguem do centro, cingidos por dragões esculpidos em pedra, ambos com olhos esbugalhados temíveis. Um espreita de cima, o outro o imita de baixo.

No centro da sala, há um imenso incensário de bronze. Ruyi usa a ponta de um graveto para mexer as cinzas, à procura de brasas.

— Estão frias — constata ela. — Já faz pelo menos um dia que se apagaram. Os zhīcáng-sī nunca permitiriam que o fogo se apagasse.

Os zhīcáng-sī de Yěliǔ são seus anciões, os Guardiões de Segredos, assim como os shénnóng-shī são os mestres do chá. Reverenciam a Tartaruga da Sabedoria, Bìxì, sobre cujas costas o império é construído, o que confere sua orientação divina. Este é o primeiro templo que já visitei: a Dama Branca é adorada nas árvores, e suas mensagens são ouvidas no vento em vez de contidas dentro de santuários formais. Shénnóng era um deus errante, retornando à civilização apenas quando tinha mais conhecimento para transmitir. Hánxiá mantém registros de seus ensinamentos, mas lá não era seu local de adoração. Os textos de Shénnóng incentivam seus seguidores a explorar, a experimentar.

Ao longo da parede oposta, em uma alcova, há três estátuas. O filósofo Mengzhi, com um livro na mão, contemplando questões sobre governo e natureza moral. O General Tang traz os braços entrelaçados às costas, a espada embainhada no quadril. Tang foi um famoso soldado que outrora persuadiu uma cidade a depor as armas e se juntar a sua causa apenas com o poder da palavra. Posicionado entre os dois, vê-se uma representação da Grande Tartaruga, que segura nas costas uma estela entalhada com as seis virtudes: harmonia, honestidade, humildade, sabedoria, compaixão e dedicação.

Acima de nossas cabeças, no telhado do templo, há uma abertura que faz com que, quando o sol nasce e se põe, cada um dos ideogramas na estela seja iluminado em ordem. No momento, a compaixão capta a luz.

A competição deveria prestar homenagem àquelas seis virtudes, mas, em vez disso, expôs as traições na corte. Eu me lembro do discurso do chanceler, as palavras vazias e as artimanhas. Fico enojada com a lembrança de que eu costumava acreditar em suas mentiras.

— *Não!*

O grito ecoa pelo templo, fazendo meu coração acelerar. Zhen se ajoelha em um canto, aos prantos. Meus olhos procuram um criminoso, certa de que se trata de um grito de dor, mas então vejo a mão estendida diante da princesa. Um pé. Um corpo de armadura, e depois outro... Quatro ao todo. Tombaram nos degraus em que se ajoelhariam os que prestassem homenagem aos deuses. Aqueles não eram estudiosos, como os corpos do lado de fora. Eram soldados que nunca mais vão empunhar suas armas, tendo morrido protegendo o homem no canto, dentro de seu círculo de proteção. Sua missão fracassou.

Tantos mortos... Um lembrete gritante do destino que nos espera se formos capturadas pelo general e da estrada perigosa à frente.

— Duque Liang — identifica Zhen, se levantando com dificuldade sobre as pernas trêmulas. Ela enxuga as lágrimas com a manga.

— Você tem certeza? — pergunta Ruyi, de pé ao seu lado, lhe oferecendo apoio. Zhen confirma com a cabeça, depois se vira para descansar o rosto no ombro da aia. O braço de Ruyi a envolve, e o cansaço é evidente no rosto de ambas.

— Eu me lembro dele dos conselhos privados do papai — sussurra a princesa. — Mas faz anos que deixou o cargo de Conselheiro de Yěliŭ.

Um rangido estrondoso enche o templo. Giro, subitamente com medo. Onde está Shu? Eu a vejo do outro lado do salão, olhando para uma parte da parede, atrás da estátua do filósofo. Está deslizando: um painel se abrindo.

— Afaste-se! — grito, pronta para defendê-la seja qual for a ameaça.

Ruyi é mais rápida que eu, já se aproximando com a arma em punho, a espada faiscante na penumbra.

— Você tocou em algo?

Shu balança a cabeça.

— Não, a coisa se moveu sozinha.

— Por favor... não nos machuque... — implora uma voz nas sombras. Duas pequenas figuras saem da câmara oculta para a luz que circunda a tartaruga. Um menino que parece ser um pouco mais jovem que Shu, com cerca de dez anos, seguido por uma menina, que é ainda mais nova, talvez com apenas seis ou sete anos. Parecem um pouco cinzentos, a pele macilenta coberta por uma camada de pó e sujeira.

— Eu disse que a reconheci! — A garota sai de trás do menino, escapando de seu alcance.

— Fei, não! — grita o menino.

A garota se joga na frente de Zhen, encostando a testa no chão.

— Por favor, princesa! — implora ela. — Você tem de nos ajudar!

Apressado, o menino tropeça nos degraus e quase bate com a cabeça no chão. Tenta puxar a garota para cima e para longe.

— *É* ela — insiste a garotinha com um sibilar, recusando-se a ceder. — Você deveria se curvar também.

— Quem são vocês? — pergunta Zhen, em tom de comando.

O menino hesita. A garota abaixa a cabeça novamente, em seguida se levanta. Aqueles dois... uma cheia de esperança e o outro, desafiador. Ele parece pronto para defendê-la com as próprias mãos, mesmo que as chances não estejam a seu favor.

— Somos parte do orfanato de Yěliŭ — responde ele, erguendo o queixo. — Os anciãos nos acolheram quando perdemos nossas famílias.

— Não queremos lhes fazer mal — assegura Zhen, a voz mais suave agora. — Nos digam o que aconteceu aqui.

As crianças se entreolham e então o menino volta a falar:

— O Duque Liang recebeu uma mensagem na semana passada, notícias de agitações no leste. Ele fechou a academia e mandou os alunos para casa. Apenas os monges permaneceram, e nós dois. Não tínhamos para onde ir.

Zhen franze o cenho, descontente com a resposta.

— E os guardas? Deveria haver pelo menos uma companhia de soldados aqui.

— O duque mandou metade embora para o norte com o comandante.

— O comandante? — pergunta Ruyi.

O menino engole em seco antes de continuar:

— Comandante Fan.

— Por que ele deixaria Yěliǔ indefesa? — A princesa cruza os braços, intrigada.

— Eles discutiram por algum tempo antes de o comandante partir. Ouvi lá de fora, quando varria a calçada. — Os lábios do menino tremem, a postura feroz vacilante. — Não demorou muito para que os outros soldados chegassem. O duque nos obrigou a nos esconder nos fundos do templo.

— Há mais de vocês na câmara? — pergunta Ruyi.

De repente, a garota se sobressalta.

— Vocês precisam vir com a gente! Precisam ajudar a Anciã Tai!

— Mostre o caminho — pede Zhen, com um movimento das mangas.

— Me deixe ir primeiro. — Ruyi dá um passo à frente, ciente dos riscos que podem espreitar atrás daquelas paredes. A aia desaparece através da porta e, depois de alguns instantes, chama meu nome.

— Fique aqui — digo a Shu, querendo mantê-la a salvo de qualquer potencial perigo. Desânimo toma suas feições, e me lembro do que ela disse na outra noite, sobre seu sentimento de impotência.

— Pode ficar de guarda? — pergunto a ela. — Vigie as crianças e chame por nós se notar algo estranho, se ouvir alguém se aproximar.

Shu assente e fica um pouco mais ereta, feliz por receber uma tarefa.

Entro na câmara oculta, e no mesmo momento meu nariz é surpreendido por um odor pungente. O cheiro de decomposição. Algo ou alguém morreu ali.

Meus olhos se ajustam à claridade, embora a luz esteja desvanecendo depressa naquela hora do dia.

Ruyi está agachada no canto mais distante e me chama para mais perto.

— É ela? — pergunto, cobrindo o nariz com a manga, embora o cheiro de podridão ainda atravesse o tecido.

— Não, há dois mortos ali. — Ruyi gesticula para a parede, onde vejo dois corpos vestidos com armaduras. — Esta ainda está viva, mas por pouco.

Uma mulher repousa sobre uma plataforma de pedra que foi transformada em cama. Vejo que as crianças tentaram deixá-la confortável, colocando tapetes sob seu corpo e a envolvendo em mantos. Noto a palidez cinzenta de sua pele e a respiração fraca. Os olhos estão fechados, a boca se move como se murmurasse uma prece, mas não há nenhum som.

— Pode me ouvir? — Ruyi pousa a mão em seu braço. A mulher estremece ao toque, se afastando. Em seguida, ouço um som de algo sendo arrastado. Um dos mantos desliza, revelando o que está escondido.

Deixo escapar uma exclamação. Seus pulsos estão presos com correntes ligadas a grilhões na parede. Ela geme para si mesma, rolando de lado.

Preciso saber o que aconteceu com ela. Peço a ajuda de Ruyi para remover as capas de modo a ver melhor com o que estou lidando. Ruyi acende as tochas nas arandelas a fim de iluminar a crescente escuridão. Sigo os passos das avaliações do meu pai. Verifico a temperatura: ligeiramente fria. Meço seu pulso: irregular, fraco ao toque. Abro sua boca e verifico a língua, examino o anel branco em torno dos lábios rachados.

Todos os sinais apontam para veneno, tenho certeza. O mesmo distribuído pelas caravanas do império.

O mesmo que matou minha mãe.

Capítulo Seis
Kang 康

Cinco dias depois de marchar sobre o palácio, o general convoca uma reunião da corte. Os oficiais estão vestidos com suas melhores roupas, mais uma vez juntos no Pátio do Futuro Promissor, e o sol quente lhes castiga a cabeça. Eles limpam o suor da testa com o lenço, e aqueles mais prevenidos trouxeram leques de papel para se refrescar.

Nos últimos dias, o pai de Kang se reuniu com conselheiros e oficiais até tarde da noite, estudando pergaminhos sobre governança e registros do governo. Não houve mais menção ao que discutiram na reunião privada com o chanceler. Kang recebeu a tarefa de ajudar no treinamento dos recrutas da guarda do palácio, mas ainda se sente deslocado, ciente da iminente mudança em seu status. Os outros comandantes mantêm distância, alternando entre excessiva deferência e sutil hostilidade, enquanto os oficiais — com certeza estimulados pelo chanceler — começaram a enviar presentes para sua residência. Kang ainda precisa aceitar uma das ofertas de audiência, mas sabe que, em breve, chegará a hora de assumir seu papel.

Ele gostaria de poder ir à cidade. Fingir que é um de muitos, se perder na multidão e desanuviar a mente. Mas não tem permissão para deixar as imediações do palácio. Às vezes as lembranças daquela tarde no mercado voltam de repente. De quando fingiu, por um momento, ser apenas o filho de um erudito apresentado a uma estranha, mas a memória não tarda a se dissipar. Inevitavelmente tudo leva à mesma imagem, gravada em sua mente: Ning o encarando, a expressão destroçada, no Salão da Luz Eterna.

O arauto anuncia a chegada do general, o imperador regente. O pai de Kang é a própria imagem do vigor. O rapaz sabe que ele escolheu sua aparência com cuidado, vestindo armadura cerimonial completa para lembrar os oficiais de sua origem e do poder que exerce. Ele brilha na luz como ouro reluzente, quase ofuscante demais para encarar, rivalizando com o próprio sol. Kang se flagra em posição de sentido, o corpo reagindo automaticamente à chegada de alguém de posição mais elevada. É do que ele deve se lembrar. Seu propósito: aguardar ordens e manter a disciplina, tal como os soldados que se alinham junto às paredes do pátio, lanças a postos, o brilho das pontas afiadas um lembrete de seu vicioso potencial.

— Eu lhes prometi justiça — brada o general, dirigindo-se à corte como faria aos próprios soldados. — O ministério encontrou os culpados por ajudar a antiga princesa e seus cúmplices. Serão punidos diante de vocês, um lembrete de que Dàxī não será intimidado por aqueles que desejam perturbar a paz vindoura.

Os oficiais da corte murmuram entre si, entreolhando-se inquietos.

Do portão, um homem alto aparece, empunhando um longo machado. O carrasco. Atrás dele está uma figura acorrentada, conduzida por guardas do palácio.

O general quer dar o exemplo para seu reinado, isso parece óbvio. Assim todos saberão que ele tem os meios para concretizar qualquer ameaça. *Um vencedor não hesita*, o pai sempre lhe dizia. A mãe, porém, era mais hábil na diplomacia. O general dizia que ela era o outro gume de sua faca. Um encarnava força; o outro, a misericórdia.

Agora Kang e todos de Dàxī verão como o pai exerce seu poder: no fio da navalha.

Kang mantém a atenção nos oficiais, observando suas reações conforme o carrasco afia o machado em uma pedra. Alguns estremecem enquanto outros aparentam indiferença, mas todos parecem desconfortáveis com a exibição.

— Hu Zixuan. — O arauto lê o nome do homem forçado a se ajoelhar diante do imperador regente. — Você desonrou sua nobre posição como guarda do palácio. Ajudou a princesa em sua fuga da cidade e será condenado à morte por decapitação.

O homem apenas encara o imperador regente com uma expressão vazia. Não demonstra nenhuma emoção, nenhum medo, tristeza ou raiva. É um tipo diferente de crença fervorosa. A determinação de dar a vida pela causa, sem arrependimentos. Kang sente uma pontada aguda de admiração pela devoção que o homem demonstra.

Então se força a lembrar da promessa. Ele será o herdeiro digno que o pai precisa no momento, embora talvez discorde de alguns de seus métodos.

A lâmina cai. Kang não vacila, mesmo que alguns membros da corte cubram o rosto para esconder o choque, o mal-estar. O acerto de contas que o pai prometeu havia começado.

Naquela noite os chefes dos ministérios são chamados a um pequeno concílio com o imperador. Kang está sentado à direita do pai, em uma posição de honra na frente do chanceler. Sente-se engessado e desconfortável na nova túnica roxa, a cor condizente a um membro da família real. Atrás de seu pai há um pequeno biombo, onde o provador de veneno e um médico da corte estão sentados, escondidos; são encarregados de testar qualquer coisa que possa passar pelos lábios do imperador regente.

O novo chefe do Departamento do Palácio, ansioso por se provar digno, assegurou ao general que todas as precauções foram tomadas. Verificaram os antecedentes de cada um dos funcionários das cozinhas, dos criados do palácio interior, das famílias dos médicos da corte. Mas quem sabe que criado pode ser leal ao Imperador Benevolente? E que funcionário ainda pode nutrir o desejo de ver a princesa retornar à antiga posição?

Kang observa cada um dos quatro ministros, desejando mergulhar em suas mentes, uma habilidade dos shénnóng-shī. Mas após as mortes no banquete de celebração, o novo shénnóng-shī da corte ainda não foi instituído, e os ministros aguardam a decisão sobre a manutenção do cargo na nova corte. Kang disse a verdade a Ning quando conversaram no Mosteiro de Língyă. Nenhum shénnóng-shī já visitou Lùzhou, pois qual a serventia de uma ilha de exilados e bandidos para profetas e adivinhos?

Depois de uma refeição de ganso assado e repolho regada com vinho de ameixa, os pratos estão limpos, e Kang ainda se encontra nervoso, apesar das tentativas de acalmar o estômago com álcool. Desde aquele encontro com o pai e o chanceler, teme o anúncio iminente. *Um herdeiro adequado.*

Ele estuda as mangas bordadas do manto. Roxas com fios prateados e azuis, padrões fluidos representando o movimento das ondas. O padrão se move e muda diante de si, e Kang sente a cabeça girar levemente. Bebeu vinho demais.

O chanceler aplaude, a música para e a sala fica em silêncio. Os músicos saem, assim como os criados e provadores de veneno, deixando que o conselho continue.

— Reuni todos vocês hoje para discutir o futuro do império. Como poderemos avançar a fim de garantir uma ascensão rápida e sem oposição. — O Chanceler Zhou se dirige aos ministros.

O Ministro Hu é o primeiro a falar:

— O Ministério da Justiça está ansioso para informar que nossa investigação sobre os funcionários do palácio continua. — Ele lembra a Kang um pássaro nervoso, bicando e sempre olhando por cima do ombro. — Amanhã, na corte, mais cinco criados enfrentarão o julgamento do imperador regente.

— Mais execuções? — As narinas do Ministro Song se dilatam e sua expressão é de desgosto.

— Eu não esperaria que um acadêmico entendesse como a disciplina deve ser mantida entre a população — rosna o Ministro da Guerra.

— E eu não esperaria que um brutamontes entendesse as complexidades da governança — retruca o Ministro dos Ritos, nada afetado pela crítica.

— Você...

— *Basta!* — O general os silencia com uma palavra. Suas bochechas estão coradas, mas os olhos se mantêm límpidos. — Consultei o *Livro dos Ritos* com a orientação do ministro e de seus vários departamentos. As inundações no norte e a agitação camponesa estão a nosso favor. O povo já vinha questionando se a princesa era apta a governar. Simplesmente provaremos que ela é indigna quando lhes fornecermos sinais de unificação, um retorno à antiga glória de Dàxī, a partir de um plano de sucessão: o pronunciamento do meu filho como meu herdeiro.

Uma cerimônia a que a princesa jamais se sujeitou antes de o pai adoecer, o que levantou dúvidas sobre sua legitimidade para ascender ao trono.

Nenhum dos ministros discorda, e algo dentro de Kang se agita. É alívio por não ter sido denunciado como indigno? Ou é temor? Ele não tem certeza.

— E, depois, com o apoio dos mosteiros e das academias.

O Ministro Song levanta uma sobrancelha.

— Você tem o apoio dos pilares do império? — Kang poderia dizer que a informação surpreende o geralmente estoico ministro, pois supõe-se que os mosteiros e academias dos deuses sejam independentes da política da corte. Existem para educar e aconselhar, nunca interferir. Somente em tempos difíceis contribuiriam para uma causa, assim como quando apoiaram o primeiro imperador na fundação de Dàxī.

— Traga-os — chama o chanceler.

Da porta ao lado da câmara, três figuras entram. Estão vestidas com túnicas e calças soltas. Braceletes de metal gravados com desenhos brilham em seus pulsos. Os padrões se estendem pela extensão da pele marrom de seus braços. Não o preto-azulado das tatuagens no rosto do seu pai, mas uma teia de cicatrizes em vez disso... O treinamento deles envolvia endurecer a pele, amarrando-a com cordas ou a flagelando com paus. Aqueles são guerreiros Wǔlín.

Kang teve a honra de enfrentar um dos reverenciados guerreiros durante a terceira rodada da competição, depois ficou envergonhado quando percebeu que foi influenciado negativamente pela magia de um dos shénnóng-tú. Sentiu como se tivesse traído seu professor.

As lembranças o tomam de súbito. Quando tinha doze anos, ainda irritado com sua nova vida. Quando sentia como se todos o observassem aos sussurros. As habilidades nas quais ele se destacava, esgrima e equitação, não significavam nada naquele novo mundo. Ele era desajeitado com as redes de pesca, pior ainda na construção de barcos. Quando quase morreu sob uma onda gigante enquanto tentava se provar para as outras crianças, o wǔlín-shī que o tirou da água lhe advertiu que continuar se jogando nas situações com pura vontade e desespero iria matá-lo. Se Kang estivesse interessado, ele o ensinaria a canalizar aquela energia. A usá-la para servir melhor aos deuses. Com a permissão do pai, Kang treinou com o guerreiro.

O professor Qi era um lutador temível, uma visão admirável. Ele poderia enfrentar facilmente dez dos soldados do general com o poder do próprio corpo e foco. Sob sua tutela, Kang aprendeu como fluir como a água em vez de lutar contra ela. Aprendeu a controlar sua respiração, como desacelerar o coração, como manipular cada parte do corpo usando o poder da mente. Qi lhe ensinou os princípios de Wǔlín. Proteja o povo de Dàxī. Respeite o que é verdade, o que é certo, o que é justo.

Um dia acordou e seu professor havia partido, e apenas anos mais tarde descobriu que o pai o banira por sugerir levar Kang a Wǔlín. Para vestir os braceletes e servir ao Tigre Preto.

Parados no meio da sala, os wǔlín-shī se curvam perante o general antes de tomar seu lugar às suas costas. Guerreiros lendários, ali para servir ao império em um momento de necessidade.

— Solicitei a ajuda de Wǔlín, e eles se mostraram dispostos a prestar auxílio a fim de apoiar minha causa. Um trono vazio cria um vórtice perigoso que pode destruir o império. O solstício de verão se aproxima e os ritos devem ser realizados, do contrário Dàxī arrisca se tornar refém de outros males, sem a proteção dos deuses.

Os ministros se entreolham, inquietos. Acredita-se que a essência do imperador alimenta diretamente a força vital do reino. Foi por isso que, quando o falecido imperador adoeceu tão gravemente, suspeitou-se de que seria a fonte das ocorrências não naturais a assolar o reino... as tempestades, os terremotos. Os deuses ficaram descontentes.

— Dentro de um mês, deve ser decidido. O destino do império está em jogo — pronuncia o chanceler.

— E se a princesa retornar e desafiar sua reivindicação ao trono? — pergunta o Ministro Song.

— Em alguns dias, os shénnóng-shī de Hánxiá vão se reunir no palácio para o rito de investidura do próximo shénnóng-shī da corte. Meus emissários já estão em Yěliŭ — continua o general, nada abalado por aqueles presságios terríveis e possíveis oponentes. — Em breve ouviremos sua resposta. Se eu tiver o apoio do exército e o apoio dos deuses, os Ministérios dos Ritos e das Finanças estarão dispostos a preparar minha ascensão? Mesmo que a princesa reivindique o trono?

— O Ministério das Finanças apoiará o imperador que for a escolha final da corte. O tesouro não pretende poupar despesas na cerimônia. — A Ministra das Finanças, a matronal Ministra Liu, já está tomando nota, registrando números, o ábaco imaginário clicando sob seus dedos. — Será um grande evento, como o império não vê desde o casamento do Imperador Ascendido e da imperatriz viúva.

Após uma pausa, o Ministro Song acena com a cabeça. Ele se levanta e faz uma mesura.

— Se puder provar o apoio de Hánxiá e Yěliŭ, Vossa Alteza, estou certo de que a corte logo o seguirá. Mesmo uma princesa não pode desafiar os deuses.

Capítulo Sete
Ning 寧

Uma onda repentina de emoção me sufoca. O rosto da Anciã Tai se torna um borrão diante de mim. Estou furiosa com o ressurgimento daquele veneno, furiosa que esteja a meio caminho de tirar outra vida. As origens do veneno foram reveladas pela alegre declaração do chanceler, confirmada pela linha do tempo na carta de Wenyi... Tudo aponta para o pai de Kang. Tudo aponta para Kang.

Não consigo esquecê-lo. Estava tão ansiosa para arrumar desculpas para seu comportamento por conta de nossa conexão prévia. Mas esse é o resultado de sua sede de poder, e odeio seus métodos desprezíveis. Odeio todos que os usariam em proveito próprio.

— Você pode trazer o menino? — peço a Ruyi, a voz trêmula. Ela me estuda com expressão questionadora, mas sustento seu olhar. — Busque-o. Por favor.

Ela obedece, e aproveito o momento para me recompor. Forçar minhas mãos trêmulas a se aquietar.

Não posso deixar minha raiva me dominar e não quero que Shu me veja assim. Não posso afetar sua recuperação, em especial quando sei que está experimentando o mesmo desamparo, a mesma frustração que sinto.

Zhen é quem volta com o menino.

— Qual é o seu nome? — pergunto a ele. O menino sente minha raiva e mantém distância.

— Hongbo — responde ele, emburrado, depois que Zhen lhe dá um leve empurrão para a frente.

— Há quanto tempo ela está assim? — prossigo, agora com mais gentileza.

— Ela está doente há um tempo — revela, ainda cauteloso. — Desde uma das últimas nevascas da estação.

— Sabe o que a deixou doente?

— Foi o chá, o governador disse — conta o menino. — Ele apareceu e levou embora todos os nossos tijolos de chá. Fez o comandante resmungar por semanas porque prometeram enviar um novo lote, mas nenhum veio.

Reflito sobre a informação. Então o Governador Wang passou por ali também. Nosso chá envenenado foi misturado com o lote do Festival da Lua, e o lote seguinte deve ter sido destinado ao Dōngzhì, o Festival de Inverno, no fim do ano. Mas Zhen não mencionou o fato nos relatórios, portanto a notícia pode nunca ter chegado à capital.

— Ela é a outra razão pela qual o Duque Liang ficou. — Hongbo continua a defender o duque. Parece que o nobre era muito querido por todos. — Ele nunca abandonaria ninguém.

— Eles a carregaram até aqui? Aqueles soldados? — Zhen aponta para os corpos. O menino assente.

Eu me volto para Hongbo.

— O que aconteceu com eles? Foi o chá também?

Hongbo olha para mim, franzindo o cenho.

— O que aconteceu com eles?! — Exijo, e seu rosto se enruga. Ele começa a chorar, e Zhen coloca o braço em volta de seus ombros.

— Você não está em perigo — assegura ela, enquanto ele enterra o rosto em seu flanco. Ela me dá um pequeno aceno de cabeça, um aviso para não o pressionar demais. Mesmo sabendo que não deveria despejar minhas frustrações em um menino indefeso, não tenho certeza de que consigo manter a compostura por muito mais tempo.

Antes que diga outra coisa que faça o menino chorar ainda mais, eu me viro para me ajoelhar ao lado dos soldados mortos. Foco. Observar os detalhes. Não temo a morte. É uma visão com que um aprendiz de médico se acostuma, pois muitas vezes ajudamos nos ritos funerários.

Não demora muito para determinar a causa da morte. Um dos soldados está com duas flechas na perna; o outro, com uma nas costas, o sangue escuro já seco. Quando rasgo o tecido para poder examinar a pele, noto as gavinhas pretas se espalhando pelos membros. Abro suas bocas e vejo as línguas escuras. Puxando as pálpebras para trás, os mesmos tentáculos pretos também estão presentes no branco dos olhos.

— Por que a acorrentaram à parede se estava tão doente? — pergunto a Hongbo, com o cuidado de manter a voz baixa, nada ameaçadora.

— Os soldados fizeram isso — explica o menino, com um leve gemido. — Eles a prenderam na parede porque ela arranhou a porta até a manchar de sangue tentando sair.

Do mesmo modo que Shu estava amarrada quando a encontrei, quando papai me contou que minha irmã tendia a vagar febrilmente pela noite.

— Me parece familiar. — Zhen se agacha ao meu lado. Também não parece desconfortável com a morte. Ela arranca uma flecha da carne de um dos soldados.

Zhen flagra a expressão em meu rosto e sorri.

— O quê? Enfaixei Ruyi vezes suficientes para não ser afetada pela visão de sangue.

Bufo, minha raiva um pouco aplacada.

Zhen vira a flecha em sua mão, a expressão séria mais uma vez.

— O desenho da ponta da flecha, a madeira usada na haste... É o mesmo tipo de flecha que quase matou Ruyi. — Pelo jeito como sua mão a aperta, sei que ela poderia facilmente quebrar o pescoço das pessoas que fariam mal à mulher que ama.

Se eu ajudar a Anciã Tai, talvez ela tenha a resposta que estamos procurando: a identidade dos responsáveis por aquele massacre. Volto para o lado da Anciã e toco seu punho, verificando a pulsação. Deviam ter um médico no local, que manteve os sintomas sob controle com remédios. Sem tal atenção especial, a mulher está enfraquecendo rapidamente, o pulso fraco, a respiração difícil. Não lhe resta muito tempo.

— Você consegue salvá-la? — pergunta Zhen.

— Não sei — admito. Não tenho palavras bonitas para oferecer, nenhuma promessa. Só tenho minha magia. — Posso tentar.

— É tudo o que podemos fazer. — A princesa assente, então olha para Hongbo, que está mordendo o lábio. — Você quer que ajudemos a Anciã Tai, certo?

— Sim — responde ele, sem hesitação.

— Ela é sua melhor chance de salvá-la. — Zhen aponta o polegar em minha direção. — Pode ajudá-la a encontrar o material necessário?

O menino me dá um aceno de cabeça tenso, mas ainda me encara com suspeita. Imagino que seja o bastante para o que preciso que ele faça.

Ruyi acompanha a mim e Hongbo até as cozinhas. Sempre que capto movimento com o canto do olho, imediatamente penso se tratar dos assassinos a fim de nos emboscar. Mas são apenas sombras.

A luz da tocha revela um pequeno boticário ligado à despensa das cozinhas. Parece bem abastecido, o que não me surpreende quando considero a localização da vila, tão alto nas montanhas e longe das rotas comuns de comércio. Não tenho um baú de remédios com diferentes compartimentos como meu pai, mas pego uma variedade de ervas, embrulhando cada uma em papel — a forma mais leve de transportá-las. Felizmente encontro lí lú e alcaçuz nas respectivas gavetas, mas, depois de vasculhar as prateleiras duas vezes, ainda me falta um ingrediente: o pó de pérola que parece fortalecer minha magia. Sem ele, posso não ser capaz de despertar a anciã. No entanto, se eu não tentar, teremos de deixá-la morrer.

Quando voltamos ao templo, faço uma reverência diante de Bìxì, palmas pressionadas em oração, esperando que nos olhe com bons olhos quando reconhecer que estou tentando salvar uma de suas discípulas. Peço à tartaruga que se lembre do monge chamado Wenyi, que foi seu devoto antes de deixar suas fileiras e se tornar um shénnóng-tú.

Pensando no monge agora, eu me pergunto o que o colocou naquela jornada peculiar. Eu gostaria de ter lhe perguntado, de tê-lo conhecido um pouco melhor. Como ele foi de Ràohé para Yěliǔ, de Bìxì a Shénnóng, e depois para uma competição de magia no palácio. Mas jamais terei a oportunidade. Sinto uma torrente de tristeza, o que amaina o ímpeto remanescente da minha raiva.

Enquanto estávamos longe, Zhen, Shu e Fei reacenderam o fogo do braseiro. Não acho que Bìxì condenaria o uso do seu fogo sagrado para salvar um de seus zhīcáng-sī. Coloco a chaleira que peguei na cozinha perto do fogo para ferver a água e entro no outro espaço a fim de me preparar para o que preciso fazer.

Ruyi e Zhen retiraram os corpos dos soldados, mas o fedor ainda persiste. Coloco o bule e as xícaras de cerâmica de Ho-yi em uma esteira de tecido no chão ao lado da anciã. O toque das xícaras é áspero, roçando nos calos dos meus dedos, mas elas me são familiares, como as que minha mãe costumava fazer.

Também roubei utensílios das cozinhas de Yěliŭ com uma pontada de culpa, muito embora não tenha sobrado ninguém para sentir sua falta. Pego o chá de alto verão e o coloco no bule. Não são os botões mais tenros, que oferecem os sabores mais refrescantes, nem os chás de outono, que encorpam a bebida; chás de verão são fortes e têm uma tendência a ser amargos. Preciso de sua potência, porque sem um dān ou uma conexão anterior com a Anciã Tai, necessito de toda a força que puder reunir para concluir o ritual.

Seguindo minhas instruções, Ruyi me traz água fervente na chaleira, que despejo no bule. O aroma do chá sobe pelo ar e se junta ao cheiro do fogo das tochas e do incenso que deixei queimando no pequeno incensário acima da cabeça da anciã: benjoim, para manter a calma e o foco.

Quando o chá é despejado na xícara, minha magia se desenrola, penetrando nos fios de lí lú e nas fatias de raiz de alcaçuz. Tomo um gole do líquido dourado, permitindo que trilhe um caminho ardente em minha garganta. Zhen inclina a cabeça da mulher mais velha para trás, e derramo um pouco do chá em sua garganta. A princesa é um conforto para mim neste momento, oferecendo mãos firmes e presença calmante... Fizemos o mesmo trabalho juntas antes.

A névoa cai sobre a sala, obscurecendo minha visão. Abro o véu, como se afastasse uma cortina de contas, e encontro meu caminho até a Transmutação. Fica mais fácil a cada vez, e, ainda assim, sempre parece que preciso abandonar uma parte de mim. Confiar que a magia vai me alcançar, como Lian descreveu. O espaço entre a vigília e o sonho. Quando aguardo a resposta dos deuses.

Há sempre aquela ligeira hesitação, aquele sussurro de medo no fundo da minha mente, de que um dia nada vai responder. Mas Shénnóng me ouve e me vejo parada em uma estrada, em uma cidade que não reconheço. A neblina envolve meus tornozelos e obscurece o caminho a seguir, de modo que posso ver apenas vinte passos adiante.

As paredes de ambos os lados são altas. Há um portão à direita, com portas fechadas. Um estandarte de ano-novo desbotado e descascado está preso à madeira. Ao me aproximar, pressiono a palma na superfície, e minha mão desaparece. Tudo o que sinto é um leve calafrio, então a puxo de volta.

Aquele não é o caminho a seguir.

Avanço pela estrada, tentando ver o que está por vir. Há um cheiro no ar que arde levemente na minha garganta. Como se alguém tivesse acendido uma fogueira a distância. Passo por outros portões, mas, quanto mais eu ando, mais sujas ficam as paredes, manchadas com alguma espécie de substância preta. As portas não estão mais inteiras — muitas parecem quebradas. Contudo, vejo apenas um redemoinho de escuridão pelos vãos. Sei bem que não devo entrar.

Os fios de magia dentro de mim me puxam para a frente. Nossa xícara compartilhada me amarra à pessoa à espera do outro lado. A estrada termina diante de um grande portão, sustentado por pilares mais largos que o corpo de uma pessoa. Quando espio pelas portas abertas, vejo um grande pátio. Deve ter sido espetacular outrora, cheio de arbustos e flores, mas todas as plantas estão murchas ou mortas agora. As ervas daninhas brotam entre as pedras rachadas do pavimento.

Ergo a cabeça como uma criança pequena para ver a placa no topo do portão: TAI SHAN ZHUANG. Os Tai devem ter sido uma família rica para manter uma residência como essa.

Desço o caminho e paro diante de uma árvore com o tronco partido no meio do jardim. Está oca no centro, as extremidades chamuscadas, como se tivesse queimado. Com cautela eu a escalo para passar, e a madeira range sob meu peso. Desço do outro lado e vejo a extremidade oposta do pátio. O caminho faz uma volta, e surge à frente uma lagoa, um pavilhão com pilares pretos e um telhado curvo vermelho na margem. De novo desejo poder ter visto o lugar no auge de seu esplendor em vez de no atual estado de negligência. A silhueta de uma casa se ergue ao longe, obscurecida pela névoa.

Percebo então uma figura sentada na beira do pavilhão, arrastando os dedos na água. Ela é o destino para onde a magia me leva. Não me reconhece quando me aproximo e subo os degraus do pavilhão. De perfil, parece ter a mesma idade de Zhen. Está vestida com um traje bordado com delicadeza, de um cor-de-rosa claro tão suave quanto as pétalas de uma rosa, e com uma saia da mesma cor, mas de um matiz mais intenso. O cabelo está puxado para trás de uma forma adequada para a filha de um nobre, preso com um único alfinete de prata. Ela é a única coisa que brilha neste lugar sombrio, cercado por decadência e ruína.

Quando paro diante da anciã, ela enfim se vira e me encara com olhos tristes, cansados. Não se parece em nada com a mulher que vi encolhida no chão. Parece ter toda a vida pela frente, pronta para seguir os desejos de seu coração.

— Anciã Tai — cumprimento, inclinando a cabeça em reconhecimento.

Ela também faz uma mesura.

— O que está fazendo aqui? Você não pertence a este lugar.

— Você também não pertence a este lugar — argumento. — Foi envenenada. — Não sei quanto tempo ainda lhe resta, e, se partir comigo voluntariamente, as chance de que eu ainda consiga devolvê-la ao próprio corpo são maiores.

Suas sobrancelhas se franzem em ligeira confusão, então ela olha para a residência ao longe com expressão saudosa.

— Há muitos anos não volto a estes jardins.

Ela faz um gesto com a mão e algo muda. Vejo a neblina do lugar se dispersar um pouco. De súbito, a lagoa está límpida, repleta de peixes laranja e branco circulando um ao outro sob a superfície. As árvores se tornam exuberantes e verdes, os botões alaranjados das flores de jasmim-do-imperador brilhantes perto das folhas.

— Há pessoas esperando por você em Yěliǔ. — Eu me inclino para a frente, implorando para que ela ouça. — Crianças pelas quais ainda é responsável.

Eu lhe ofereço a mão na esperança de que ela a pegue, que a conexão me permita puxá-la e libertá-la do encantamento. Então os ingredientes do antídoto poderão agir para estabilizar a febre e acalmar seu coração acelerado.

— Ah, sim... A jovem Fei e o teimoso Hongbo. — Alguma lucidez retorna aos seus olhos, uma lembrança da pessoa que era e da vida que já viveu antes que aquele lugar a levasse. — Ouvi suas vozes, mas pensei que estivesse sonhando.

Um vento repentino sopra, balançando o cabelo às suas costas. Estremeço. Um assovio estranho soa da direção do portão, como o estridente som de uma flauta de bambu tocada de forma muito aguda.

— Ouça... — sussurra Anciã Tai, então perde o foco novamente, olhando para o céu com expressão sonhadora. — Eu ouço seu chamado.

— A flauta? — Sem me dar conta, deixo escapar: — Não ouça.

Não é seguro. Há perigo contido naquele tom dissonante.

— Mas parece tão doce... — Suas feições mais uma vez se acomodam em um sorriso plácido, sonhador. O silvo soa de novo, agora mais insistente, severo. Uma dor aguda queima meu braço, e ofego. Baixo o olhar e vejo meu braço brilhando com uma luz peculiar e pulsante.

— Venha comigo, por favor — imploro. Algo está vindo. O que ou quem, não sei, só sei que precisamos fugir. Partir antes que nos alcance.

A Anciã Tai me encara de novo e suspira, como se sobrecarregada pelo peso das próprias memórias.

— Minha casa queimou há anos. Nada disso foi poupado.

Ela estica o braço para mim então, e, quando nossas mãos se conectam, sinto a ponte construída pelo chá, a magia se esforçando para encontrá-la. O vento uiva ao nosso redor em protesto. Ergo o braço para proteger meus olhos do vendaval repentino, do ardor da poeira que me fustiga a pele. Uma sensação de desesperança me invade, me lembrando das tempestades que chicoteavam a terra seca ao redor do leito rachado do riacho no ano da seca. Quando vivíamos com sede o tempo todo.

Ao nosso redor, o pavilhão começa a desmoronar.

— Vamos! — grito, colocando-a de pé. Escapamos do pavilhão no momento em que o telhado desaba. A grande casa ao longe desmorona sobre si mesma. As árvores e arbustos ao nosso redor vibram, como se temessem o que está por vir.

Tento correr, mas a mão da Anciã Tai escapa da minha. Eu me viro apenas para ver que ela não é tão real quanto parecia antes. Está um pouco translúcida, a roupa outrora vibrante agora cinzenta.

— É tarde demais — diz.

Eu me lanço em sua direção, tentando imaginar minha magia como uma rede dourada puxando-a de volta. Mas meus braços a atravessam. Ela fica mais fraca a cada momento, fragmentos se desintegrando em cinzas varridas pelo vento.

A Anciã Tai tenta falar, sustentando meu olhar.

— A serpente quer reclamar o que sempre pensou lhe pertencer. O que foi tirado dele da primeira vez... Impeça-a... Tarde demais...

Ela é varrida dos meus braços, desaparecendo em um redemoinho de poeira. A tempestade me cerca, um vórtice violento. Fico no centro. Olho para o alto: a serpente espreita acima de mim, mostrando as presas. Parece tão imensa quanto eu me lembrava do sonho de Shu. Os pontos incandescentes daqueles olhos perscrutam minha mente, como se a criatura fosse capaz de ler meus pensamentos mais sombrios e se deleitar com eles.

A dor sobe por meu braço e perfura meu crânio, como se alguém pegasse uma adaga e a enfiasse em minha testa. No refúgio de minha alma.

Grito e caio de joelhos, atravessando a Transmutação de volta a meu corpo.

De volta à realidade, onde sei, com toda a certeza, que falhei.

Capítulo Oito
Ning 寧

Recobro a consciência com o corpo esparramado no chão duro de pedra, o grito ainda sufocado na garganta. Minha boca tem gosto de moedas de cobre. A sombra da serpente paira acima de mim, sua cabeça grande o suficiente para bloquear o céu, o mundo inteiro. Ergo as mãos em uma tentativa de me defender, revidar...

Eu me debato por alguns instantes até perceber que é Zhen. Ela chama meu nome, aperta com força meus punhos, afastando do rosto minhas mãos em garras.

Minha cabeça lateja de dor. Quando paro de lutar, ela me solta, mas rastejo sobre mãos e joelhos na direção da Anciã Tai. Preciso ver por mim mesma o que aconteceu. Coloco os dedos em sua garganta, procurando desesperadamente por uma centelha, algo para me dizer que tudo não passou de um sonho terrível.

Mas é real. Ela deixou nosso mundo para trás.

Eu me sento com pesar, sentindo toda a força se esvair dos membros.

— Sinto muito — digo a ela. À guardiã que dedicou a vida à busca de sabedoria e à oferta de conselhos. À jovem destituída que encontrei em suas próprias memórias. À garota cujo desvio no caminho de alguma forma a trouxe até mim. — Não fui forte o bastante.

— Você tentou. — Zhen procura me tranquilizar, mas não quero ouvir. Eu me levanto e passo por ela. Não há lugar onde eu possa encontrar alívio. Eu me sinto esmagada sob o peso da minha própria comiseração. Do desamparo que me envolveu quando mamãe morreu, e depois a constante preocupação quando me sentava ao lado da cama de Shu, noite após noite.

Pensei que, se abraçasse a magia, então o caminho estaria livre. Eu teria todas as respostas, as soluções, ao meu alcance. Mas agora percebo que ainda não é o bastante. Nunca serei o bastante.

Chuto um bule para a parede, levantando uma nuvem de poeira. Pego e jogo uma cesta em uma prateleira. Pergaminhos são arremessados, e os chuto também. Alguém segura meu braço, e rosno para quem quer que seja tolo o suficiente para me tocar. É Shu, me encarando com olhos tão parecidos com os de nossa mãe.

— Pensei ter dito para você ficar do lado de fora! — grito, porque é mais fácil brigar com ela do que cair de joelhos, chorando. Quando tudo ao meu redor está quebrado, significa que não sou a única coisa danificada.

— Você *me* salvou. — Ela tenta me lembrar. — Fez o seu melhor.

— Meu melhor não é o *bastante*. — Desvencilho meu braço de seus dedos. Descanso a cabeça na parede, respirando fundo até o acesso de raiva se esgotar e deixar apenas vergonha no lugar. Sei que não sou mais criança, não posso correr até a floresta para gritar e chorar.

Ao retornar a um estado de espírito mais lúcido, me encontro sozinha na câmara. Zhen e Ruyi estão entretidas em uma conversa quando volto para a sala principal do templo, e Shu e as crianças as ouvem com atenção.

Zhen acena para mim quando me vê, e todos se comportam como se não tivessem me visto perder a compostura.

— Temos de continuar para o norte, ver se podemos seguir a trilha do comandante — informa Ruyi. — Vamos ver se é possível encontrar aqueles que continuam leais ao Imperador da Benevolência em Kallah.

— Concordo. — Zhen assente. — Vamos dormir aqui esta noite e reunir suprimentos pela manhã, antes de atravessar o desfiladeiro. Temos um mapa da área?

— Sim — responde Fei. Seus olhos estão vermelhos de tanto chorar. Meu coração se contrai novamente. Quero me desculpar por não salvar a vida da anciã, mas as palavras estão presas em minha garganta.

Ruyi me puxa de lado depois que recebemos instruções para nos prepararmos para a noite.

— Eu me lembro da perda daqueles que não consegui salvar — diz ela, a voz rouca. — Lembre-se deles. Vai ajudá-la quando precisar prosseguir, mesmo quando sentir que não tem mais nada a oferecer.

Assinto, não confiando nas palavras. Se eu começar a chorar, posso ser incapaz de parar. De todos, talvez seja Ruyi quem entenda melhor. Pelo que Lian me disse, a aia foi arrancada de casa ainda criança. O que aconteceu com sua família? Quem ela perdeu?

Toco a lateral do corpo. Na faixa da cintura, ainda guardo a carta de Wenyi. A promessa feita a ele nas masmorras sob o palácio. Vou levar a mensagem para sua família e lhes contar o que aconteceu com ele. Ainda há trabalho a fazer.

Guardo as palavras de Ruyi na memória, os nomes daqueles que perdi ou precisei deixar para trás.

Mãe. Pai. Wenyi. Governanta Yang. Pequeno Wu. Qing'er. Anciã Tai.

Aqueles que perdi para o Governador Wang, para o chanceler, para o General de Kăiláng.

Vou me assegurar de que paguem pelo que fizeram.

Caio em um sono esgotado, e na manhã seguinte Shu precisa me acordar. Enchemos nossos cantis com água do poço e abastecemos os alforjes dos pôneis com mais provisões. Gostaria que pudéssemos mover os corpos e prepará-los para os ritos do fogo ou da terra, enterrá-los finalmente, de modo que uma parte de suas almas retornasse às famílias. Mas tudo o que posso oferecer é um pedido de desculpas murmurado para que saibam que voltarei um dia a fim de ajudar a recolher os restos e sepultá-los.

Hongbo encontra alguns mapas na biblioteca para nos ajudar a navegar pelas montanhas. O caminho para Kallah deve ser relativamente fácil de seguir, mas precisamos nos manter atentos. Os responsáveis pelo massacre em Yěliŭ podem estar à espreita na floresta ou os soldados do governador podem estar em nosso encalço. Quanto mais cedo deixarmos Yěliǔ para trás, melhor.

Conforme o sol continua seu curso acima de nossas cabeças, Yěliǔ lentamente desaparece entre as árvores, até estarmos embrenhados no meio da floresta. Ao longo do caminho, há vários pequenos santuários. Alguns são apenas pilhas de rochas ou uma placa de pedra esculpida, na qual está gravada a figura de um pássaro. Parece que a Dama Branca ainda tem influência no norte, mesmo que a consideremos nossa padroeira no sul. É como Lian diz: a mesma deusa cuida de todos nós. Ter um nome diferente não muda nada. Ver as homenagens significa que estamos entrando em seu domínio, e consigo encontrar um pouco de conforto nisto.

É ali que sei que devo falar com Shu sobre o que aconteceu enquanto ela estava nas garras do veneno. Penso em mim mesma enquanto Shu e Fei caminham na frente; a menina se postou do lado de Shu desde a noite passada. Tenho evitado tocar no assunto com minha irmã, pensando que a forçaria a reviver aquelas lembranças ruins, mas me dou conta de que se tratava de um subterfúgio para me proteger. Não quero saber o que ela precisou suportar enquanto eu estive fora. Agora, se não quero correr o risco de perder alguém com quem me importo, tenho de enfrentar meus medos.

Vou até Shu, de modo que ficamos lado a lado, e pergunto se Fei poderia nos dar alguma privacidade. A garotinha se afasta para se juntar a Hongbo mais à frente, então apenas uma calma expectativa permanece entre nós.

— Eu... Me desculpe pelo que eu disse ontem. — Começo devagar. — Eu não deveria ter gritado com você. — Até mesmo falar essas palavras alivia um pouco o peso em meu peito.

Shu abre um ligeiro sorriso, balançando a cabeça.

— Você passou por muita coisa — comenta ela, a voz suave. — Eu teria me preocupado mais se fingisse estar tudo bem.

Contra a vontade, solto uma risada.

— Está me dizendo que não sou uma mentirosa muito boa. — Shu não esboça nenhuma resposta, apenas abre um sorriso radiante.

É então que sei que fui perdoada. O amor da minha irmã por mim é simples. Papai teria salientado como meu comportamento envergonhou a família, mas Shu me aceita como sou, não pedindo nada em troca. Vejo agora que, sem ela, estarei sempre perdida. Em contrapartida, minha irmã quer que eu confie nela, não a veja apenas como alguém que preciso proteger.

— Preciso da sua ajuda — revelo enfim. — Preciso que me diga do que você se lembra de quando estava presa na floresta com a serpente.

— A floresta... — começa ela, hesitante. — A floresta parecia familiar, mas não era bem como a nossa floresta. Parecia quieta de um jeito sinistro. Não havia nenhum som de animais, o que me fez sentir que talvez estivesse sonhando. Às vezes eu conseguia ouvir sussurros, alguém falando a distância. Outras vezes eu ouvia... um assovio, logo atrás de mim. Mas, sempre que me virava, não havia ninguém lá.

— Ela esfrega os braços como se estivesse com frio. Um silvo, assim como o que experimentei com a Anciã Tai.

— O que as vozes diziam?

— Ficavam me dizendo que eu tinha de... ir até elas, que tinham o que eu buscava.

— Para onde queriam que você fosse? — pergunto.

— As vozes simplesmente disseram para eu me aproximar — sussurra Shu. — Às vezes eu via um cervo na floresta. Outras, um pássaro. As últimas vezes... as vozes soavam como nossa mãe. — Sua voz falha.

Meu coração se parte. Ela não deveria ter vivenciado aquele terror, o veneno alterando sua mente.

— Às vezes eu acordava e ainda estava na floresta. Mas parecia a floresta que eu conhecia, e não sabia como cheguei lá. Meus pés estavam enlameados, e eu, sozinha e com medo. Papai às vezes me encontrava e me trazia de volta. Há ocasiões em que me lembro dele me carregando; em outras, eu acordava de volta na minha cama. Ficou mais difícil diferenciar o que era real do que não era. Eu via coisas que sei que não deveriam existir, e ainda assim... estavam ali.

Coloco meu braço ao seu redor e aperto seus ombros para lembrá-la de que estou presente e que ela não está mais sozinha.

A subida da montanha muda de uma inclinação gradual para uma série de ziguezagues à medida que o terreno se torna mais íngreme. Caminhamos pela maior parte do dia, mas, quando a luz começa a diminuir, Zhen decide parar a fim de passar a noite em vez de prosseguir. É muito perigoso arriscar um passo descuidado na encosta da montanha; se uma de nós escorregasse, poderia cair na floresta abaixo e quebrar todos os ossos do corpo. Montamos acampamento em uma pequena clareira e dividimos nossas rações. Estremeço quando nos acomodamos no chão, esfregando meus pés doloridos.

Fei e Hongbo conversam animados ao redor da fogueira, a timidez inicial esquecida. Comemos frutas secas e folhados enquanto Zhen faz perguntas sobre o duque. É por meio de sua conversa que descubro como o nobre seguiu os princípios do Imperador Ascendido, que uniu o império dividido através da comida dos próprios celeiros.

Zhen ri e fala com eles abertamente, sem a linguagem formal da corte, e sua simpatia me surpreende. Não me dei conta do quanto ela se manteve distante até agora. A princesa parece relaxada e descontraída, os joelhos encolhidos, gesticulando com um folhado de melão de inverno na mão. Até Ruyi, em geral alerta e séria, consegue abrir um sorriso com as palhaçadas de Fei.

Deitada no saco de dormir, observo o céu noturno além do dossel da floresta. As estrelas estão especialmente brilhantes esta noite. Olho para cima por um tempo, mesmo depois que a respiração de Shu se aprofunda ao meu lado e a floresta fica em silêncio. Gostaria de poder ler seus padrões, saber o que vamos encontrar, se estamos no caminho certo. Mas seus segredos continuam a me escapar.

O sono não oferece conforto. Sonho que sou perseguida por cervos com muitos olhos, sombras que deslizam às minhas costas, chamando meu nome.

Capítulo Nove
Kang 康

Quando Kang entra no Salão da Harmonia Celestial, a conversa silencia. A sensação desagradável de muitos olhares sobre si faz sua pele formigar. É apenas por um instante, mas ele sente os efeitos residuais daquele escrutínio como uma nódoa.

O general cumpriu sua promessa, e outras punições públicas de vários graus de severidade se seguiram. Até mesmo Kang, acostumado aos costumeiros castigos militares de chicotadas e açoites, acha tais provações — não, *espetáculos* — excessivamente cruéis. Naquela manhã, a governanta das cozinhas foi pisoteada até a morte por cavalos por sua participação na fuga da princesa. Kang fez uma petição ao pai pedindo misericórdia para a filha da mulher, criada do antigo imperador, porque não havia evidências suficientes de sua contribuição à revolta nas cozinhas. Seu apelo falhou, mesmo com o apoio de um grupo de oficiais, e a jovem foi enforcada diante da corte.

Formas de tortura e de execução anteriormente proibidas pelo Ministério da Justiça sob a liderança da imperatriz viúva e do Imperador Benevolente foram temporariamente retomadas. O ministério insiste que será apenas enquanto durar o período de transição. O general provou que cumprirá sua promessa de justiça, de expurgar a podridão. Que haverá *ordem*.

Kang atravessa o salão em direção ao pai, sentado no trono sobre o estrado no lado oposto do recinto. Ele sobe os degraus e se posiciona à direita do trono, como condiz a seu status. Um pensamento fugaz se intromete enquanto o arauto anuncia o início do conselho: ele espera que não haja muito sangue derramado naquela noite.

Uma procissão é conduzida à sala por dois criados. À frente do grupo, quatro homens de cabelos brancos e uma mulher de aparência majestosa despontam como os líderes daqueles que seguem. Vestem mantos azul-claros bordados com fios de prata. Pingentes de jade azul-esverdeados em cordões brancos pendem das faixas de cintura.

Atrás deles, aparentando nervosismo, uma figura mais jovem que os demais se destaca. Kang o reconhece: Shao, o shénnóng-tú que ganhou a competição, cuja magia ele mesmo já experimentou. Aqueles devem ser os shénnóng-shī chamados à capital para a cerimônia. Outros praticantes da arte seguem, também trajando variações de azul, vestidos com os melhores trajes para se apresentar à corte.

Assim como as variações em seus trajes, da seda bordada ao cânhamo rústico, suas expressões também diferem. Alguns olham em volta, interessados em seus arredores, enquanto outros parecem nervosos ao examinar a sala e os oficiais presentes. Há também os que parecem perfeitamente estoicos, e seus rostos nada traem.

— Reconhecemos o Príncipe de Dài, imperador regente deste grande império — proclama o arauto, quando a procissão para dez passos diante do trono. Com um farfalhar de mantos, os shénnóng-shī se ajoelham, em seguida se curvam, tocando as testas no chão.

O pai de Kang gesticula.

— Levantem-se.

O Grão-Chanceler Zhou se levanta de seu assento.

— Anciã Guo, aproxime-se do trono.

A anciã, a líder de Hánxiá, se levanta de seu lugar ao longo do perímetro, já aparentando ser parte da corte. Parece que o pai de Kang e o chanceler em pouco tempo fizeram progressos em apaziguar o Ministério dos Ritos. Eles vão influenciar o coração do povo e ganhar o apoio dos deuses.

A Anciã Guo acena com a manga, e o criado de pé atrás de seu assento também se aproxima, uma bandeja de madeira em mãos. Os dois se ajoelham diante do trono. O chanceler intercepta o criado diante dos degraus e pega a bandeja. A corte observa com absoluta atenção enquanto o chanceler sobe a escada e oferece a bandeja para a inspeção do general.

Kang distingue um disco de jade branco-pálido, com veios verde-claros e manchas cinzentas. Mesmo com seu conhecimento limitado, sabe que aquele jade não é a variedade altamente cobiçada que os ricos colecionam: ele não brilha com um tom leitoso ou um verde rico e profundo. O disco também não parece cuidadosamente trabalhado, como a preciosa escultura do bok choy de um artista famoso, com suas folhas verde-escuras, guardada nos cofres do palácio. O disco é fino, imperfeito e, portanto, quase inútil.

O general o pega e o examina com um olhar crítico. Aquilo intriga Kang... O pai nunca demonstrou interesse por tesouros materiais. Ele prefere ambientes esparsos, minimalistas, para maior clareza da mente.

— Esta relíquia pertence a Hánxiá? — pergunta o general.

— Sim, Vossa Alteza. Hánxiá a oferece como tributo, uma demonstração de nossa lealdade ao trono — responde a Anciã Guo, ainda ajoelhada. — A lenda diz que o amuleto foi usado pelo próprio Shénnóng.

As exclamações ao redor da sala são genuínas, assim como o silvo que escapou dos lábios de Kang, irreprimível. Eis um dos tesouros outrora empunhados pelo Primeiro Imperador, um dos objetos que, diziam os rumores, continha parte da magia que lhe permitiu unir os clãs.

— Como podem ver, ministros e oficiais da corte — pronuncia o chanceler, com um sorriso —, somos gratos pelo presente de Hánxiá nestes tempos de desespero. Leve a relíquia até o cofre para sua proteção.

Outro criado se aproxima, pronto para receber o disco.

— Espere! — Um dos shénnóng-shī levanta a voz em protesto, se adiantando e caindo de joelhos ao lado da Anciã Guo. — Se me permite falar!

— Como ousa se dirigir ao imperador regente de forma tão insolente? — grita um dos oficiais. Um membro de qual ministério? Kang não tem certeza.

Dois guardas imediatamente avançam de cada lado do estrado, mãos nas espadas. O homem toca a testa no chão.

— Não quero desrespeitar o imperador regente — assegura ele. — Por favor.

— Vou ouvi-lo — decide o general, se levantando do trono com a túnica roxa drapejando às suas costas. — Levante-se e dirija-se à corte.

— Obrigado, Vossa Alteza. — Devagar, o ancião fica de joelhos e depois de pé, estremecendo ligeiramente. Ele limpa a garganta e, em seguida, também faz uma mesura para a corte. — Honoráveis ministros, imploro a vocês. Permitam que essa relíquia seja devolvida a Hánxiá após a conclusão da cerimônia desta noite. Foi decretado pela viúva imperatriz que ali ficaria, como símbolo da separação dos mosteiros e das academias da capital. Deixem a Anciã Guo permanecer aqui para falar em nome de Hánxiá perante a corte. Ela será nossa representante. Acredito que seja suficiente.

Há acenos de concordância e murmúrios de reconhecimento dos outros shénnóng-shī, e também alguns entre os cortesãos.

Outras vozes se juntam à discussão.

— É tradição! — grita alguém.

A Anciã Guo se levanta de um salto, parecendo alarmada.

— Eu não sabia do plano do Estimado Wan de falar perante a corte, Honorável Senhor! — Seu apelo parece ser dirigido ao chanceler.

— O que acha, Ministro Song? — pergunta o general. Kang está perto o suficiente para ver a leve contração na face do pai, sinal de que ele está descontente.

— Ah... — O ministro, em geral calmo, parece hesitar diante da pergunta; Kang vê que o homem está lutando para encontrar a resposta mais respeitosa, uma que não ofenderá o futuro imperador. — Sim, acredito que o Estimado Wan tem razão, Alteza. A imperatriz viúva decretou que, em tempos de paz, os mosteiros e as academias governariam a si mesmos.

— Exatamente! — O general então aplaude, sobressaltando mais do que alguns oficiais. — Em tempos de paz. Só então poderemos continuar a seguir os decretos da brilhante imperatriz, que a sabedoria de minha mãe para sempre seja lembrada. Mas estes são tempos conturbados...

Ele junta as mãos atrás das costas e começa a caminhar diante do trono.

— Isso foi antes de descobrirmos esquemas traiçoeiros dentro da corte. Um imperador foi envenenado diante dos olhos de todos! — Ele dirige um olhar incisivo para os oficiais da corte, que recuam com tamanha intensidade. — Uma envenenadora à espreita no meio de vocês, trazida até aqui sob o pretexto de uma competição. Vocês esqueceram que ela assassinou o Estimado Qian? — ruge ele. — Um dos seus?

Com um suspiro, os shénnóng-shī caem de joelhos. A corte os imita, todos oferecendo sua subserviência.

Por um momento, Kang sente aquele medo direcionado a si mesmo e, no íntimo, sente uma pontada de vergonha.

Não confunda medo com respeito, ele ouve as palavras sussurradas da mãe em sua mente. *Eles seguirão os dois, mas você verá com que facilidade um vai vacilar.*

— Vocês falam de ritos e tradição. — A voz do pai de Kang estala como um chicote. — Um dos seus morreu, e vocês protestam sobre como as coisas costumavam ser. Não entendem: estamos mais uma vez à beira da guerra, quando irmãos lutarão contra irmãs, mães contra filhos.

— Ministro Hu! — chama o chanceler. — Traga a proclamação!

— Levantem-se para receber o decreto do imperador regente! — anuncia o arauto, e todos se levantam.

O Ministro da Justiça dá um passo à frente, as mãos segurando um pergaminho. Atrás dele está outro funcionário, que desembrulha um retrato à vista de todos. Para espanto de Kang, ele reconhece aquele rosto. A onda no cabelo, a curva dos lábios. Aquela cuja presença ainda assombra suas memórias.

Ning, a garota de Sù, os encara do retrato em preto e branco. No canto da imagem, se vê o carimbo vermelho do selo oficial do Ministério da Justiça. Procurada.

Kang força seu rosto a ficar impassível, mesmo que esteja gritando internamente. Ele sabe que a corte vai observar cada movimento seu, cada expressão, e o julgará por isso.

— Zhang Ning de Sù foi declarada inimiga do reino. — O ministro lê do próprio pergaminho. — Orientada a se juntar à competição para shénnóng-shī da corte sob falsos pretextos e recrutada pela antiga princesa, Li Ying-Zhen, para executar seu plano infame.

A vontade de protestar borbulha no peito de Kang. Ele quer falar em nome de Ning, dizer a eles que nada daquilo é verdade. Ele conversou com a moça, ouviu seus pensamentos tão intimamente quanto os próprios, naquele outro lugar onde todos os segredos são revelados. Conhece a dor aguda que ela sente pela perda da mãe. Experimentou seu choque ao descobrir a história complicada dos pais, tão complexa quanto a sua própria.

Espere e observe, sussurra a voz fria da mãe. *Agora não é a hora. Você vai perder a cabeça.*

— Foi-me garantido que é impossível para um shénnóng-tú solitário realizar tal façanha. — A voz do general ressoa sobre a multidão encolhida diante de si. — Ela teria sido ensinada por um shénnóng-shī a desenvolver esse tipo de veneno. Quem entre vocês foi tal traidor? Quem entre vocês é inimigo de Dàxī?

Alguns dos shénnóng-shī levantam as mãos e negam todas as acusações, enquanto outros caem prostrados e imploram por misericórdia.

— Não importa — diz o general com um aceno desdenhoso. — Vão se sujeitar às atenções do Ministério da Justiça. Colaborem e suas vidas talvez sejam poupadas.

— Não pode fazer isso! — grita, indignado, o Estimado Wan, um dos poucos shénnóng-shī ainda de pé. Então dá meia-volta e encara as pessoas da corte, que se encolhem sob aquele olhar. — Qual de vocês ainda reconhecerá os deuses? Qual de vocês vai se apresentar e protestar contra essa disputa pelo poder? Yěliǔ, Wǔlín, os outros mosteiros, todos vão ouvir falar dessa afronta!

Mas ninguém se pronuncia.

— Não ouviu, Estimado Wan? — pergunta o Chanceler Zhou com alegria mal contida. — É tarde demais. Wǔlín já jurou fidelidade.

Mais cedo, Kang notou a ausência dos guerreiros Wǔlín no salão, mas agora, quando entram pela porta lateral, se dá conta de que o chanceler os escondeu para maior impacto, para serem introduzidos naquele momento em particular. Cresceram em número, de três para um grupo de dez. Suas pulseiras de metal brilham na luz, músculos dos braços definidos, as pernas nuas tão fortes quanto árvores. Mas não é sua aparência que choca a corte, e sim o que quatro deles carregam entre si.

Com um baque, a coisa cai no chão diante da audiência perplexa. Um pilar de pedra rachado no qual os caracteres de Yěliŭ foram talhados. Na base, uma tartaruga esculpida com a cabeça quebrada, uma profanação da representação de Bìxì.

O Ministro da Justiça dá um passo à frente e, com voz grave, declara:

— Yěliŭ caiu. O Conselheiro Liang foi considerado culpado de traição. Ele aconselhou a princesa sobre como remover o pai do poder e, portanto, foi executado.

— Onde está sua prova? Onde está a evidência? Não vou acreditar! — A voz do Estimado Wan soa alta, à beira da histeria. Os oficiais da corte se entreolham, inseguros, mas parecem ter perdido a voz. Ouve-se apenas o farfalhar de mantos, o som do pranto de alguém.

— Esse traidor não fala por Hánxiá. — A Anciã Guo é rápida em se defender. — Eu os represento. Hánxiá não participa do complô. Vamos nos submeter ao Ministério da Justiça. Vão descobrir que somos inocentes.

— A corte será testemunha! — diz o Chanceler Zhou. — Wǔlín é dedicada a nossa causa. Yěliŭ não existe mais. Agora Hánxiá se rendeu. Levem todos daqui.

Soldados irrompem pelas portas abertas e, como uma onda sombria, cercam os shénnóng-shī reunidos, auxiliados pelos wǔlín-shī. Kang assiste ao caos resultante com uma sensação nauseante e agourenta dentro de si. Não consegue acreditar que foi isso que o pai quis dizer quando falou que conquistaria o apoio dos mosteiros e das academias. Forçá-los a se submeter por coerção e ameaças. Os pilares do império se *foram*. Os lendários guerreiros o estão ajudando em seu plano, o que parece bem contrário aos seus princípios. Mas talvez a academia tenha mudado nos anos seguintes à infância de Kang.

O olhar de Kang pousa no rosto de um wǔlín-shī em particular. Ele se destaca entre a multidão, a expressão contorcida em uma carranca feroz enquanto luta com um dos queixosos praticantes de Shénnóng. Provavelmente Kang não o teria reconhecido se não fosse pela cicatriz distinta e memorável ao longo da mandíbula.

Qi Meng Fu. Seu antigo professor.

Ele vai lhe dar as respostas de que precisa. Ele *deve* fazer isso.

Capítulo Dez
Ning 寧

Na manhã seguinte, emergimos do pinheiral em um terreno mais rochoso. Como queremos colocar a maior distância possível entre nós e Yěliǔ, viajamos mesmo com o nevoeiro da manhã ainda denso tornando difícil discernir a trilha que seguimos.

Em uma bifurcação da estrada, decidimos pelo caminho mais curto para a província do noroeste, mesmo que a escolha possa nos colocar em maior risco. O tempo está sempre contra nós.

É somente quando começamos a escalada da primeira elevação que o sol rompe a névoa. No cume, a bruma se dissipa, revelando uma vista gloriosa dos cinzentos picos pontiagudos e da extensão verde do vale abaixo. O Estreito de Guòwū, apontando o caminho para Kallah.

Como uma enguia prateada, um rio serpenteia pelo cânion em direção ao horizonte distante. É como se estivéssemos acima do mundo inteiro. Ruyi aponta para o Pico do Paraíso e o Portão do Paraíso, duas das montanhas mais lendárias, além do planalto de Kallah e além das fronteiras de Dàxī. Do outro lado daquelas montanhas, há outros impérios, outros reinos. Os viajantes contam histórias de cavernas reluzentes e belos templos. Parada ali, meu sonho de ver aqueles outros lugares não parece tão impossível quanto eu pensava.

A beleza da paisagem nos revigora, e, pela primeira vez, estamos de bom humor enquanto continuamos a jornada. O ar fresco da montanha enche meus pulmões, me despertando.

Ruyi me acompanha naquele trecho da caminhada, balançando os braços e alongando os ombros com movimentos circulares.

— Lindo, não é? — diz ela. — Me faz lembrar de casa.

Jamais a vi tão livre, mas então me dou conta de que mal a havia encontrado fora dos muros do palácio.

— Onde fica sua casa? — pergunto.

— Nas montanhas de Yún, não muito longe de Hánxiá — responde ela, e, em seguida, depois de uma pausa: — Faz muito tempo que não volto lá.

— Obrigada — agradeço. — Pelo outro dia.

— Pelo quê? — Ela estreita os olhos contra a luz do sol.

— Por me lembrar do que é importante: as pessoas que ainda vivem.

— Ah. — Ela suspira. — Os mortos não podem voltar, mas podemos continuar seu legado.

— Sábias palavras — comento.

— Quando a imperatriz viúva me salvou do levante, eu era a única sobrevivente do meu clã. Vivia cheia de raiva, meio rebelde e não me comportava como uma companheira da princesa deveria — revela Ruyi. — Mas ela confiou em mim, lutou para que eu ficasse e disse que seríamos boas uma para a outra, Zhen e eu. Ela estava certa.

As duas se encontraram, apesar de tudo. De certa forma, eram opostos. Uma órfã sem nada e uma princesa com tudo. Uma conexão que se transformou em amor. Elas colocam a própria segurança em risco para salvar uma à outra, assim como quando meus pais fugiram do palácio.

O palácio força você a esconder sua verdadeira essência para sobreviver, percebo isto agora. As sufocantes regras e tradições, intrigas e mentiras. A princesa que conheci no palácio é muito diferente da pessoa que conheço agora. O mesmo vale para a guarda-costas ferozmente protetora escalando a montanha ao meu lado. Apontei uma faca para o pescoço de uma delas, compartilhamos refeições e bebemos na companhia umas das outras, e juntas escapamos por pouco de sermos assassinadas. Encontramos perigos suficientes para uma vida e mais do que suficientes para uma plebeia como eu.

— Mais à frente! — grita Zhen.

Além da colina adiante, vemos um pequeno grupo de pessoas, todas vestidas de preto, vindo em nossa direção. Se a neblina não tivesse se dissipado, poderíamos ter tropeçado uns nos outros.

Eles também nos notaram. E aceleraram o passo.

Eu já deveria saber que nosso alívio não duraria muito, tendo em mente a matança que deixamos para trás. Deveria ter adivinhado que poderíamos cruzar com assassinos na peregrinação até Xìngyuán.

Shu reúne as crianças enquanto cuido dos pôneis. Ruyi observa as figuras se aproximarem. Não temos muito tempo antes que nos alcancem.

— Recuar ou lutar? — pergunta Zhen, baixinho.

— Com os pequenos, eles vão nos alcançar rapidamente — argumenta Ruyi. Então, com hesitação, acrescenta: — Se eu a aconselhar a fugir, vai me ouvir?

Zhen lhe lança um olhar que indica exatamente o que pensa da ideia. A guarda-costas suspira.

— Uma luta, assim será.

— Se o mapa estiver correto, assim que cruzarmos aquele cume, logo estaremos em Kallah — diz Zhen, soturna. — À beira do Lago Tiānxiáng, existe um posto avançado que recebe viajantes durante esta época. Acho que o posto está ocupado. Talvez seja por esse motivo que eles voltaram. Pelo menos é o que espero.

— Ning — chama Ruyi, assumindo o papel de comandante. — Leve Shu e as crianças de volta pela trilha. Amarre os pôneis e depois se embrenhe na mata. Fiquem fora de vista. Zhen e eu vamos descobrir uma maneira de romper as fileiras deles, correr para o posto avançado e ver se conseguimos pedir ajuda.

Parece uma estratégia desesperada. Eu me viro e conduzo os pôneis até Shu, já formulando um plano próprio. Coloco os dois conjuntos de rédeas nas mãos da minha irmã. Ela me encara, perplexa.

— Amarre os pôneis — digo a ela. — Então leve Hongbo e Fei para as árvores o mais rápido que puder.

Shu hesita.

— A vida dos dois está em suas mãos — aviso. — Preciso ajudar Zhen e Ruyi. Todos vamos sobreviver. Juntos.

Shu assente, então endireita os ombros, aceitando sua tarefa. Ela se vira para as crianças, e volto minha atenção para a princesa. Ao me certificar de que Zhen e Ruyi alcancem o posto avançado, posso salvar Shu. Chegar a Kallah é nossa melhor chance de sobreviver. Mantendo Zhen viva, tenho esperança de limpar meu nome e garantir a segurança do meu pai na vila, em vez de viver minha vida como uma fugitiva acusada de envenenar a Corte de Oficiais e de escapar das masmorras imperiais.

Agora posso ver o brilho da prata nas lâminas daqueles que avançam em nossa direção. Com certeza não são peregrinos, e estamos em menor número. Posso não contar com meus utensílios usuais, mas já vi minha mãe preparar tônicos improvisados quando não tinha fogo à mão. Ela usou cataplasmas como papai anteriormente, e há variações, outras abordagens da magia de aprimoramento do dān que eu poderia utilizar. Mesmo com o risco de me tornar vulnerável na Transmutação, é preferível a não tentar e ser imediatamente massacrada na encosta da montanha.

O desespero abre caminho para a inovação.

Tiro vários pacotes de papel da bolsa, passando os olhos pelos ideogramas rabiscados até encontrar os ingredientes de que preciso. Cantil de água na mão, introduzo ali os fios pretos finos do chá dourado tratado. Este tipo de chá não se importa com o frio: sua essência ainda vai escoar lentamente. Abro as bagas secas de goji até a polpa estar à mostra e também as coloco no frasco. Estou perfeitamente ciente do que aconteceu na última vez em que usei goji, e aprendi a ser cuidadosa com a quantidade adicionada.

Mexo a água. Uma vez, duas vezes. *Primeiro, o sonho.* As palavras familiares de mamãe ecoam em minha mente. *Então céu e terra se seguiram. Mas o que veio depois foi a água e, com ela, a própria vida.*

Água dentro de nós e ao nosso redor, céu e mar. O chá fortalece a conexão com os deuses, mas a água é o elo. Fecho os olhos e imagino minha mãe sentada à beira do riacho. Água escorrendo por entre seus dedos, brilhando à luz do sol como estrelas escoando de suas palmas.

Zhen e Ruyi estão em um cume estreito, abaixo de um bosque de árvores que se agarram à vida naquele terreno. Do outro lado do caminho, há uma encosta rochosa que termina em um acentuado precipício. Escalo as rochas para me juntar às duas. Espero que Ruyi me repreenda, mas ela não o faz. Apenas me cumprimenta com um aceno de cabeça.

Eu lhe ofereço o cantil primeiro.

— Vou ajudar no que puder. Não vou permitir que os enfrentem sozinhas.

Zhen hesita, mas Ruyi se aproxima e toma um bom gole da infusão.

— Princesa? — Ela oferece o frasco para a outra garota, e há um traço de desafio em seu tom. Zhen a encara, surpresa, e as duas travam uma conversa silenciosa entre si.

— Sei que não é sua intenção, mas ainda preciso ter cuidado com qualquer pessoa que possa ter a capacidade de exercer influência sobre mim. Jura que não quer me fazer nenhum mal? — pergunta Zhen, virando-se para mim.

Eu obviamente entendo que ela precise ser cautelosa, mas suas palavras me magoam da mesma forma. A princesa ainda não confia em mim.

— Se quisesse envenená-la, poderia tê-lo feito dez vezes — digo a ela. Lembrando todas as vezes que compartilhamos nossa comida, as noites que dormimos no mesmo quarto.

Ruyi arqueia a sobrancelha.

— Ning está certa. Ela salvou minha vida, e testemunhei sua magia. Sei que ela foi tocada pelos deuses, e aquele outro lugar revela sua verdadeira essência. Se tem más intenções para conosco, depois de todo esse tempo, então possui mais poderes do que poderíamos superar. Ning nos ajudou repetidas vezes. Agora não é hora de duvidar dela.

Zhen sustenta o olhar da aia por mais um momento e, então, diz, irônica:

— Quer dizer, precisamos de toda a ajuda que pudermos obter.

O canto do lábio de Ruyi se curva.

— Pode-se dizer que sim.

— Há um tempo para cautela e um tempo para confiança. — A princesa se rende.

Ela pega o cantil e toma um gole, encontrando meus olhos em reconhecimento, aceitando minha ajuda. Parece crucial, sua decisão, parada em um precipício entre o céu e a terra.

Pego o frasco de volta e bebo, o chá dourado deixando uma doçura na língua. A magia desperta dentro de mim à espera de orientação. Toco o braço de Zhen através do tecido fino de sua túnica e em seguida estendo a mão para o de Ruyi também. A magia suspira, conectando nós três.

Não sou Lian e aquela não é minha especialidade. Não sou capaz de presenteá-las com incrível velocidade ou força inacreditável, mas posso me certificar de que seus passos sejam precisos e seus movimentos, ágeis.

— Vamos nos posicionar lá em cima — decide Zhen. — Vai ser difícil para eles nos cercarem com uma trilha tão estreita. Vão precisar recorrer à luta corpo a corpo. Teremos o paredão de rocha às costas como vantagem.

Ruyi concorda com um simples aceno de cabeça.

— Vou me esconder nas árvores — aviso. — Assim não ficarei no caminho.

Subo a borda rochosa, encontrando com facilidade pontos de apoio para pés e mãos. Eu me agacho e firmo uma palma na árvore ao meu lado. As agulhas espinhosas se entranham em meu cabelo, mas a casca parece quente sob minha pele. Através dela, sinto o pulso da terra. As árvores bebem o sol naquele pedaço de solo ventoso, agarradas à rocha, continuando a sobreviver. Encontro equilíbrio nesta sensação.

Fecho os olhos e estendo minha consciência, me conectando com Ruyi e Zhen. Sinto a expectativa em seus corpos, o foco nas figuras ameaçadoras avançando em nossa direção.

Então o primeiro atacante surge, brandindo a espada em um arco amplo. Ruyi levanta sua arma para bloqueá-lo, amparando o golpe. Sua essência é vermelha, assim como quando a vi na Transmutação. Ela brilha com aquilo. Zhen está banhada em luz prateada. À medida que o atacante recua, o próximo arremete. A espada de Ruyi lampeja, movendo-se como se tivesse luz própria. Zhen os arrebata também com seu dao. Elas lutam lado a lado, uma atacando, a outra defendendo, depois o contrário.

Os adversários vestem armaduras. Não são simples bandidos. Lutam com a disciplina daqueles com treinamento em combate. *Soldados.*

Capto o vislumbre de uma lembrança, Ruyi e Zhen se exercitando, aprendendo a lutar juntas em espaços apertados. As duas duelavam quase diariamente, investindo e contra-atacando, e também com os outros guardas. Até que conseguissem se mover em sincronia. As figuras escuras tentam separá-las, mas continuam a ser repelidas por suas lâminas gêmeas.

Um grito à esquerda desvia minha atenção. Algo abre caminho pelas árvores, pisando nas raízes. As árvores gritam um aviso, mas é tarde demais. Mãos ásperas agarram meus ombros e me puxam para trás. Os galhos tentam me segurar; deixam marcas vermelhas em meus braços quando sou arrancada de suas garras. Sou jogada no solo rochoso e rastejo para trás, lascas de rocha se cravando em minhas palmas.

Ergo o olhar para outro vulto trajado em uma sombria armadura preta, polida até brilhar. Ele usa um elmo com chifres que brotam do topo da cabeça. A parte inferior do rosto está obscurecida por tecido preto, de modo que apenas os olhos escuros são visíveis.

— Encontrei você — anuncia o soldado das sombras com alegria, e golpeia com a espada para baixo, mirando minha cabeça.

Capítulo Onze
Ning 寧

Estou ao mesmo tempo fora e dentro de mim. Uma parte continua presa na batalha feroz travada por Zhen e Ruyi, e outra parte encara a visão da minha morte. De forma fugidia, me lembro de uma estrofe de melodia, uma música que costumávamos cantar sobre a deusa. *Conceda-me a celeridade de suas asas, derrame sobre mim sua bênção agora...*
 Muito embora minha magia deva pertencer a Shénnóng, é na deusa que penso, e é ela quem atende a meu chamado. Aquela de Muitos Nomes, a Abrangente, que alguns acreditam que talvez seja resquício da própria Grande Deusa.
 O mundo estremece, e a espada para sobre minha cabeça.
 A Transmutação é abrupta, não mais uma separação sutil. Sou empurrada para o outro lado com violência. A luz cai, levando todas as cores consigo. Estou de pé ao lado do meu corpo, mas tudo é preto e branco. Não é bem como o mundo intermediário da Transmutação, afinal. Parece... algum outro lugar.
 Levanto a mão diante do rosto e noto minha pele cinzenta. Baixo os olhos e me vejo congelada no lugar, encolhida, mãos erguidas para me proteger da lâmina. Vejo a silhueta do soldado, seu braço levantado, prestes a me cortar ao meio, mas há algo peculiar em seu perfil. Poeira preta jorra de sua figura, criando uma trilha a distância, e sinto que tenho de segui-la. É a mesma sensação de quando os filetes de magia me guiaram através das memórias da Anciã Tai para encontrá-la. Sei que preciso ver aonde aquilo leva.

Caminho, e continuo caminhando, até perder a noção do tempo. Ou estou em algum lugar fora do tempo? Passaram-se apenas alguns momentos? Anos? Até encontrar uma saída para o fim da poeira preta. Até ver um homem à espera no final da trilha.

Ele também parece cinzento, vestido com uma túnica preta. Vagas silhuetas nos cercam na névoa. Como picos de montanhas, mas não consigo ter certeza. Ele faz os movimentos de uma sequência de artes marciais. Golpe, giro de pé, varrer o ar, salto para trás. Mesmo neste monótono lugar sem vida, sua espada brilha como um farol.

— Pare! — grito, e a espada vacila, parando ao seu lado.

Ele me olha com desconfiança. De onde estou, vejo marcas pretas em torno de seus punhos, uma linha escura circunda seu pescoço. Marcas também correm pelos braços, linhas cruzadas. Uma série de cicatrizes.

— O que está fazendo aqui? — Ele rosna para mim. — Os aprendizes não devem nunca interromper os exercícios da tarde. Volte para a sala de aula!

Ele acredita que está em outro lugar, repassando sua rotina diária. Ainda perdido dentro de qualquer lembrança em que aquele reino o aprisionou.

— Você está sonhando — digo a ele.

Um lampejo de confusão cruza seu rosto.

— Sonhando? — retruca ele, com escárnio. — Essa é nova. Vou obrigá-la a subir e descer os Mil Degraus com baldes de água por essa insolência!

— Ouça... — Dou um passo à frente, mas ele levanta a espada, colocando-a entre nós.

— Não se aproxime — avisa.

Eu me preparo e estendo a mão para agarrar a lâmina. Desconheço as regras deste mundo, se as armas podem me machucar aqui. Mas ele é uma ameaça para mim no mundo real, e preciso impedi-lo de me rasgar ao meio. Minha mão atravessa sua espada com apenas uma breve sensação de frio. Diferentes regras operam aqui, ao que parece.

Eu me aproximo e estendo a mão para agarrar seu braço. Minha mão passa através dele como fumaça, mas por meio da conexão flagro um vislumbre de algo. Uma memória. *Estou explorando a floresta nos arredores de Wǔlín. Uma sombra cobre a lua. Algo desce da copa das árvores. Força entrada em minha garganta, e eu engasgo. Tem gosto de fumaça. Sinto seus tentáculos afundando em meu cérebro, e, lentamente, começo a me perder...*

— O que é isso?! — exclama ele, e me dou conta de que vê a mesma lembrança através da conexão entre nossas mentes. — Sonhando — balbucia outra vez, cambaleando para trás. — Devo estar. — Ele passa a mão na testa, tentando determinar se está acordado.

— Qual é seu nome? — pergunto.

— Sou instrutor na renomada Academia Wǔlín, um famoso wǔlín-shī. — A espada está novamente apontada para meu rosto. — Não me curvarei a ninguém. Afaste-se, demônio!

— Você deveria acordar — digo a ele, mais insistente desta vez.

Ao nosso redor, a neblina começa a rodopiar. Vislumbro movimento, formas mutantes, com o canto do olho. Eu me viro, subitamente com medo do que se aproxima.

Uma escuridão se avizinha. No início, é apenas uma leve sombra, mas, quanto mais se adianta, mais cresce, até formar uma silhueta encoberta, estreitando-se em uma forma mais afilada.

A serpente. Aquela que me seguiu através dos meus sonhos. Aquela que me perseguiu do outro lado da Transmutação. Que me encontrou novamente, de algum modo, neste outro reino.

A cobra se aproxima e meu braço começa a doer. Eu o levo ao peito, onde pulsa junto a mim.

O homem recua.

— O que é *isso*?! Essa é sua verdadeira forma?

— Este é seu sonho — murmuro, e então me viro para gritar com ele. — Você precisa acordar!

A conexão entre nós é tão frágil quanto fumaça, mas vejo um fio fino me ligando a ele. Envio minha magia por aquela corda, estendendo a mão desesperadamente para ver se consigo despertá-lo de volta ao mundo real...

Mas, com horror, noto que as marcas pretas em seus punhos e ao redor do pescoço ganharam vida. Ele emite um som, como se estivesse engasgando, e em seguida é erguido no ar, sustentado por filamentos pretos. O homem esperneia freneticamente enquanto aperta o próprio pescoço, tentando respirar, mas seus braços são retorcidos por aquela força invisível, puxados para trás e para cima. O cordão entre nós tensiona, então arrebenta. Ele parece um fantoche, mas um feito de carne e osso.

A serpente ri acima dele, o som áspero ecoando no espaço ao nosso redor. *Você outra vez. Tola enxerida.*

— Deixe-o ir — exijo, mesmo que não tenha nada para usar como trunfo. Sem magia para atacar. Sem armas. O homem continua a se debater acima de mim, lutando para respirar.

A cobra me observa com os frios olhos vermelhos. *Esse homem representa toda a humanidade. Suas vidas curtas e patéticas. Como continuam a se debater e a lutar em sua lamentável natureza humana.*

— O que você quer? — Consigo cuspir em meio ao medo.

Precisei me esconder nas margens de seu mundo por muito tempo. Na escuridão de seus corações, nos limites de seus pesadelos. Já não basta, sibila a serpente. *Vou me empanturrar com suas almas. Vou arrebatar todos os desejos de seus corações para mim.*

— Você é um demônio — declaro. — No entanto, quer ser humano. As duas coisas são opostas.

O wǔlín-shī se contorce no ar acima de mim e, depois, pende flácido de suas amarras. Não tenho certeza se ainda está vivo.

Não posso existir com sua dor e seu desespero, sua raiva e sua tristeza. Eu me recuso a ser contido por mais tempo. Os olhos da serpente brilham de uma forma peculiar. A criatura inclina a cabeça, um movimento estranhamente humano. *Por que não falamos de você, Zhang Ning? A garota da província pobre e lamentável de Sù? Sinto seu desejo de poder. Sei que deseja arruinar as pessoas que a prejudicaram. Se me ajudar, vou garantir que tenha mais poder do que jamais poderia imaginar. Permita-me saborear seus companheiros humanos, e lhe darei a habilidade de destruir seus inimigos.*

Que saiba meu nome e reconheça quem sou fazem minhas entranhas se contorcerem.

— Não sou como você — digo, mesmo que minha voz soe baixa e petulante aos meus ouvidos. — Sou uma filha de Shénnóng. Eu curo em vez de ferir.

A serpente ri. *Shénnóng não mais caminha sobre a terra, e o que resta de seu poder enfraquece cada vez mais. Seu povo se rende às trevas. Vocês mentem, enganam, traem, só para tirar vantagem uns dos outros. Voluntariamente se destroem.*

— Você é o veneno — falo. — Sem sua corrupção, nossa natureza é boa.

No Salão da Reflexão, questionei o dilema do filósofo, mas devo *acreditar* que somos inerentemente bons. Ou, então, por que devemos continuar esta luta vã, se o mal é inevitável?

Você tem mesmo certeza?, pergunta a cobra, olhando de soslaio com uma imitação de sorriso. *Odeia que a princesa ainda não confie em você. Odeia os homens no poder que a traíram. Você odeia que o garoto de quem gosta seja filho do homem que matou sua mãe. Odeia que ainda não a tenha vingado, depois de todo esse tempo. Você odeia ser tão indefesa, tão fraca, tão medrosa... Devo continuar?*

As palavras me sufocam lentamente, me lembrando de todos os meus fracassos. Mas não é nada que eu não tenha dito a mim mesma antes, repetidas vezes. Nada que eu já não saiba.

— Que tipo de monstro eu seria se me afastasse para salvar a mim mesma? — digo à serpente. — Vou lutar com você até meu último suspiro.

Se não vai se juntar a mim... A criatura exibe as presas e se ergue sobre mim, uma visão de pesadelo. *Então vai morrer.*

A serpente escancara a mandíbula, a boca cavernosa descendo sobre mim. Fecho os olhos e espero que os dentes me rasguem, que a escuridão me devore.

Mas nada acontece.

Uma força misteriosa me arranca do Reino das Sombras, e aterrisso de volta em meu corpo. Tudo dói, mas ainda estou respirando. Ainda não fui dilacerada. Reconheço o rosto pairando acima de mim; não o da princesa, mas de um homem que conheci certa vez, na sala privada de uma casa de chá. O astrônomo que aconselhou Zhen e me guiou para o antídoto que salvou a vida da minha irmã.

— Astrônomo Wu... — balbucio. Então rolo de lado, tossindo e vomitando.

— Você estava muito longe — diz ele, me ajudando a levantar assim que meu estômago se acalma. — Tão distante que quase não consegui trazê-la de volta. Daquele lugar de sombras.

Alguma coisa desliza pela lateral do meu rosto, e limpo a bochecha. Meus dedos tocam algo pegajoso como um bálsamo, e o cheiro pungente de cânfora invade meu nariz. O homem me passa um lenço para limpar os resíduos.

Só então me lembro de quem deixei para trás naquele outro lugar.

— Espere! — grito. — Aquele que me atacou...

— Nós o encontramos. — O Astrônomo Wu se vira e aponta para a distância. Dois soldados lutam para controlar uma figura que cospe e grita entre eles. A cobertura escorregou de seu rosto, revelando o mesmo homem que a serpente estava torturando.

— Ele está preso nos próprios sonhos — explico ao astrônomo. — Em algum lugar dentro de sua mente. Alguma outra coisa controla o corpo.

O Astrônomo Wu acena para que o tragam para mais perto. O homem luta o caminho inteiro, cravando os calcanhares na terra. Por um momento, enquanto ele rosna, suas feições se distorcem em um grito silencioso, em seguida se contraem mais uma vez em uma expressão furiosa.

— Você pode despertá-lo? — pergunto ao astrônomo. — Ele é um professor de Wǔlín.

— Posso tentar. — Ele olha para o homem, o avaliando. Eu noto, então, que segura um pequeno frasco em uma das mãos, e da outra pende uma corda cinzenta e desfiada.

— *Patético*. — A voz que sai da boca do homem é irritante. Eu a reconheço como a voz da serpente, a voz que trovejou em minha cabeça.

O astrônomo está alerta. Ele pega o frasco aberto, esfregando os dedos no bálsamo.

— *Todos vocês, lutando contra o inevitável* — rosna o homem em uma voz que não é sua. — *Vocês podem impedir a avalanche de desabar na montanha? Ficariam no caminho de um deslizamento de terra? Continuem sua luta inútil e sejam devorados.*

— Você não tem poder sobre Dàxī. — O astrônomo o encara com firmeza. — Continuaremos a lutar contra sua influência. — Ele estica o braço para o homem.

O wǔlín-shī o encara de volta com olhos muito brilhantes, e então a cabeça se move para trás. De repente, cai de joelhos, seu peso puxando os soldados para baixo. A escuridão lhe enche os olhos até não restar nenhum branco. Ele emite um ruído gorgolejante, e então a cabeça pende para um lado. O sangue começa a escorrer de seus lábios, pingando no chão. Os soldados o abaixam lentamente até o deitar de lado.

— Cuidado! — adverte o Astrônomo Wu. — Esta pode ser mais uma artimanha.

Um soldado restringe os braços do homem, e o outro coloca os dedos em seu pescoço. Ele balança a cabeça, a expressão sombria.

— Se foi.

O cascalho ao meu lado range com passos, e vejo Zhen e Ruyi se aproximarem, contemplando a horrível visão.

— Os outros também — diz Ruyi. Ao lado da aia, Zhen pressiona a boca em uma linha dura. — Todos morderam a própria língua.

— O que eles são? — O soldado mais próximo do corpo do homem parece abalado, enquanto o outro está um pouco pálido, como se prestes a vomitar. Eles aparentam ser soldados experientes, não jovens recrutas. Para que deixem transparecer tamanha perturbação...

Eu me aproximo e arregaço a manga do morto, revelando as marcas em sua pele. Linhas finas e onduladas. Cicatrizes, mostrando sua dedicação a Wǔlín.

— Esse homem era um wǔlín-shī — digo a todos. — Eu o vi no... Reino das Sombras.

— Como isso é possível? — pergunta Zhen.

— A mente estava em outro lugar enquanto seu corpo era manipulado. — Com cuidado, coloco o braço de volta no chão, na lateral do corpo. Ele foi usado e, em seguida, descartado. Não quero desonrar o morto e sua memória; ele não teve escolha.

— Wŭlín caiu? — pergunta Ruyi, baixinho.

— Não temos contato com eles há meses. — Outro soldado se junta a nós, mas, pelo estilo da armadura e pela maneira confiante como fala, posso concluir que sua patente é mais alta que a dos outros. — A última comunicação que recebemos foi a notícia da morte do imperador. Estamos voltando com reforços para Yĕliŭ, a pedido do duque.

Zhen baixa o olhar, sua tristeza evidente.

— Lamento dizer, Comandante, Yĕliŭ não existe mais. As duas crianças que estão conosco são tudo o que restou.

A bochecha do comandante se contorce e ele pisca rapidamente, como se tivesse perdido a fala.

— Parece que temos muito a discutir — diz o Astrônomo Wu, com gravidade. — Venha, vamos conversar.

Capítulo Doze
Ning 寧

O posto avançado à beira do lago é um aglomerado de edifícios; a maioria barracos de madeira, degradados e desgastados pelo vento e pelo sol. De perto, o lago é ainda mais azul. Suspeito que, nesta altitude, a água esteja gelada. Os picos nevados a distância são como vigias gigantes, e me lembro das histórias dos *Contos maravilhosos do Palácio Celestial*.

Os primeiros deuses eventualmente se cansaram de criar terra, céus e oceanos. Então se deitaram para descansar, e seus corpos se tornaram cordilheiras. Outrora, aquelas montanhas eram conhecidas por outro nome — Gǔlún, a Cordilheira dos Ossos —, mas, após a formação do império de Dàxī, elas foram rebatizadas em homenagem ao Primeiro Imperador: Kūnmíng, as Montanhas da Paz Brilhante.

Shu e as crianças jogam pedras na superfície do lago. Os pôneis mergulham o focinho na água, bebendo até se fartar, sem se importar com o frio. Sou convidada a me juntar ao conselho em uma das tendas do posto avançado, seu interior aquecido por uma fogueira no centro.

Aquilo foi uma performance, uma demonstração do poder da serpente. Quase posso escutar a risada horrível e retumbante em meus ouvidos.

— Como é possível que meu tio explore tal poder? — pergunta Zhen, a voz trêmula com raiva mal contida. — Ele sempre desdenhou da magia e dos deuses antigos. Acreditava em disciplina e estratégia, não em magia.

— Eu, por mim, não acredito que esse seja um exemplo de influência mágica — argumenta o Comandante Fan. Ele acha que minha afirmação de que uma misteriosa serpente pode controlar a mente dos guerreiros Wŭlín é uma tolice total e absoluta, e acredita que os homens estavam apenas seguindo ordens do general. Que se mataram para não revelar sob tortura os segredos que escondiam. — Astrônomo Wu, você viu por si mesmo o tipo de demônio de que essa garota fala?

— Isso não está ao alcance de minhas habilidades. — O astrônomo franze o cenho. — Mas...

— Então está resolvido — interrompe o Comandante Fan. — Deveríamos falar de estratégia. Encontrar aqueles leais ao Imperador Benevolente e os convencer a se juntar a nossa cruzada contra o falso príncipe a fim de garantir que não assuma o trono. A princesa tem uma reivindicação melhor. Não devemos discutir monstros imaginários.

O comandante não estava presente quando o soldado das sombras falou em tom gutural ou quando seus olhos se inundaram de preto. Viu apenas o que queria ver. Cerro a mão em punho diante do desprezo familiar de quando os outros concorrentes me dispensaram por ser de uma província rural, sem um mentor famoso. A facilidade com que fui manipulada como um peão em proveito do chanceler parece acontecer de novo e de novo, e estou cansada disso. Por um momento, me lembro do poder prometido pela serpente. Como seria fácil se eu pudesse convencê-los com a força da minha magia. Forçá-los a *ver* o que eu vejo, acreditar no que eu acredito.

Reprimo esses pensamentos. Há sempre um preço a se pagar por tal tipo de poder, por mais tentador que seja.

Antes que eu possa deixar escapar qualquer imprudência, o astrônomo faz uma mesura.

— Se deseja conversar sobre estratégia com o comandante, então me permite falar com a shénnóng-tú e com sua guarda-costas?

— Certamente. — Zhen concorda enquanto o comandante dispensa o homem com um gesto, já se virando para falar sobre outro assunto. A princesa ergue a sobrancelha na direção de Ruyi, que acena com a cabeça e se posta ao meu lado.

Caminhamos ao redor do lago com o astrônomo, e, quando estamos fora do alcance de outros ouvidos, cuspo as palavras que vinha segurando:

— Como ele pôde descartar o que vi?! Aqueles soldados não se comportavam como deveriam.

— Há quem se recuse a enxergar as coisas, mesmo quando a verdade está bem diante de seus olhos — diz o Astrônomo Wu com um suspiro. — Às vezes é melhor ignorá-los do que tentar convencê-los de uma verdade que não conseguem compreender.

— O Comandante Fan tem grande influência na Corte de Oficiais — explica Ruyi. — A família sempre cultivou suas conexões, e ele apoiou o imperador durante a última guerra. Ele está ciente do risco para a própria família se o general ascender ao trono. Infelizmente, precisamos de suas conexões, riqueza e influência. O comandante não é alguém que podemos nos dar ao luxo de desprezar.

O Astrônomo Wu assente.

— O general é um homem que ele pode entender e enfrentar. O comandante não pode lutar contra uma ameaça que considera incompreensível e, portanto, se recusa a reconhecê-la como realidade.

Reflito sobre o argumento enquanto o astrônomo nos leva por um caminho sinuoso por entre as árvores. Há tanta coisa que não entendo sobre magia, sobre minhas próprias capacidades. Quanto mais aprendo, mais percebo que sou apenas uma partícula na praia, um único grão de areia sob risco de ser arrastado pelas ondas.

E, no entanto, já experimentei muito da mesma ignorância e preconceito, inclusive quando criança. Vi pessoas que menosprezavam as habilidades da minha mãe, questionavam sua magia, mas ainda assim nunca compartilharam uma xícara de chá com ela, acreditando que aquilo as colocaria em risco de cair sob sua influência. Jamais compreendi. Como podiam temer algo que nem acreditavam existir, em primeiro lugar? Nossa contraditória natureza humana.

A última parte da subida é desafiadora, o caminho coberto de mato. Nós nos agarramos a raízes e troncos de árvores para galgar a encosta íngreme. Mas quando chegamos ao topo, nos encontramos em um espaço peculiar, escondido da visão da margem do lago.

Há uma torre, esbranquiçada pelo sol, as laterais gastas e esburacadas. A vegetação naquela parte da floresta é densa, mas, ao redor da torre, nada parece vicejar. Meus olhos a acompanham até o céu, onde se estreita em uma ponta afiada. Alguém construiu aquilo no meio da floresta, propositalmente a escondendo de vista. É um tributo a algo? Um santuário?

Por entre as árvores, vislumbro apenas um lampejo do lago ao longe. Ao nosso redor, a floresta está viva, o ar doce com o cheiro de brotos verdes. Por um momento, estamos no topo do mundo, muito longe das preocupações do império, das intrigas da corte. Mas nos sentimos sobrecarregados com nosso conhecimento: das sombras, da serpente, do outro reino.

Percebo que o astrônomo está à espera de que eu volte minha atenção para ele. Faço uma reverência, gesticulando para que fale.

— O que você me contou sobre a serpente é preocupante — começa ele. — Falamos sobre a escuridão profetizada pelas estrelas, e agora acredito que esse tempo chegou. Imagino que estejam familiarizadas com a lenda dos Deuses Gêmeos? O dragão e a serpente? — continua o Astrônomo Wu.

Ruyi e eu assentimos. A Anciã Guo contou a história aos shénnóng-tú durante a competição e, de modo fugaz, me pergunto o que aconteceu com ela. Se voltou para Hánxiá ou se ainda está no palácio. Se caiu vítima do veneno no banquete da corte, um crime pelo qual fui acusada e quase executada.

— O dragão foi formado das nuvens pela Grande Deusa e, como todas as coisas na criação têm seu equilíbrio, a serpente foi concebida da sombra de seu irmão no oceano. O Dragão de Jade invocou as chuvas e criou o rio que garante a fertilidade do Vale Púrpura. O povo o adorou, pois é por causa do rio que conseguimos sobreviver. A serpente teve ciúme dos humanos e da admiração que nutriam por seu irmão. Via os humanos como brinquedos para o próprio entretenimento e diversão, como criaturas inferiores que deveriam se curvar e adorá-la. Ela sacudiu a terra debaixo das montanhas e provocou o dilúvio, deleitando-se com a destruição que criou. Deu vida a abominações que rastejaram das profundezas do mar ou caíram do céu, e apreciou a miséria que se abateu sobre os humanos. Eventualmente, os deuses disseram *basta*.

"Mas a serpente se alimentou da dor e do medo dos humanos e se tornou poderosa. Foram necessários todos os deuses para contê-la. Com um bater de asas, a Dama Branca a levou para os confins do império, onde uma armadilha foi montada. Bìxì deixou sua carapaça para capturá-la, e Shénnóng deixou cair uma escama mágica que aprisionaria a serpente em sua forma enfraquecida. O Tigre a estraçalhou membro por membro, até que seu sangue fluísse em grandes córregos pela terra, criando novos rios e lagos. O Dragão de Jade arrancou o olho da serpente, o núcleo de sua magia, e lançou-o nas profundezas do Mar Oriental...

O Astrônomo Wu gesticula para as montanhas ao longe, seus picos inflexíveis, cuja existência parece eterna e que continuarão ali muito tempo depois de todos nós termos partido.

— Vocês já ouviram falar dos antigos nomes dessas cordilheiras e da lenda que lhes deu origem — continua ele. — Mas alguns acreditam que, em vez do lugar de descanso dos primeiros deuses, essas montanhas se ergueram do corpo da serpente. Contamos essas histórias em Kallah, enquanto o restante do reino as esqueceu. Lembramos que a serpente está adormecida, mas pode despertar mais uma vez. Ela vai começar a sussurrar para aqueles suscetíveis a sua influência, e estes reunirão aqueles que a ajudarão.

— Como a serpente poderia estender sua influência presa sob a terra, como dizem as lendas? — pergunta Ruyi.

— Nós a conhecemos como a governante do Reino das Sombras, o reino de sonhos e pesadelos — responde o Astrônomo Wu. — É onde a serpente é mais forte, e é onde se alimenta. Quando a profecia sobre a princesa surgiu, sabíamos que havia ondulações nos córregos celestiais. Sussurros no escuro nos dizendo que algo se aproximava. Por isso, fui originalmente enviado a Jia como conselheiro do imperador, mas ele acreditava ter sido alvo de uma ameaça terrena. Então enviou assassinos a Lùzhou para eliminar o irmão, mas, em vez disso, eles mataram sua cunhada.

A mãe de Kang. Aquela de quem o rapaz falava com grande respeito e emoção. Sua morte foi a centelha que inflamou a agitação, eventos colocados em movimento muito antes de o chá envenenado ser distribuído. Ela pode muito bem ser a origem de tudo.

Kang e eu vamos nos cruzar outra vez, algum dia. Tenho certeza. Chame de magia, destino ou profecia, mas algo nos une. Ainda me lembro daquele dia na caverna, do modo como nos beijamos... Sei que deveria me livrar dos pensamentos e não permitir que criem raízes. Talvez eu precise fazer uma escolha, no final, que não deve ser dificultada por minhas próprias emoções.

— O imperador ignorou meus avisos — continua o astrônomo. — Pensou que, ao esmagar o espírito do irmão, também arruinaria seu gosto pela rebelião. Fiquei na capital para instruir a princesa e testemunhar o curso das estrelas mudar e colidir, formando novos caminhos.

O astrônomo nos leva para perto da torre branca. Abaixamos a cabeça sob o arco inclinado e entramos. O interior é surpreendentemente brilhante. A torre é construída por pedras brancas finas, empilhadas em uma espiral ascendente. Ao olhar mais de perto, noto que a estrutura é composta por espadas esculpidas. Deve haver milhares de daos, pressionados uns nos outros como tijolos, para formar aquele espaço. Estranho.

— Falta um — aponta Ruyi, com o olhar afiado de sempre. — Lá em cima.

Seguindo a linha de seu dedo, vejo uma lacuna entre as fileiras e fileiras de espadas.

O Astrônomo Wu observa a peça ausente.

— Escondido nesta torre, havia um tesouro que o povo de Kallah guardou por séculos. Alguém o tirou daqui. Dizia-se que era uma espada de osso, talhada do fêmur da forma humana da serpente.

Ele nos encara e continua em tom grave, um aviso:

— Temo que ela já tenha dado início ao plano para retornar a este mundo. A serpente vai completar o que começou todos aqueles séculos atrás. Para fazer de Dàxī seu parque de diversões. Para fazer deste reino o lar de seus pesadelos.

— Você acredita que alguém age como mensageiro da serpente neste mundo? — pergunta Ruyi.

— Alguém é seu receptáculo e, através dessa pessoa, a serpente vai sussurrar e influenciar até caminhar sobre a terra como outrora.

Faz sentido agora. A Anciã Tai tentou me avisar. Disse que o mal estava chegando. Tenho medo do que as palavras do Astrônomo Wu significam para nós. Não apenas para Shu e papai, mas agora para todo Dàxī.

Sempre que os aldeões falavam sobre profecia, quando compartilhavam histórias sobre príncipes exilados, grandes caçadas e destinos traçados, falavam de outra pessoa. Uma pessoa com legados mais grandiosos que minha vida simples no campo e meu passado comum. Nasci para os jardins, para plantar e cultivar, para auxiliar meu pai até chegar a hora de assumir seu trabalho.

Agora meu caminho cruzou com duas figuras lendárias — a princesa profetizada e o Príncipe Exilado — que lutam pelo futuro do império. Nesta tapeçaria complexa, qual será o fio da minha vida?

Capítulo Treze
Kang 康

Todas as manhãs, na Hora do Galo, Kang é vestido e preparado para se juntar ao pai e supervisionar os exercícios matinais dos guardas do palácio. Isso, pelo menos, continua igual. Uma rotina que lhe foi incutida desde que tinha idade suficiente para empunhar uma espada. Às vezes ele ainda acorda arfando no meio da noite, pensando que perdeu o gongo e, portanto, terá de levar uma surra como punição.

Seu sonho, não muito tempo atrás, era ganhar a confiança e o apoio dos soldados. Conquistar o próprio lugar nas fileiras. Liderar as próprias tropas um dia, defendendo o reino de todos os que procurassem enfraquecê-lo. Mas aquilo parece tão fora de alcance dentro da capital.

O general sempre veste o mesmo uniforme de seus comandantes. Pronto para intervir e ajustar uma postura, corrigir uma manobra, demonstrar, se necessário. Nunca está em uma plataforma distante, liderando o exército, mas separado das tropas. Aquele sempre foi o seu jeito, o que o tornou querido pelos soldados... Uma das muitas razões pelas quais seus homens o seguiriam a qualquer lugar. Mesmo até o exílio nos confins do império, para depois retornar e marchar sobre a capital, tomá-la em desafio ao imperador. Lealdade. Talvez tenha sido assim que ele persuadiu Wŭlín a ajudá-lo. A confiança com que se dedicou à própria causa, sua promessa de corrigir os problemas do império.

À luz da manhã, os acontecimentos da noite anterior parecem um sonho ruim. Os gritos dos shénnóng-shī enquanto eram arrastados. A estátua quebrada de Bìxì no piso de madeira reluzente, tão em desacordo com o ambiente elegante.

Pela primeira vez, os wǔlín-shī se juntaram ao general para os exercícios de treinamento, sua presença enfim revelada à corte e ao restante do palácio. Os recrutas, e até alguns dos guardas, os observam; fitam as vestes pretas e faixas vermelhas, os adornos característicos. Assim como a representante do Tigre Preto, a mulher com que Kang lutou na rodada final do torneio de shénnóng-shī. Assim como o professor que um dia teve em Lùzhou... agora entre eles.

Ao que parece, Kang teria trilhado o mesmo caminho se houvesse permanecido em Lùzhou ou partido para Wǔlín. De qualquer forma, teria voltado para servir ao lado do pai, e parte deste pensamento é reconfortante e fortalece sua determinação. Existe um propósito para a sangrenta trajetória do pai rumo ao poder. Kang sabe. Precisa acreditar.

— Marechal Li! — rosna o pai, e Kang desperta de seus devaneios, flagrado em um momento de distração. — Demonstre as posturas para os recrutas.

Ser solicitado de tal maneira na frente de todos os comandantes, bem como os wǔlín-shī... Aquele deve ser outro modo de seu pai prepará-lo para o papel de príncipe. Para ser observado, esquadrinhado. O coração de Kang salta para a garganta, o sufocando.

— Senhor? — Assim que a pergunta sai de sua boca, ele percebe o erro. Então tosse e logo trata de salvar sua reputação. — Sim, senhor! Qual rotina?

O general o encara com olhos semicerrados, e Kang quase murcha sob aquele escrutínio.

— Todas elas.

Kang está diante das fileiras de recrutas, os pensamentos caóticos, inadequados para a tarefa em mãos. Jamais admitiria aquilo a ninguém, mas havia outra razão pela qual implorou ao pai para lhe permitir deixar Lùzhou. Ele queria fugir da casa sufocante que guardava muitas lembranças da mãe. O local seguro e refúgio tornou-se uma jaula.

Com um suspiro profundo, Kang força a mente a relaxar. Ele volta o foco para seu interior até que se torne a superfície de um lago parado. Um reflexo perfeito. Uma vez que atinge seu centro, Kang começa a primeira posição de Wǔ Xing.

Existem cinco posturas que fluem através da respiração, do corpo e da mente, tão familiares para Kang quanto respirar, lhe tendo sido ensinadas desde que aprendeu a andar. A pose sinuosa do dragão para acalmar o espírito. A ferocidade da postura do tigre para o alicerce da conduta. A forma da pantera para força explosiva. A rotina escorregadia da cobra para resistência. E, finalmente, a posição da garça para foco.

De um movimento para o outro, Kang se vê entrando em um estado familiar e meditativo. Um lugar onde sua mente, enfim, se acalma. Onde seu coração não dói quando pensa na mãe, onde não há suspeitas sobre o que o pai está escondendo e onde não há lembranças de uma garota de Sù que o obrigou a questionar tudo.

Quando termina, seu corpo parece lânguido e quente.

Kang abre os olhos. O pai lhe dá um aceno de cabeça e instrui os recrutas a continuarem os treinos. Os wǔlín-shī seguem impassíveis, nada dizendo. Algo dentro de Kang é liberado com um suspiro.

Está na hora.

Depois de completar o treino matinal, Kang caminha com propósito em direção ao grupo de guerreiros Wǔlín. Eles estão limpando as armas, focados na tarefa. Ensaiando as palavras mentalmente, Kang reflete com cuidado sobre como vai cumprimentar seu professor depois de todo aquele tempo. Ele defenderá seu caso e lhe pedirá ajuda, apelando para a relação de ambos como mentor e pupilo.

— Mestre! — chama ele. — Professor Qi!

Dez cabeças se erguem em sincronia e o encaram com uma expressão similar, estranhamente vazia. Em resposta, Kang perde o ritmo. Coincidência, é tudo. Ele deve ter chamado muito alto.

— É bom vê-lo novamente. — Ele para diante da figura do mentor. — Faz anos desde que nos falamos. — Ele o cumprimenta com um punho fechado, tocando a testa com os dedos, como fora uma vez ensinado.

Professor Qi o observa em silêncio, e o outro wǔlín-shī se coloca às suas costas. Kang sente os pelos da nuca se arrepiarem. O foco peculiar e inquietante daquele olhar, como se o tivesse avaliado e o julgado medíocre. Por um momento, ele acha que pode ter se enganado — talvez tenha reconhecido a pessoa errada. Mas a cicatriz, os olhos retintos, o tom marrom-escuro de sua pele... *É* seu mestre. Ele nunca poderia esquecer.

— Senhor, com todo respeito. — As palavras soam suplicantes a seus ouvidos, como uma criança necessitada. — Por favor, preciso de um momento do seu tempo. Podemos conversar em particular?

Alguém esbarra em Kang, e é um dos ministros, de chapéu torto, ofegante na corrida para alcançá-lo. Ele faz uma mesura profunda, obrigando Kang a recuar um passo.

— Este criado pede desculpas por não chegar a tempo, Alteza. Eu deveria tê-lo impedido.

— Por quê? — dispara Kang, irritado com a interrupção.

— Os wǔlín-shī fizeram voto de silêncio — responde o ministro. — Eles não vão falar com ninguém até que haja um imperador no trono.

Kang fica surpreso. Voto de silêncio? Por um momento, ele não sabe o que dizer.

— Isso mostra o compromisso e devoção deles à causa do imperador regente — soa uma voz atrás deles. Kang se vira e dá de cara com o Chanceler Zhou. — Peço que respeite tal decisão.

Algo dentro de Kang se rebela.

— Tudo bem — diz, com severidade. Ele se volta para o grupo de wǔlín-shī e se curva novamente. — Peço desculpas pela intromissão.

Seu professor já lhe deu as costas, dispensando-o. A sensação é de um soco no estômago. Não houve faísca de reconhecimento. Kang não passa de um estranho, mesmo que as lições do mestre tenham mudado sua vida. Para seu amado professor, ele não passa de um breve instante, perdido nos ventos do tempo.

Kang reflete sobre aquele encontro pelo restante do dia. Parece que os wǔlín-shī estão agora em toda parte, lembrando-o de seu constrangimento. Seguindo seu pai, montando guarda nas portas das câmaras do conselho, no perímetro do salão de banquetes. Ele belisca o jantar, incapaz de engolir a comida opulenta. Em geral, teria apreciado a carne de porco cozida e o macarrão grosso, mas sua mente continua a lembrá-lo do erro que cometeu. Para o qual tem certeza de que o chanceler chamou a atenção de seu pai.

Quando a sobremesa chega, Kang mal presta atenção aos trinados da flauta de bambu e do guǎn. Dançarinos passam com seus leques, mas parecem um borrão de movimento. Ele escolhe um folhado com um ponto vermelho na superfície e morde. As camadas desmoronam na boca, o doce na língua. A iguaria tem um gosto estranho. Algo seco. Ele baixa o olhar para ver o que poderia ser.

Há um pedaço de papel no interior, enfiado na fenda ao lado do recheio amarelo. Seu coração começa a bater mais rápido. Ele olha ao redor da sala para ver se alguém está à espera de sua resposta. Os cortesãos parecem atentos aos dançarinos ou às conversas entre si. Ninguém está olhando em sua direção.

Ele puxa o bilhete, que cai em seu prato. Tem apenas o comprimento de metade do seu dedo, a largura de uma unha. Pequenos caracteres escritos em tinta vermelha, mas o significado é óbvio. Quatro de um lado e quatro do outro.

小心武林
裝神弄鬼
Cuidado com Wǔlín
É uma armadilha

Kang estuda a mensagem por mais um momento antes de se dar conta de onde está e do perigo que corre. Alguém arriscou muito para ganhar sua atenção. Quem? Ou aquilo é um ardil para atraí-lo? Testar suas simpatias?

Ele coloca o papel de volta na massa e enfia a coisa toda na boca. Mastiga e engole, tentando não engasgar, até que as provas desapareçam.

É seco como cinzas. Tem o gosto de um tipo diferente de decepção amarga.

Capítulo Catorze
Kang 康

Pelo restante da noite, seus sentidos ficam em alerta máximo. O som das flautas se tornou dissonante e equivocado, o movimento dos dançarinos, forçados e desajeitados. Toda vez que o olhar de alguém pousa sobre ele, Kang se pergunta: é essa a pessoa que colocou o bilhete em sua comida? Existem outras? Daquele momento em diante, ele sabe que terá de operar o mais cuidadosamente possível. Longe do escrutínio do chanceler e da atenção do pai.

No caminho de volta para sua residência, Kang decide parar nas cozinhas. Ele precisa saber quem, ou pelo menos ter uma ideia, pode estar por trás da mensagem secreta. Seus guardas parecem hesitantes, mas, como fica dentro do palácio, não há razão para detê-lo, mesmo com as instruções do chanceler sobre sua "segurança pessoal".

Antes de entrar nas cozinhas, ele já ouve o som de conversas. O som de colheres batendo em tigelas e diálogos confortáveis. Tão diferente dos banquetes formais e presunçosos da corte. Kang não sabia que sentia falta daquilo até aquele momento; o ambiente o lembrou das refeições que compartilhava com outros soldados ao redor das fogueiras.

— Fiquem do lado de fora das cozinhas — ordena aos guardas. — Ficarei bem lá dentro. — Mesmo enquanto protestam, Kang os dispensa com um gesto. Ele é um príncipe, certo? Supostamente.

Quando Kang entra, a conversa para. Uma das criadas o reconhece e se levanta de um pulo, os outros a imitam.

— Vossa Alteza — diz ela, com uma reverência. — Nós não o esperávamos. Algo não estava de seu agrado? — Atrás dela, Kang sente o nervosismo da equipe. Eles arrastam os pés, como se já esperassem punição.

Ele não sabe quem poderia estar assistindo, ouvindo. Não sabe se há alguém na corte em quem possa confiar o bastante para discutir suas suspeitas, e o chanceler está determinado a mantê-lo longe do pai. Todas as pessoas que ele chamaria de amigos ficaram em Lùzhou, que, de súbito, parece muito distante.

— Gostaria de agradecer ao chef que fez os deliciosos doces para esta noite — diz Kang, mantendo a voz impassível e sem emoção. — Gostaria de falar com ele.

— Isso é um grande elogio! — A mulher sorri, obviamente aliviada que Kang não esteja ali para reclamar do jantar. — Vou buscá-lo agora.

Ela desaparece pelas portas, então volta logo depois com um homem corpulento. A mulher leva o restante dos criados para fora do caminho com um estalar da língua, deixando-os sozinhos no pátio da cozinha.

O chef confeiteiro é uma cabeça mais alto que Kang e tem ombros largos. Não parece alguém capaz de fazer as delicadas iguarias que saem das cozinhas, com as dobras detalhadas e entalhes cuidadosos.

Os pensamentos de Kang sobre a impressionante figura do confeiteiro devem ter ficado evidentes em seu rosto, porque o homem ri.

— Você não é o primeiro e não será o último a reagir assim, Alteza. — O homem se curva. — Meu nome é Wu Zhong-Chang, mas todo mundo me chama de Pequeno Wu.

Há uma ousadia em seu discurso, uma aspereza em seu comportamento de que Kang gosta bastante. Ele está mais acostumado àquilo que à distância educada dos nobres e oficiais com os quais deveria se associar.

— Gostei de seus doces no banquete de hoje à noite — continua Kang, escolhendo as palavras com cuidado, ciente de que pode haver outros ouvindo atrás da porta. Pequeno Wu sorri, uma máscara agradável que ele não consegue interpretar. — Por favor, aceite isto como um símbolo de minha gratidão.

Kang estende uma pequena bolsa, que contém algumas moedas. Pequeno Wu a pega com as duas mãos e uma reverência ainda mais profunda.

— Por favor, espere um momento, Alteza — diz ele, depois de se endireitar. — Não posso deixá-lo sair de mãos vazias.

Kang tenta protestar, mas o homem sai e volta com uma cesta coberta nas mãos.

— Isto é tudo o que posso lhe oferecer pela gentileza. Como seu humilde criado, imploro que aceite — insiste o homem, de modo enérgico. Kang pega porque não sabe como negar. Após uma pausa, Pequeno Wu acrescenta: — E obrigado por falar em nome de Chunhua ontem.

Kang fica surpreso com aquilo... Não achou que alguém havia notado sua tentativa de poupar a filha da antiga governanta das cozinhas do brutal castigo de seu pai.

— Gostaria de tê-la salvado — comenta Kang, baixinho. Mas ele não pode remoer seu último fracasso agora. Há mais perguntas que precisa fazer. — Existem outros a quem eu deveria agradecer... pelos folhados?

— Não, fui só eu. Nos últimos tempos, estamos sem pessoal, desde o recente, hmm... — Pequeno Wu balança a cabeça. Kang sabe a que o cozinheiro se refere. Os recentes expurgos. Os criados envolvidos, confissões arrancadas mediante tortura, antes de serem executados.
— Por favor, Alteza. Desfrute das delícias.

Kang então percebe a atitude desconfortável de Pequeno Wu, o aperto nervoso de suas mãos. Mesmo com aquela simples conversa, corre o risco de comprometer a equipe da cozinha ainda mais. Kang esqueceu seu lugar outra vez. Com outro agradecimento murmurado, ele se despede.

Quando Kang volta para sua residência, coloca a cesta laqueada sobre a mesa. Ele se lembra mais uma vez das palavras no pedaço de papel escondido. Alguém o está avisando sobre Wǔlín, usando a cozinha como mensageiro, mas por quê? E a tradução literal daquela frase em particular: *disfarçados de deuses, agindo como fantasmas.*

装神弄鬼

No uso comum, o verso está chamando a atenção para uma armadilha, apontando alguém como charlatão. Mas parece uma insinuação. Alguém com intenções vis está fingindo ser um deus?
Ele olha para a cesta de novo, levantando a tampa. Três doces. Um dourado, polvilhado com sementes de gergelim preto, um branco-pálido, salpicado de vermelho — assim como o folhado no banquete —, e um verde-claro.
Kang pega o pastel com um ponto vermelho e o abre, revelando o recheio... e encontra mais um pedaço de papel.
Com mãos trêmulas, ele o puxa para fora e desenrola. Vê os pequenos caracteres vermelhos, escritos na mesma caligrafia cuidadosa dos ideogramas do bilhete anterior. Alguém se certificou de que Kang receberia o quitute com o recado. Alguém sabia que ele checaria com o pessoal da cozinha, que assim poderia lhe fornecer a pista seguinte. Ele abre os outros doces, mas estes contêm apenas os recheios habituais.
Com atenção, Kang estuda as palavras com mais atenção. Quem quer que seja o misterioso compositor de recados, é bem-educado, pois as frases escolhidas parecem selecionadas para um propósito específico, mas Kang não consegue decifrá-lo ainda. Talvez um funcionário que se oponha ao governo de seu pai. Mas por que o contatar? Ele é o príncipe, afinal. Sua lealdade deve ser, antes de tudo, ao general. E, no entanto, aquela pessoa sem rosto quer que ele questione algo.

荼毒生靈
春生秋殺
Um massacre de inocentes.
O que a primavera traz à vida, o outono mata.

Palavras sinistras para tempos sinistros. Cada frase é acusatória, em especial por ter sido escrita em tinta vermelha, a cor dos maus presságios. Alguém quer saber quem é o responsável pelas mortes de tantos em Dàxī, seja em decorrência dos levantes ou envenenados pelo chá.

Kang sente a culpa por aquilo. De certa forma, é cúmplice. Mas ele percebe que é hora de assumir o papel para o qual disse ao pai que estava pronto.

Não ficará de braços cruzados enquanto o povo sofre. Não mais.

Capítulo Quinze
Ning 寧

ANTES DE DESCERMOS A TRILHA PARA RETORNAR AO POSTO AVANçado, o Astrônomo Wu nos revela que há outras mensagens que deve transmitir longe de ouvidos indiscretos. Uma a mim e outra a Ruyi.

— Você vai comunicar à princesa as informações que lhes passei? — pergunta a Ruyi primeiro. — Esta notícia é... delicada, e, como puderam ver pelas conversas com o Comandante Fan, há um público apropriado para tal conhecimento e aqueles que atrapalhariam nosso progresso.

— Eu entendo — ela assente. — Vamos proceder de acordo com este conselho.

O astrônomo então se vira para mim, com uma reverência respeitosa, e sei que vai me dizer algo que não quero ouvir.

— Devo avisá-la, com minhas mais profundas desculpas, que não será admitida em Kallah no momento — diz o astrônomo. Mesmo que sua voz seja suave, ainda sinto a rejeição como um golpe físico. — Digo isso para que esteja preparada para o que vou revelar ao conselho esta noite, quando nos reunirmos com a princesa.

— Por quê? — Consigo perguntar, a voz embargada. Fui até a capital para salvar Shu e acabei envolvida com as intrigas da corte. Agora estamos em fuga, e o único lugar que conheço que pode nos oferecer refúgio não me permite a entrada?

— A serpente a chamou pelo nome — responde ele. — Há uma conexão entre você e a criatura que não posso ignorar. Até que possamos nos certificar de que essa ligação foi cortada, sua presença colocará o povo de Kallah e a princesa em risco.

— Não há nada que você possa fazer quanto a isso? — pergunta Ruyi. Fico grata por pelo menos alguém parecer disposto a falar em meu favor, por nosso vínculo não ser algo apenas imaginado por mim.

— Não posso. — Ele balança a cabeça. — Não até descobrirmos como parar a serpente, o que está além de meu poder. Leio o movimento do futuro através das estrelas e faço pequenas magias protetoras, como o escudo que usei para quebrar o encantamento da serpente em Ning anteriormente. Mas esse é o limite de minhas habilidades.

Ele se vira para mim.

— Sei que não é o que você queria ouvir, mas prometo que encontrarei uma maneira de resolver a situação.

O astrônomo começa a se curvar novamente, mas coloco a mão em seu ombro para impedi-lo de continuar. Ele tem de proteger seu povo, eu entendo. Não posso culpá-lo.

— Mas se eu puder oferecer uma alternativa — continua ele —, você tem um papel a desempenhar na profecia da princesa. Embora uma parte diferente do que possa ter imaginado.

— Não tenho certeza do que quer dizer — argumento.

— Há uma shénnóng-shī que reside em um desfiladeiro perto da Academia Wǔlín. Dizem que é um ser de grande poder. Foi ela quem prenunciou a profecia do imperador.

— A que falou sobre a princesa? — pergunto.

Aquele verso familiar, dado ao Imperador da Benevolência há muito tempo: *Seu herdeiro lhe trará grande tristeza e grande alegria. Ele trilhará um caminho de estrelas, mas sombras o seguirão.*

O astrônomo assente.

— Essa mesma. Ela talvez tenha algum conhecimento sobre a serpente. Talvez seja capaz de nos revelar suas fraquezas, se há um modo de lutarmos contra sua influência e, quem sabe, impedir a criatura de retornar ao mundo humano.

— Você acha que ela vai me ouvir?

— Dizem que, às vezes, ela está disposta a aceitar um aprendiz, alguém capaz de demonstrar o dom para a magia Shénnóng. Acredito que você será capaz de convencê-la a se juntar a nossa causa.

Deixamos a torre de ossos assim que o sol começa a se pôr sobre o lago. O acampamento ao redor do posto avançado cresceu ainda mais. Caravanas e tendas adicionais foram montadas enquanto estávamos fora, e mais um grupo de viajantes se aproxima em pôneis.

— Há alguém que talvez tenha interesse em rever — diz o Astrônomo Wu, enigmático, enquanto nos aproximamos dos recém-chegados.

Ouço um grito alegre, e então Lian vem correndo em minha direção, tranças ao vento, e me abraça com o entusiasmo típico de quem enfim se reúne com um amigo querido. Eu a abraço de volta, rindo, me sentindo um pouco mais leve no momento. Grata pelo carinho e calor que exala, e grata por uma distração para não ter de remoer o que me espera esta noite no conselho.

— Estou tão feliz que esteja aqui! — Eu me afasto e a contemplo atentamente.

Ela está vestida com as roupas tradicionais de Kallah: um colete vermelho bordado com flores por cima de uma camiseta branca de mangas bufantes. Sua saia também é branca, bordada com mais flores, e as calças por baixo são vermelhas. Nos pés, calça lindos chinelos, ornados com a figura de pássaros em pleno voo.

— E você, minha amiga. — Ela segura minhas mãos, radiante, e em seguida sua expressão se torna pensativa. — Fiquei tão preocupada quando ouvi o que aconteceu na capital e as mentiras horríveis do chanceler. Sempre pensei que fosse um homem honrado, mas, ao que parece, até mesmo ele se valia de traição. E colocar a culpa em você!
— Lian faz um *tsc* com a língua.

Posso apenas sorrir para ela, me dando conta de que, desde que deixou a competição, também estive preocupada com Lian. Queria que ela tivesse ficado comigo para o desafio final, mas foi melhor ter se afastado, em especial para que pudesse proteger Ruyi enquanto a aia se recuperava.

— Venha, eu trouxe muitos quitutes de Kallah e presentes. — Ela engancha o braço no meu.

— E vou apresentá-la a minha irmã — digo a ela.

Passamos o restante da noite ao redor da fogueira em sua tenda, tomando chá e comendo as guloseimas prometidas. Ela usou a palavra "quitutes", mas está mais para um banquete. Carne de porco assada na brasa e mergulhada em molho de pimenta levemente azedo. O molho é feito de vários tipos de chili e pimentas, alho cru e gengibre, misturados com molho de soja. Outro prato contém ameixas secas cortadas em formato de flores e polvilhadas com açúcar. Tudo aquilo para ser comido com pão de nozes quentinho, o recheio de doce de castanhas explodindo a cada mordida. O calor do chá e o tempero da comida aquecem minhas mãos e pés, muito embora, toda vez que a aba da tenda se abra, eu sinta um leve calafrio por conta dos ventos vespertinos.

— Tenho um presente para você — avisa Lian, depois que bebemos e comemos até estar satisfeitas. Vasculhando nas mochilas, ela encontra e me passa uma pequena bolsa trabalhada. O estilo do bordado de Kallah é diferente do de Sù: seus fios cintilam na luz, tecidos com algum tipo de material que os faz brilhar, e as extremidades da bolsa são entremeadas com pequenas contas. É semelhante aos detalhes de seus sapatos e roupa. Admiro a estampa de uma paisagem de rio, mas Lian me encoraja a abrir a bolsa e ver o que há dentro.

Três bolas jazem ali. Levo-as ao nariz e inspiro, sentindo uma fragrância ligeiramente medicinal.

— Passei algum tempo com meu professor — diz ela. — Ele estava trabalhando em uma maneira de criar dān, um modo de usarmos nossa magia sem exigir a cerimônia completa. Estes estão entre os poucos que restam em seus depósitos, e ele me pediu que os entregasse a você.

Olho para aqueles dān, surpresa, ciente de sua poderosa energia.

— Você quer me dar os três? — pergunto. — Por que não fica com alguns para você?

Ela nega com a cabeça.

— Vou continuar aprendendo e trabalhando na replicação do processo. Meu professor me disse que você pode precisar deles.

Muito embora os shénnóng-shī não vejam os fios que alinham e descosturam impérios como os astrônomos, eles são capazes de vislumbrar o futuro de uma pessoa. Eu estava ligada a Lian por causa do nosso encontro ao acaso, nosso tempo passado no palácio, e seu mentor me viu através dela de alguma forma. É um presente inestimável.

Agradeço a ela, enfiando na faixa da cintura a bolsa bordada. Vou usá-los da melhor maneira possível.

Um dos guardas levanta o painel da entrada da barraca pouco depois e pede que nos juntemos à princesa em sua própria tenda. Quando somos admitidas ali dentro, nos deparamos com um conselho de pessoas sentadas ao redor do braseiro no centro. Uma abertura no topo deixa a fumaça sair, e vejo o pontilhado de estrelas acima. De algum modo, isso me faz sentir mais confortada, mesmo ciente dos desafios adiante, pois sei que as estrelas zelam por nós.

Ali estão Ruyi, o Comandante Fan, o Astrônomo Wu e algumas outras pessoas que não reconheço, vestidas com as cores de Kallah. Zhen está sentada em uma cadeira, como condiz a seu status, enquanto todos os outros descansam sobre almofadas.

— Ótimo. — Zhen gesticula para que nos sentemos ao seu lado em duas almofadas. — Podemos começar.

Quando todo o conselho está acomodado, ela diz:

— O comandante se ofereceu para nos escoltar até Kallah, sabendo da possibilidade de os perigos nos seguirem. Acredito que aqueles soldados que nos atacaram eram apenas a primeira onda. Partiremos amanhã, depois de levantar acampamento.

Murmúrios de concordância, acompanhados de acenos, são ouvidos e vistos ao redor.

— O embaixador concordou em nos oferecer refúgio entre seu povo e nos cederá sua própria casa. Estamos profundamente agradecidos pela oferta, e nós a aceitamos. Temos uma dívida com você, embaixador. — Zhen coloca a mão sobre o coração.

Um dos homens de Kallah, aquele com cabelo grisalho e barba cheia igualmente grisalha, inclina a cabeça em reconhecimento. Percebo que aquele deve ser o pai de Lian, o Embaixador Luo.

— Mesmo que eu relute em dizê-lo, devo oferecer uma palavra de conselho — diz o Astrônomo Wu calmamente, mas com firmeza. — Não acredito que a shénnóng-tú deva ser admitida em Kallah.

Todos os olhares na tenda se voltam para mim, e, mesmo que eu esteja preparada, não tornam mais fácil de ouvir.

Lian se levanta em protesto.

— O quê?! Como pode dizer isso?

— Lian — seu pai adverte. Com relutância, minha amiga se senta, ainda resmungando consigo mesma.

— Ning se mostrou capaz de fazer escolhas difíceis sob pressão e se colocou em perigo para salvar outros. Ela arriscou a vida por mim, por Ruyi, muitas vezes — Zhen argumenta com o astrônomo, uma pitada de desafio na voz. — Por que você não permite sua entrada em Kallah?

Eu não sabia como Zhen reagiria à notícia, e saber que ela, de fato, pensa com carinho sobre mim amortece um pouco o golpe, apesar de sua hesitação em aceitar minha magia na montanha.

— Senti uma escuridão sobre ela — explica o astrônomo. — Uma influência maligna capaz de colocar você ou o povo de Kallah em perigo. Embora ela possa ser pura de coração, é um risco que não estou disposto a correr.

Por uma plebeia, ele não precisa dizer o restante da frase em voz alta. Ouço em alto e bom som mesmo assim.

— Não pode ajudá-la a se livrar dessa escuridão que pressente? — Zhen continua a pressioná-lo. Algo em suas palavras me desperta um sentimento de vergonha sabendo o que a serpente viu em mim. Aqueles pensamentos distorcidos e sombrios que a criatura pensou que poderia usar a seu favor para me conquistar como aliada. Talvez tivesse razão.

— Não posso — diz o astrônomo.

— Sei que minha filha falaria pela integridade da shénnóng-tú, a chamaria de amiga — diz o pai de Lian, com grande autoridade. — Confio na palavra dela. Mas passei o último ano construindo fortalezas para meu povo em preparação para a guerra que eventualmente cruzará minhas fronteiras. Conhecemos essas montanhas e colinas porque elas nos pertencem, e se houver o menor risco de ela levar o inimigo até nossa porta, mesmo sem querer, não posso permitir sua entrada.

— Se eu puder apresentar uma proposta alternativa — sugere o Astrônomo Wu. — Para garantir a segurança da shénnóng-tú, pois está claro, depois de nosso breve encontro, que ela é alvo dessa força das trevas.

Zhen assente.

— Continue.

— Proponho enviá-la para outra tarefa, uma igualmente importante para nossa causa — oferece o Astrônomo Wu. — Precisamos de alguém para entregar a Wǔlín a mensagem de que Yěliǔ caiu.

— E você precisa de alguém para servir de isca — argumenta Zhen, categórica. — Você vai usá-la como uma distração para desviar a atenção do inimigo de nós.

— É um plano estratégico — diz o Comandante Fan. Óbvio que ele aprovaria me mandar embora, e o Astrônomo Wu não nega. O Embaixador Luo também assente.

Eu os ouço discutir meu destino. Fazer planos para meu futuro. Até a crença do Astrônomo Wu em mim não me alivia aquela dor interna, o lembrete de que não sou digna.

— Que tipo de proteção você vai oferecer a ela? — pergunta Ruyi.

— Dois de meus melhores soldados podem acompanhá-la — responde o Comandante Fan. — Ela estará bem protegida.

O olhar de Zhen me encontra mais uma vez, e ela se dirige a mim de modo direto, cortando a discussão dos outros:

— Eu nunca enviaria alguém que se recusa a ir. Se preferir partir para outro lugar, encontraremos outra solução.

Reflito sobre minhas opções. Mas para onde eu iria? Voltar para Sù e levar o perigo até meu pai e a vila? Ir para Yún, para o deserto, e tentar sobreviver no norte?

Ou posso ver aonde aquele caminho me leva. Eu me lembro da missão que o Astrônomo Wu me deu, encontrar a shénnóng-shī que teceu a profecia de Zhen. Se aquela é a condição, então acatarei.

— Estou disposta — concordo, enfim. — Se levar Shu com você para Kallah. — Esta é a única coisa que quero, a única coisa pela qual estou disposta a barganhar minha própria vida. Se Shu estiver segura, valerá a pena.

— Certamente. — O Embaixador Luo faz uma mesura. — Vamos garantir a segurança dela. Minha própria filha será sua companheira.

— Prometo mantê-la segura. — Lian se inclina e sussurra em meu ouvido, e é apenas sua promessa que me convence. Aceno para a princesa, aceitando meu destino.

Capítulo Dezesseis
Ning 寧

Volto para nossa barraca, tentando ser o mais silenciosa possível. O conselho durou até tarde da noite, e sinto a fadiga mordiscar minha consciência, me implorando para dormir. Mas os pensamentos ainda fluem em minha mente. Embora eu saiba que os líderes de Kallah estão protegendo seu povo, uma parte de mim ainda se incomoda por não ter permissão de entrar na província, por ser uma ameaça a sua existência, mesmo escondidos como estão atrás de suas fronteiras montanhosas. Pelo menos Shu ficará segura.

Enquanto me preparo para dormir, minha irmã se senta no escuro, tendo me esperado todo aquele tempo.

— O que aconteceu no conselho? — pergunta, e depois de uma pausa acrescenta: — Quero saber.

Shu quer estar envolvida, ser consultada. Mas espero que consiga entender a escolha que tive de fazer. Ela não pode ir comigo, e sei que vai ficar com raiva de mim por tomar a decisão sem consultá-la.

Conto a ela sobre minhas conversas com o astrônomo na torre de osso, sobre ser enviada para Wǔlín e então sobre minha nova missão para visitar a shénnóng-shī local. Finalmente revelo a ela, temendo sua reação.

— Você precisará ir para Kallah com Lian. Voltarei para buscá-la quando for seguro.

O lampejo de fúria no rosto da minha irmã, normalmente calma, me pega de surpresa.

— Você me deixaria para trás?! — dispara ela.
— Não pode vir comigo, é muito perigoso.
— Você *não* vai me deixar para trás! — insiste ela. — Não pode!
— Não é *seguro* — enfatizo, torcendo para que ela caia em si. — Vamos subir e descer montanhas. Dormir no chão. Você viu aqueles soldados das sombras que nos atacaram. Seremos perseguidas. Eles podem querer nos matar, ou pior.
— A única razão pela qual deixei Sù foi para estar com você — revela Shu, com veemência. — Sei que está escondendo segredos de mim. Sei que viu coisas no palácio e tinha de contar consigo mesma para sobreviver. Mas você não precisa mais fazer isso sozinha! Eu estava muito fraca para ajudá-la, mas estou mais forte agora! Você esqueceu o que mamãe disse? Nós somos uma família. Somos mais fortes juntas.

É injusto da parte dela citar nossa mãe. Não quero me separar da minha irmã novamente, mas também não poderia suportar se alguma coisa acontecesse com ela.

Suspiro.

— Voltaremos a falar disso pela manhã.

Eu me afasto de Shu e vou me deitar. Deixo o sono se apoderar de mim, me perguntando como vou convencê-la a me deixar partir.

Quando acordo pela manhã, Shu não está. Seus pertences foram embalados ordenadamente, prontos para a viagem. Saio da tenda e a encontro conversando com o Astrônomo Wu, que assente. Uma feroz onda de proteção toma conta de mim, e caminho depressa para me juntar a eles, o coração já martelando no peito, preocupada com o que vou ouvi-los dizer.

— Tínhamos chegado a um acordo ontem à noite, no conselho — argumenta o Astrônomo Wu, com olhos tristes. — Mas sua irmã acabou de me informar que também experimentou uma conexão com a serpente. Pela mesma razão, devo avisar ao embaixador que não podemos recebê-la em Kallah.

— Você... Você fez *o quê?* — Eu me viro para ela, furiosa. Por ela ousar fazer isso sem me consultar, por se declarar igualmente tocada pela serpente. Algo muito perigoso para compartilhar com as pessoas erradas.

Shu me olha com firmeza, sem remorso.

— Vou com você então. — Ela dá de ombros. — Não é simples assim?

Agarro seu braço e a arrasto para longe, não querendo que o astrônomo testemunhe nossa discussão familiar.

— Não acredito que você fez uma coisa tão idiota! — grito com ela. — Não tem ideia do tipo de perigo em que se colocou. Isso não é um jogo! Também não é uma aventura! Você quase morreu por causa do veneno e agora quer jogar fora sua vida!

Shu fica parada, me permitindo gritar com ela, mas logo diz, com irritante calma:

— Está feito. Você não pode mudar nada. Se não me deixar acompanhá-la, então vou tentar fazer o percurso sozinha. Se eu cair de um penhasco no caminho até lá, você pode se culpar.

— Você... você... — Eu seria capaz de estrangulá-la agora mesmo. Em vez disso, me viro e me afasto, me xingando, xingando minha irmã pela impulsividade, pela imaturidade, pela falta de senso...

Eu me encontro na beira do lago e chuto uma pedra na água, observando os respingos. Não deveria reagir daquela maneira. Sou a irmã mais velha. Sempre me disseram para dar o exemplo, para fazer o que é certo. De muitas maneiras, não correspondo a essas expectativas...

— Ning!

— Quê? — Eu me viro com um grunhido, apenas para ver Zhen e Ruyi se aproximando. Tento engolir a raiva, mas ela ainda fervilha sob a superfície, pronta para explodir.

— Queríamos nos despedir, dizer adeus — explica Zhen, com gentileza.

— Ah! — exclamo. — Nós nos encontraremos novamente depois de... tudo isso. — Gesticulo vagamente para o céu e a água, incapaz de formar palavras coerentes em meio àquelas emoções turbulentas.

— Você poderá viajar rapidamente para Wŭlín com a ajuda dos soldados do comandante — comenta Ruyi. — Eles conhecem a floresta. Vão manter você e Shu em segurança.

— Você tem uma tarefa importante pela frente — avisa Zhen. — Reconheço isso. Depois que tudo passar, será recompensada.

— Só quero que tudo isso acabe — admito, com amargura. Não me importo com um título. Não me importo com riquezas, o palanquim cheio de tesouros, o status. Só quero sobreviver, manter Shu segura, não adicionar mais nomes a minha lista de mortes para vingar.

— E vai. Prometo a você que farei tudo ao meu alcance para impedir o usurpador. — A princesa pega minha mão. Baixo o olhar, surpresa. — Tome cuidado, Ning. Tome cuidado.

Cada uma de nós carrega a própria mochila e começamos a caminhada montanha acima, rumo ao leste. Shu me dá espaço, sabendo que ainda estou irritada com o que fez. O Comandante Fan disponibilizou uma escolta, como prometido. A Capitã Tsai é uma mulher mais velha, que não conversa muito e se pronuncia apenas para nos fornecer instruções curtas. O Tenente Huang é um homem jovial, que nos diz para chamá-lo de Irmão Huang, embora seja cerca de dez anos mais velho que nós. Shu conversa com o Irmão Huang enquanto considero o silêncio da Capitã Tsai igualmente agradável.

Eu me despedi de Lian na margem do lago, abraçando minha amiga uma última vez. Ela prometeu que me veria no futuro, e com certeza espero que isso seja verdade. Até lá, saberemos se todos os nossos esforços foram bem-sucedidos.

Inicialmente, as árvores se erguem esparsas ao longo do caminho que tomamos pela encosta da montanha, muito parecido com nossas viagens anteriores pelo Estreito de Guòwū. Aquilo me faz sentir saudade dos pôneis, mesmo que tivessem um cheiro levemente azedo da grama que adoravam ruminar. Sua presença constante me ajudou a manter o equilíbrio e sem eles minhas botas escorregam com frequência nas pequenas pedras. Mas os pôneis nos atrasariam, disse a capitã, e seguiríamos mais rápido a pé. Ela também nos informou que levaria meio dia para chegarmos ao Mar de Bambu e, em seguida, uma caminhada de seis a sete dias para atravessá-lo e chegar a Wǔlín.

À medida que o calor do dia aumenta lentamente, chegamos ao limite da floresta. O bambu ali cresce tão denso que entrar no bosque parece um mergulho no crepúsculo. As árvores balançam ao alto, soando como o sussurro de mil vozes. Não demora muito até que seja tudo o que a vista alcança. Estamos envolvidos, cercados por vegetação, um deslumbre para os olhos. O caminho serpenteia pelos infinitos talos ondulantes.

Seria fácil perder o senso de direção aqui. Se não fosse pela capacidade de navegação da Capitã Tsai, tenho certeza de que Shu e eu teríamos nos perdido. Mas o Irmão Huang é uma boa companhia e nos regala com histórias engraçadas sobre seu treinamento com o regimento de Yěliǔ, como ser acertado com maçãs por macacos enquanto patrulhava a floresta ou se esgueirar até as cozinhas na tentativa de obter uma segunda cota das rações.

Sua expressão só se anuvia um pouco quando, com um pesado suspiro, ele se lembra de como alguns de seus colegas morreram no massacre.

— Eu... Eu simplesmente não consigo acreditar que não vou vê-los de novo.

A Capitã Tsai olha para trás ao ouvir a declaração, mas não diz nada, apenas acelera o passo, como se preocupada que os soldados inimigos que atacaram Yěliǔ já estejam em nosso rastro.

Continuo a me maravilhar com o bambuzal enquanto caminhamos. O ar está saturado de um aroma fresco, tornando a viagem não de todo desagradável. Já tinha ouvido falar daquelas florestas de bambu, mas os bosques que vi sempre foram compactos, transportados para os jardins de mercadores ricos ou famílias eruditas, contidos em pequenos espaços.

O primeiro dia passa sem muito alarde, e a floresta mergulha depressa no silêncio. Sem um pregoeiro para cantar as horas ali, é fácil perder a noção do curso do sol. Com rapidez, montamos acampamento sob uma pequena saliência rochosa para passar a noite.

Enquanto nos sentamos ao redor da fogueira, o Irmão Huang pega uma escultura feita de madeira e começa a talhar à luz das chamas.

— O que é isso? — pergunta Shu.

O Irmão Huang lhe entrega a peça, e eu me inclino para ver. É uma delicada figura de mulher. Ele capturou os detalhes do cabelo, afastado do rosto em um meio coque, e as dobras de seu vestido.

— É linda — elogia ela, com suavidade. — Você tem talento.

— Apenas um hobby. — O irmão Huang abaixa a cabeça, parecendo tímido à luz do fogo. — Uma forma de passar o tempo.

— É alguém próximo a você? — Shu gira a escultura nas mãos.

— Minha noiva — responde ele. — Ela prometeu me esperar até que eu retornasse desta missão. Enfim terei moedas para pedir sua mão.

— Desejo-lhe sucesso na jornada. — Shu abre um sorriso. — Para que volte para a felicidade que espera por você em casa.

— Obrigado. — O Irmão Huang devolve o sorriso com uma risada. — Vou retornar um herói, tendo conhecido a princesa. Terei tantas histórias emocionantes para contar para minha garota!

A facilidade de Shu em formar conexões com os outros é algo que sempre invejei. Sinto que, em geral, tropeço nas palavras ou fico sem fala, e então as coisas certas a dizer me ocorrem quando já é tarde.

Pouco depois, a Capitã Tsai nos diz para dormirmos, que partiremos novamente à primeira luz. Quanto mais cedo chegarmos a Wǔlín, mais cedo poderemos dormir em uma cama de verdade.

Quando fecho os olhos, de algum modo me vejo de volta àquele lugar. O Reino das Sombras, onde tudo é desprovido de cor. O domínio da serpente. Há tantas perguntas que nunca tive a chance de fazer ao Astrônomo Wu. Por exemplo, se o Reino das Sombras é o mesmo que a Transmutação ou se existe em outro lugar completamente diferente.

Estou sonhando, digo a mim mesma, como se isso facilitasse a compreensão.

As silhuetas escuras ao meu redor se transformam em árvores, como os pomares da família costumavam ser. O fogo cai ao meu redor como chuva, inflamando os arbustos. O ar tem um cheiro acre, fumaça preta sobe em nuvens espessas, criando formas ameaçadoras.

Fecho os olhos com força. *Eu não estou aqui. Estou na floresta de bambu. Estou deitada ao lado de Shu.*

Então ouço sussurros, algo indiscernível, um canto maléfico. Até que se transforma em...

Ning...

Meu nome.

Ning...

Um chamado.

O fogo continua queimando ao meu redor, e forço meu caminho através das árvores. Acredito ver os telhados inclinados da minha vila a distância e corro em sua direção. Uma árvore cai na minha frente, batendo no chão com uma explosão de faíscas.

— Ning! Ning'er!

Reconheço a voz: minha avó. A mãe da minha mãe, que tentou ajudar com o fogo nos pomares e desenvolveu uma tosse rascante que persistiu até sua morte, um ano depois. Meu tio usou aquilo para convencer a todos de que eu era uma maldição para a família, uma desgraça.

— Ning!

Minha cabeça gira. Parece... Mingwen? A copeira condenada a sessenta golpes de bengala por me ajudar. Eles levaram adiante sua punição? Ainda está viva ou...

Meu nome continua a ser chamado por diferentes vozes. Implorando minha ajuda. Clamando para que me aproxime.

E então, no meio de tudo aquilo, ouço o chamado da minha mãe.

Começam a sair por entre as árvores em chamas, os rostos iluminados pelas labaredas. Vovó. Mingwen. Wenyi. O Estimado Qian. O marquês. A Governanta Yang. Pequeno Wu. A'bing. Mamãe.

Coloco as mãos sobre os ouvidos, caindo no chão. Cercada pelas vozes de todos por quem me sinto culpada, todas as vidas arruinadas por minha influência. Eles me alcançam através do fogo, mesmo que os consuma. Avançam em movimentos bruscos, as chamas lambendo seus membros, se espalhando na direção dos rostos, até que suas feições começam a derreter como cera, até que o fogo queima a todos.

Choro por eles, desejando ter o poder de trazê-los de volta.

Outro farfalhar por entre as árvores... uma longa forma serpentina, se movendo por entre os troncos.

O gosto de sua culpa, sua vergonha, tão doce...

Acordo me debatendo. As mãos de Shu em meus ombros, me sacudindo para que desperte. Toco o rosto, e meus dedos ficam úmidos.

— Você estava gritando enquanto dormia — explica ela, segurando um frasco. — Tive de jogar água em você para que acordasse.

— Desculpe, eu estava... sonhando — murmuro.

Eu me viro e coloco uma túnica nova, esticando a molhada para secar. Os outros também parecem preocupados, tendo sido igualmente acordados por meus gritos, mas Shu lhes assegura que estou bem. Queria tanto voltar para minha casa e família; pensei que, se encontrasse o antídoto, tudo voltaria a ser como era. Mas voltei outra pessoa, assombrada por fardos que jamais desejei que Shu carregasse. Quero que ela permaneça inocente e esperançosa, mas agora estamos fugindo das forças do mal.

Não lhe digo nada do que penso. Em vez disso, tento adormecer.

Depois do que pareceu um piscar de olhos, a luz se infiltra pelo bambuzal. A manhã chegou. Muito embora minha cabeça ainda esteja pesada, sei que é hora de levantar. Após um leve café da manhã de milho cozido com legumes em conserva, continuamos nossa jornada.

Que envolve caminhadas. Caminhadas sem fim.

Fomos engolidos pelo bosque de bambu, e compreendo por que o chamam de Mar de Bambu. Nas florestas perto da minha casa, cada árvore tem a própria voz. Ocupam um espaço próprio, distintas umas das outras. Suas raízes podem se cruzar, seus galhos se sobrepor, mas são independentes. Quando tento ouvir os bambus, são como... um coro de vozes, todas falando juntas. Uma coisa vasta e espalhada. Tento ignorá-las e me concentrar em caminhar, colocando um pé na frente do outro.

Durante nossa pausa do meio-dia, a Capitã Tsai desenha um mapa para nós na terra.

— Aqui está o Lago Tiānxiáng — aponta. — E aqui, o Estreito de Guòwū, que leva a Yěliŭ. Estamos ao norte de lá. No Mar do Esquecimento, chamamos este pedaço de Terra Partida. Aqui, apenas um tipo específico de bambu prospera: o espinhoso. É duro o suficiente para que possa ser usado como arma ou como uma barreira contra os animais selvagens. Precisamos ter cuidado ao passar. — Apontando com seu dao para o caminho à frente, vemos a distância um lugar onde o bambuzal se abre para revelar o céu.

Nunca pensei que ficaria tão grata por ver o céu.

Quando chegamos à Terra Partida, o bambu cresce em bosques menores, mais como no estilo com que estou familiarizada. Ali, há um caminho mais demarcado traçado na floresta, coberto por grama alta que foi cortada. Nos locais em que o bambu cresceu sobre o caminho, a Capitã Tsai usa cuidadosamente sua lâmina para afastar os colmos. Ela nos mostra os espinhos finos e salientes que se projetam das laterais. Conseguimos evitar andar muito perto ou pisar diretamente nos caules que caíram, senão seria fácil para aqueles agulhões duros se prenderem em nossas roupas ou furar a sola das nossas botas. Como o caminho é largo, é fácil andar rápido, e a tarde passa até encontrarmos uma casa no meio da floresta.

É uma visão estranha, de outro mundo. Uma casa construída inteiramente de bambu, longe de qualquer sinal de civilização. É um lugar que deveria existir apenas em contos populares; não consigo evitar a sensação de que um sábio vidente deveria sair para nos cumprimentar e ler nossa sorte. Mas, quando entramos, a construção está vazia.

— Como existe um lugar assim? — pergunto. — Quem cuida da casa? — Tendo morado perto da floresta, sei como é fácil para uma habitação ser tomada pelo mato e cair em ruínas. Mas aquela casa parece quase recém-construída.

— Há pessoas que atravessam o Mar do Esquecimento para cuidar dela — explica a Capitã Tsai. — Algumas perderam aqueles que amavam para este lugar e a usam como santuário para preservar a memória de seus entes queridos. Outras passam por aqui a fim de recolher brotos de bambu, que são bons para comer e podem ser vendidos em outras vilas, e pernoitam na cabana, se tiverem se aventurado muito longe.

Quando subimos os degraus, vejo marcas ao longo do batente da casa. Ao me aproximar, percebo que são nomes gravados no bambu. Um modo de homenagear os que se foram. Aquilo me deixa desconfortável, me faz pensar em todas as pessoas que desapareceram nas profundezas verdes, mas a Capitão Tsai toca as marcas carinhosamente, com um sorriso.

Durante a noite, temos um lugar adequado para cozinhar e temos um farto jantar de cogumelos da terra, fatias de javali defumado e tubérculos picados, com algumas verduras misteriosas de sabor doce que o Irmão Huang colheu. Vou para a cama com o estômago cheio e finalmente tenho uma noite de sono reparador. Deve haver algo poderoso no coração do Mar de Bambu, algo que me protege do escrutínio da serpente. Ela não me visita e, em vez disso, sonho que estou em um penhasco de estrelas.

Ali me sinto em paz.

Capítulo Dezessete
Kang 康

O Salão da Luz Eterna está fortemente iluminado com braseiros acesos e lanternas oscilantes. Sentado no trono do dragão, o general ainda precisa vestir os trajes completos do imperador, mas usa uma túnica bordada com fênix e dragões.

Já se passaram alguns dias desde que Kang recebeu as mensagens nos doces, e não parece nem um pouco mais próximo de decifrar o enigma escondido nas frases. Ele estuda aquele minúsculo pedaço de papel sempre que ousa, mas apenas quando tem certeza de que está sozinho. Kang observa os membros da corte mais atentamente, tentando determinar seus pensamentos. Determinar se existem olhares furtivos em sua direção ou um gesto que entregaria alguém. No entanto, por mais que tente flagrar a menor sutileza, nada está fora de ordem.

A corte parece funcionar como de costume. Os conselhos ainda acontecem, com seu pai ou o chanceler os presidindo, reunindo-se para resolver os problemas do reino. Kang faz o que lhe é dito. Vai onde sua presença é esperada. E se senta onde é instruído a se sentar.

Os relatórios dos vários ministros e governadores e oficiais menos graduados de Dàxī falam de tempos difíceis. O povo implora alívio dos vários desastres que ocorreram no último ano. Ao passar por um grupo de oficiais após o último conselho, Kang ouve um deles dizer:

— Parece que a própria terra clama por ajuda...

A princesa continua eludindo o Ministério da Justiça, e, cada vez que Kang vê o Ministro Hu, o homem parece mais abatido. Ele o viu ser repreendido pelo Ministro da Guerra, tratado com desdém pela Ministra das Finanças. Kang suspeita que o sujeito não ficará no cargo por muito tempo se não conseguir capturar a princesa ou a shénnóng-tú fugitiva. Ele ainda está prestando atenção quando o nome de Ning é citado. Há tanto que escondeu dela, tão pouco que podia lhe dizer. Kang deseja desesperadamente um dia apagar aquela expressão de traição do rosto da jovem, e, ainda assim, talvez nunca tenha a chance. Já deveria saber que o relacionamento estava condenado desde o início. Ele não devia tê-la procurado, de novo e de novo, tentando mudar o que não poderia ser mudado.

O toque de um gongo o desperta de seu devaneio. O Ministro Song se levanta.

— É hora de o povo de Dàxī apresentar seus tributos — anuncia ele à corte. — Honramos o imperador de Dàxī como honramos os deuses, pois ele nos conduzirá à glória. — O ministro se curva, gesticulando para a procissão começar.

A prefeitura de Huá apresenta uma escultura de ouro no formato de um boi — a rica região abriga as minas mais produtivas do império. A província de Yún é famosa por seus bordados, e seus representantes oferecem rolos dos melhores tecidos, bordados com ouro e fios de prata. Ānhé apresenta pergaminhos de caligrafia feitos por um famoso erudito cuja fluidez das pinceladas certa vez foi elogiada pelo Imperador Ascendido.

Os representantes tagarelam em linguagem floreada sobre a beleza e raridade das oferendas, e Kang bebe seu vinho.

Quando o ministro anuncia a oferta de Sù, Kang não pode deixar de virar a cabeça em direção à porta, lembrando mais uma vez daquela garota que encontrou o caminho para dentro de seus pensamentos, incontáveis vezes. O Governador Wang se aproxima, segurando algo com ambos os braços. Está envolto em tecido vermelho, escondido de vista.

O chanceler se levanta da cadeira e se junta ao governador no centro da sala. Os dois fazem uma mesura diante do imperador regente. O Governador Wang coloca o item na mesa de oferendas, e o general, que ouviu as apresentações meio reclinado, se inclina ligeiramente para a frente. É um movimento discreto, mas Kang sabe, porque se trata do pai, que as armas lhe atraem mais que ouro ou joias.

O governador puxa o pano com um floreio, revelando um simples suporte de madeira sobre o qual repousa uma espada. Uma com um punho branco esculpido, ligeiramente amarelado com a idade. A lâmina curva foi enrolada com corda, uma bainha improvisada. Parece de qualidade inferior, deslocada entre os outros tesouros na mesa.

Murmúrios se erguem da plateia, questionando por que uma coisa tão velha seria digna de apresentação.

— Você a encontrou! — O general se levanta, o manto se derramando ao seu redor como uma poça escura. Kang vê que o pai está conversando com o chanceler, que parece satisfeito consigo mesmo.

— Sim, Vossa Majestade. — O governador faz uma reverência. — Quando o chanceler nos pediu para localizá-la, Sù não poupou despesas na busca por esta relíquia.

— Meu filho! — chama o general.

Kang tem um sobressalto antes de se levantar; não gosta da sensação de todos aqueles olhares sobre si. Ele se curva diante do pai, à espera de instrução.

— Traga-a para mim — ordena o homem.

Kang obedece, levantando a espada do suporte com as duas mãos. A relíquia parece quente ao toque, as partes não cobertas pela corda áspera. Há um brilho no material, como se iluminado por dentro. Ele desenrola as amarras, e pedaços de corda caem sobre a mesa. A lâmina em si também é pálida, do comprimento de um antebraço, com uma ligeira curva. É mais leve do que imaginava. Ele se vira e se aproxima do trono. Ajoelhando-se, Kang oferece a espada ao pai.

— Você deve estar se perguntando sobre as origens desta relíquia. — O general a pega de modo reverente, com um olhar de satisfação. Ele aperta o cabo e verifica seu equilíbrio antes de deslizar um dedo ao longo do lado plano da lâmina. — No tempo do Imperador Ascendido, ele encontrou um clã que frustrou as tentativas de suas tropas de reprimir a agitação nas terras altas ocidentais. O clã era liderado pelo senhor da guerra Han Qi, que comandou uma campanha violenta contra o imperador, acreditando ser ele mesmo um governante predestinado, um rei. Seu povo era feroz, lutava como se cada batalha fosse a última. Até que foi capturado, ele se recusou a se render e morreu pela própria espada. Mas o Imperador Ascendido admirava aquela ferocidade, e, eventualmente, um dos filhos de Han Qi tornou-se um grande general, seguindo o legado do pai.

"A lenda diz que a espada foi amaldiçoada pelo fantasma do senhor da guerra. Empunhá-la significa vitória certa, mas a custo da própria vida — zomba o pai de Kang. — Não acredito em tais superstições, mas gosto da sensação desta espada. Seu simbolismo. Vou usá-la como um lembrete para mim mesmo das batalhas que virão."

O chanceler se aproxima e faz uma mesura.

— Mandaremos elaborar uma bainha para que possa empunhá-la, Alteza.

O general coloca a espada nas mãos erguidas do chanceler. A lâmina brilha na luz.

O imperador regente assente.

— Cuide para que seja feita.

Com as homenagens prestadas, a corte se levanta, Kang de pé entre eles. Os cortesãos se curvam, ecoando as palavras do arauto:

— Vida longa ao Príncipe de Dài, Honorável Regente de Dàxī. Vida longa ao Príncipe de Dài, governante do reino.

Capítulo Dezoito
Kang 康

Na ala interna do palácio, há uma estrita obediência ao cronograma. Desde que se mudou para os aposentos do príncipe, Kang passou a acreditar que existem criados cujo único propósito é guardar o tempo. O relógio de água funciona em um fluxo constante a todas as horas, e as serpentinas de incenso continuam a queimar por toda a noite. Os criados chegam de manhã e leem a agenda escrita em um pergaminho, depois o ajudam a se vestir e despir durante o dia, trocando roupas, penteados e sapatos pelo que seria mais apropriado a qualquer evento de que fosse participar.

Manhã, tarde e noite. Restrições domésticas e ritos da corte com que o pai jamais se preocupou em sua casa, em Lùzhou. Agora Kang é colocado no devido lugar o tempo todo. Impedido de tomar o caminho errado para um pátio ou de pegar um prato na bandeja que ainda não se destina ao consumo. Tantas regras, tantas minúcias comportamentais, que sua cabeça dói somente de tentar lembrar todas elas.

Mesmo que o tempo se mova lentamente dentro do palácio, os dias se tornam mais longos à medida que o solstício de verão se aproxima. Kang acorda cedo pelas manhãs para seu treinamento, seguido por longas tardes de conselhos e reuniões, então fica acordado até tarde da noite, estudando os versos enigmáticos até a cabeça doer e o sono derrotá-lo mais uma vez.

Certa noite, assim que as reuniões estão concluídas, ele escreve a primeira frase em sua caligrafia sofrível, se certificando de tomar nota de cada pincelada, e leva o pergaminho até o pagode da biblioteca. Deve haver algo nas palavras que ele não consegue ver, algo nas pistas que está lhe escapando. Quando o primeiro acadêmico o cumprimenta — quase não cabendo em si ao reconhecê-lo — e Kang pede uma consulta com alguém que entenda de textos antigos, é levado até a própria erudita-chefe.

A Senhora Bao o cumprimenta com um sorriso enquanto o outro estudioso se afasta depressa.

— A que devo a honra, Alteza? Ainda não o tínhamos visto pôr os pés em nosso humilde pavilhão.

— Hmm, sim... — Kang arrasta os pés. Não se sente à vontade ao alcance daquelas estantes; nunca foi um grande acadêmico. Ele se lembra de ficar apavorado com o antigo tutor imperial, que já faleceu, mas o garoto ainda consegue sentir a dor fantasma da palmatória em seus dedos por adormecer durante as aulas.

Mas ele recupera a compostura e oferece a explicação para sua presença ali.

— Eu me peguei estudando alguns textos clássicos esses dias, em um esforço para melhorar minha educação, que tenho percebido ser lamentavelmente insatisfatória. Encontrei uma frase que não tinha visto antes, e esperava que você talvez fosse capaz de me fornecer seu contexto.

— Vou me esforçar para fazê-lo da melhor maneira possível. — Mestra Bao inclina a cabeça. — Por favor, siga-me.

A erudita o leva para uma alcova com uma mesa de pedra e bancos. Pergaminhos estão empilhados no tampo, e ela chama um criado para recolhê-los. Numerosas janelas se abrem no alto da parede, de modo a não iluminar diretamente as prateleiras no centro da biblioteca. A luz cai oblíqua nas alcovas, e assim os estudiosos conseguem revisar seus textos sem necessidade de luz de velas até o anoitecer. Um inteligente projeto arquitetônico.

Quando estão sentados, Kang passa o pergaminho enrolado para ela. A mestra examina sua caligrafia com um olhar crítico, até que ele quase se sente murchar enquanto se prepara para a crítica.

— Você se esqueceu de uma pincelada aqui. — Usando a ponta de um pincel, ela toca no meio do primeiro ideograma.

Kang se inclina, franzindo a testa. Ele havia verificado e voltado a verificar seu trabalho, e ainda assim...

— É um erro bastante comum — diz ela. — Muitos alunos o cometeriam. Vê? O caractere que você escreveu é um frequentemente usado, o do chá. Mas aqui, veja o que se torna.

Ela desenha com cuidado em outro pedaço de papel, até que Kang nota que na frase original há uma linha extra no centro do ideograma.

茶荼

— Ah. — Kang mal pode acreditar. Um simples, pequeno traço, mas significa tudo. Mestra Bao acena com a cabeça.

— Tal é a beleza de nossa linguagem escrita. Na frase correta, esse caractere representa um tipo de vegetal amargo e é seguido por um caractere para veneno. Significa matar. A segunda parte da frase representa a alma, a vida de inocentes cidadãos comuns, os que no poder juraram proteger.

A constatação atinge Kang como um relâmpago, tão evidente que ele se odeia por não a notar de imediato.

— Mestra, poderia encontrar um texto que explique isso? Gostaria de fazer a referência eu mesmo — diz ele, tentando aparentar indiferença. Kang deve garantir que a reunião não seja relatada ao pai, pois não tem certeza de onde a informação o levará.

Quando a mestra sai para buscar os textos, Kang se força a inspirar e expirar profundamente. Em sua mente, ele se move através da postura sinuosa do dragão de Wǔ Xíng, tentando encontrar algum tipo de paz. Mas há pouca a ser encontrada.

Com um tomo fino em mãos, emprestado pela Mestra Bao, Kang sai das profundezas escuras do pagode da biblioteca para o jardim. A acusação é tão gritante quanto as marcas vermelhas no papel: o misterioso remetente está se referindo especificamente aos envenenamentos por chá e aos assassinatos sem sentido de pessoas comuns. Com certeza, decifrar a segunda frase lhe permitirá descobrir o verdadeiro significado da acusação. O bilhete é uma ameaça de revelar a verdade sobre quem ordenou o envenenamento ou estão apenas tentando determinar onde está sua lealdade?

Kang observa as pedras do caminho do filósofo e tem a esperança de que percorrê-lo lhe trará algum tipo de revelação. O crepúsculo cai ao seu redor enquanto os criados acendem as lanternas que iluminam as lápides. O caminho serpenteia atrás da biblioteca, através de bosques de bambu verde e lindas roseiras. Seus guardas o seguem, lhe dando o espaço que pediu. O caminho faz uma curva além do jardim e, ao longe, Kang vê o portão da ala oeste. Além dele, fica sua antiga residência.

O coração começa a bater mais rápido conforme os ideogramas do segundo verso pairam diante dos olhos de sua mente. Cada residência está associada a uma determinada estação, e a frase faz referência a duas estações. Primavera e outono.

春生秋殺

A primavera é onde a vida se origina. Mas e se a vida se referir também a... nascimento, a origem do veneno, o massacre? E o outono... o outono levou a cabo os assassinatos? Kang gesticula para seus guardas se aproximarem.

— Me digam — pede ele. — Quem reside atualmente na Morada da Saudade Outonal?

— Os wǔlín-shī estão hospedados lá — relatam os guardas.

E Kang sabe quem vive na Morada da Harmonia Primaveril.

O Grande Chanceler Zhou.

Tarde da noite, enquanto o restante do palácio dorme, Kang abre caminho através dos túneis que ligam o palácio interior à ala oeste.

Aquele foi o único modo que encontrou para transitar sem ser detectado. Ao atravessar umidade e escuridão, ele se lembra dos tempos em que brincava naqueles túneis quando criança, com a princesa e a sombra dela. Os últimos relatórios a colocam a oeste, e suspeita-se de que vai viajar para Kallah, onde poderá apelar àqueles leais à imperatriz viúva e ao Imperador Benevolente.

Ele é um falso príncipe. Que príncipe não é bem versado nas políticas da corte? Que príncipe não foi instruído sobre textos históricos e o uso de certas frases pelos eruditos da corte? Que príncipe se sente um fracasso, tem uma suspeita em seu íntimo, mas nenhum meio de determinar o que é real e o que é mentira?

Ele corre pelos túneis e encontra o anel específico que está procurando, abrindo a porta para atravessar os muros da Morada da Saudade Outonal.

Há apenas uma única lanterna no pátio, balançando ligeiramente ao vento. As sombras lançadas pelas árvores se alongam em sinistras silhuetas na parede. Pelas lembranças de Kang, há três salas privadas naquela residência. Ele entra pela janela aberta do primeiro cômodo e o encontra vazio. Os móveis opulentos, os tesouros preciosos, tudo indica que uma pessoa de posição mais elevada costumava residir ali. Tudo deve pertencer ao antigo morador do lugar — o Marquês de Ānhé, que encontrou seu infeliz fim no banquete. A sala seguinte, Kang também encontra vazia. Aquela, mais escassamente decorada, parece ser usada como estúdio.

Através da tela da janela, Kang vê luz na câmara final. Deve ser ali que alguns dos wǔlín-shī estão hospedados. Ele percorre a lateral da residência com cuidado, se mantendo abaixado. Nisso, pelo menos, é bom. Anos de treinamento para ter asas nos pés, para se fazer pequeno, como um bom batedor precisa ser.

Kang ouve murmúrios. Alguém ainda está acordado. Ele vai ver por si mesmo até onde se aplica o voto de silêncio, se falam livremente quando acreditam estar sozinhos. O que quer que extraia das conversas e do comportamento dos wǔlín-shī o ajudará a entender como estão ligados ao chanceler, se sua conexão é tão estreita quanto acredita o autor dos bilhetes.

Abrindo uma fresta da janela, ele espia o interior. Há apenas um braseiro no canto, de onde emana uma luz fraca. Parada diante de um espelho de bronze embutido em uma moldura de madeira, uma figura está posicionada de forma que Kang vê somente seu perfil. Um dos praticantes de Wǔlín, ele reconhece pelo rosto, não pelo nome.

— O Ministro dos Ritos manteve o mesmo cronograma previsto. Nada parece estar fora de ordem. — A voz é profunda e inflexível, quase um grunhido. Parece que está falando para o espelho, mas então Kang percebe outras figuras de pé na sala.

Uma fileira perfeita de três. Parados com as mãos entrelaçadas às costas, postura ereta. Encaram o homem diante do espelho feito estátuas de pedra. Kang fica maravilhado com o modo como, mesmo quando estão sozinhos, não parecem abandonar o treinamento. Não há sequer uma contração, um único músculo fora do lugar. Ele franze o cenho, olhando mais de perto. Mesmo disciplinados como são, como podem quatro pessoas ficar tão imóveis, como se tivessem adormecido de olhos abertos?

— Você vai fazer o mesmo amanhã.

Kang reprime a exclamação que quase deixa escapar. Seu dente perfura o lábio, inundando a boca com o gosto de sangue. Aquela voz... é do chanceler. Mas como ele pode dar ordens aos wǔlín-shī? Para todos os efeitos, são guerreiros leais ao pai, respondem apenas a ele. Três deles seguem todos os seus passos, como dedicados guarda-costas, e mais três montam guarda fora de qualquer sala ou cômodo que o general ocupe.

Mas os outros... Kang não saberia justificar todos a cada momento do dia. Devem ser espiões, mas não para seu pai.

A conversa na sala continua enquanto Kang esquadrinha aquela nova informação. Nada daquilo faz sentido. A súbita obsessão do pai pelo poder dos deuses, seu interesse pelas relíquias de dias passados e sua confiança no chanceler... Nada daquilo combina com o pai que Kang conhece. O general é famoso por sua estratégia no campo de batalha, a habilidade de sua guerra de cerco, a destreza de sua capacidade de luta. Ele não acredita em superstição, em magia; sempre desprezou tudo aquilo.

Kang esfrega os olhos, voltando a atenção para a estranheza daquele cômodo. Para procurar o esconderijo do chanceler, mas há uma ressonância peculiar em sua voz...

E então Kang percebe. O que ele pensava ser o reflexo distorcido na superfície curva do espelho é outro rosto. O chanceler está falando com os wǔlín-shī através do espelho.

A mão de Kang escorrega do parapeito da janela e ele se afasta, ligeiramente desequilibrado. Um galho se quebra sob seu calcanhar.

— Tem alguém aí!

Horrorizado, Kang vê quatro cabeças se virarem para ele ao mesmo tempo. Quatro pares de olhos pretos, cheios de escuridão. Nenhum branco à vista. Olhos inumanos.

Ele se abaixa sob a janela, o coração martelando de modo frenético enquanto dispara pelo jardim dos fundos. Kang ouve os soldados em perseguição, movendo-se silenciosa e firmemente atrás dele. Passos assustadoramente sincronizados nas pedras.

Kang desliza o corpo pela abertura por onde entrou e em seguida fecha a porta atrás de si o mais silenciosamente possível. Com gestos desastrados, apaga a tocha, ficando sozinho na escuridão, a respiração alta e ofegante. Ele ouve os wǔlín-shī correndo no telhado, se afastando a distância, em busca da presa.

Parado no escuro, Kang estremece, todas as suspeitas confirmadas.

Há algo terrivelmente errado no palácio.

Capítulo Dezenove
Ning 寧

Acordo de manhã descansada e revigorada. Então noto a ausência do saco de dormir de Shu. Uma breve onda de pânico invade meu peito ao imaginá-la vagando pela floresta por causa de todas aquelas coisas terríveis que eu lhe disse.

Quando irrompo pela porta, eu a vejo sentada nos degraus da frente da cabana. Fico ali e observo sua silhueta esbelta, sentimentos conflitantes se agitando dentro de mim, e mais uma vez sei que devo deixar de lado minha própria raiva e medo.

Eu me sento ao seu lado na escada. De algum modo, ela já está com uma xícara de chá e a coloca em minhas mãos, como se soubesse que eu iria acordar e procurá-la. Shu está com 15 anos agora, mas ainda me lembro dela criança, cambaleando atrás de mim no jardim dos fundos. Sempre levei minhas responsabilidades a sério, garantindo que ela não caísse no forno ou se arranhasse nos espinhos. Minha irmã sempre foi tão ansiosa para ajudar. Ainda é.

— Temos de conversar sobre o que aconteceu enquanto você esteve fora — diz Shu.

Parece que não sou a única que tem pensado sobre nossa briga.

— Eu... — começa ela, mas vacila.

Estou surpresa com sua hesitação, porque não sinto que Shu tenha feito nada de errado. Todo esse tempo a venho criticando por se arriscar, apesar de, hipocritamente, me colocar eu mesma em perigo.

— Não te contei tudo — revela, por fim.

Eu a observo, curvada sobre sua xícara de chá, a preocupação com tudo o que está enfrentando evidente em sua expressão.

Sinto um aperto no peito.

— O veneno me deixou mais fraca e mais confusa — confessa ela. — Mas continuei ingerindo a substância. Tinha de tentar encontrar o antídoto o mais rápido possível porque eu sabia que a cada dia minha conexão com Shénnóng ficava mais fraca.

— O que quer dizer? — pergunto, com a voz embargada. Como é possível? Eu a salvei do veneno com a combinação certa de ervas e ingredientes, o pó de pérola. Ela deveria voltar a ser a mesma de antes. Saudável. Completa.

— Depois que você voltou, tentei algumas vezes. De novo e de novo. Segui as instruções da mamãe. Servi o chá, adicionei os ingredientes que deveriam ter aprimorado minha conexão com a magia, yuǎnzhì, bānjǐtiān... Mas nada funcionou. — Ela finalmente me encara, lágrimas escorrendo pelo rosto. — Não conseguia sentir nada. Não restou nada. Nenhuma magia.

Coloco minha xícara de chá de lado e a abraço, embora me sinta atordoada com a revelação. Suas lágrimas molham meu ombro, criando uma mancha úmida. Isso é o que eu temia. Antes de sair de casa no meio da noite, antes de cada uma das rodadas da competição, até mesmo no exato momento antes de servir o chá, sempre hesitei. Com medo de que, quando alcançasse a magia, ela me negasse. Mas por que Shénnóng a tiraria de Shu?

Conforme partimos para o dia, Shu está estranhamente quieta, mas diz aos nossos companheiros que apenas teve uma noite ruim de sono. Enquanto isso, continuo me preocupando com o que minha irmã me contou. Por que o veneno afetou sua conexão com Shénnóng? Ela teme ter sido maculada pela substância, e temo que seja suscetível à influência da serpente, assim como fui. Isso poderia colocá-la em risco de ser possuída, presa no Reino das Sombras como aquele wǔlín-shī?

— Você mencionou viajantes na floresta — pergunto à Capitã Tsai, ansiosa para me distrair da infinita repetição em minha mente de perguntas que não me levam a lugar nenhum. — Eles preservaram os santuários. Sabe se rezavam para um deus específico?

— Não é para nenhum deus — responde ela. — É para o próprio bambu.

— Há histórias sobre o Mar de Bambu — o Irmão Huang se intromete em nossa conversa. — Histórias perturbadoras. — Ele tenta me assustar com uma carranca, mas eu rio em vez disso.

Ele finge ultraje, bufando de indignação.

— Eu costumava treinar para ser um artista! Como se atreve a não apreciar essa rara demonstração das minhas habilidades? — Ao meu lado, vejo Shu tentando esconder um sorriso também.

— Por que você se refere à floresta ora como Mar de Bambu, ora como Mar do Esquecimento? — pergunto. — Por que a floresta de bambu tem nomes diferentes?

— A família da Capitã Tsai é de uma vila na fronteira do Mar de Bambu — explica o Irmão Huang. — Ela conhece melhor as lendas.

A capitã para à margem do caminho. Juntando as mãos, toca os dedos nos lábios e curva a cabeça.

— Por favor, permita-me compartilhar sua história com esses viajantes — diz ela, e um arrepio desce pela minha nuca. Que tipo de entidade vive ali para exigir tamanho reconhecimento?

— Eu mencionei pessoas que se perderam na floresta. É por isso que a chamam de Mar do Esquecimento — continua a capitã, em tom reverente, reconhecendo o poder do lugar. — De vez em quando, pessoas familiarizadas com estes caminhos, que cresceram forrageando e cortando o bambu, desaparecem. As famílias pensam que morreram em algum lugar da floresta, depois de cair em uma ravina ou serem atacadas por uma fera, mas elas reaparecem vinte anos depois, aparentando a mesma idade que tinham quando sumiram. Outros falam de ser perseguidos por um predador, apenas para o animal ser repelido por algo na floresta. Como se houvesse uma barreira que são incapazes de atravessar...

— O que acha que é, então? — pergunta Shu. — Já viu alguma coisa nesta floresta?

— Nunca vi nada com meus próprios olhos, mas tomo cuidado com onde coloco meus pés. Respeito o que quer que viva aqui e peço que me conceda entrada e saída. — A Capitã Tsai olha para mim. — Você me perguntou que tipo de deus vive aqui. Acho que é algum tipo selvagem de magia, algo que nunca recebeu um nome.

Reflito sobre a resposta. Não é de admirar que eu não tenha sentido a presença da Dama Branca desde que entramos na floresta, mas a magia deste lugar ainda assim me protegeu dos sonhos que vinham me assombrando durante a noite. Talvez pelo menos uma parte de seu poder seja benevolente.

Compreendo, então, que devo recorrer ao conselho de Shénnóng. Preciso alcançar minha própria magia, ver por mim mesma o que está impedindo Shu de atingir a Transmutação. Quando paramos para almoçar, peço à Capitã Tsai que acenda uma fogueira e exijo água quente para fazer chá.

Ela me olha com desconfiança. Não tenho certeza de que conhece a magia Shénnóng, mas ela reconhece a existência de algo além do nosso mundo.

— Por quê?

— Vou realizar um ritual — revelo a ela, com sinceridade. — Há algumas perguntas pessoais que eu gostaria que fossem respondidas.

Ela parece desconfortável com minha resposta.

— O que espera que façamos?

— Vocês não precisam participar — digo. — Tudo o que peço é sua ajuda para acender o fogo.

Após um momento de hesitação, ela assente e envia o Irmão Huang para coletar água de um riacho próximo enquanto nós duas acendemos o fogo.

Quando estamos prontas, Shu se senta de pernas cruzadas ao meu lado, de frente para as chamas. Ela parece infeliz, o canto dos lábios e pálpebras caídos. Sei como se orgulhava de ser uma shénnóng-tú, como ficou feliz quando mamãe a nomeou sua aprendiz. Ela já havia se dedicado a aprender o cultivo e a terapia do chá, a entender as folhas e a água e os diversos ingredientes. Eu gostaria de poder dar tudo a ela, e então um pensamento contundente se manifesta: *Não, você não abriria mão da própria magia. Não seria nada sem ela. Inútil. Não minta para si mesma.*

Enterro o pensamento no mesmo canto obscuro da mente de onde saiu.

Ajoelhada, despejo a água fervente no bule. O líquido gira em um vórtice, e vejo minha magia fazer o mesmo, se desenrolando ali dentro. Tudo o que quero fazer é ver e, portanto, escolhi o crisântemo branco, uma bebida bastante comum por seu suave dulçor. Não requer folhas de chá. Muito embora seja tipicamente uma flor para funerais e minha mãe não gostasse deste detalhe, sei que é empregada no fortalecimento da conexão entre mentes. Passo a xícara para Shu, que inspira o vapor com um suspiro, depois bebe.

O chá me queima a garganta, a preocupação com minha irmã tão quente quanto o líquido. É um sabor desconhecido e diferente do que estou acostumada. Estico a mão para Shu, e seus dedos encontram os meus. Ela me encara, esperançosa, mas um pouco perdida. Passamos pela Transmutação juntas, até que estamos naquele outro lugar. Ali, luz crepuscular prateada satura nosso entorno, mas a cor ainda permanece.

Estou sozinha no limite da floresta perto da nossa casa. Retornei a uma memória de quando fomos enviadas para colher ervas do jardim e me pediram para ficar de olho em Shu. Estou tão concentrada em colher as flores certas que não percebo que minha irmã desapareceu até que mamãe sai de casa e me pergunta onde ela está. Com um rodopio, eu me lembro vividamente da aparência das flores quando caíram das minhas mãos naquele dia. Quão forte meu coração bateu... parecia que iria explodir de meu peito. Quão trovejantes eram meus passos enquanto eu corria, chamando o nome da minha irmã.

Agora, parada na floresta, o vento ergue um torvelinho de folhas e me dá um sutil empurrão por trás. Sei que as folhas vão me levar na direção certa, e eu a vejo, apenas um momento depois, sentada ao pé de uma árvore. Saboreio o alívio em minha língua, tão doce quanto o crisântemo.

Eu me aproximo. Shu olha para mim e envelhece diante dos meus olhos. Da criança que era para a garota que é agora. Espio dentro dos seus olhos e me permito mergulhar naquela profundidade, pedindo à magia que me mostre onde a magia da minha irmã deveria existir. *Semelhante atrai semelhante.*

Eu me sinto cair, cair, cair para a frente em um grande e profundo buraco. Em um espaço cavernoso, assustadoramente deserto, que deveria conter as reservas de sua magia. Sinto uma perturbação naquele lugar, como se algo tivesse sido arrancado à força, deixando apenas o vazio para trás. Uma árvore arrancada.

Retorno a meu corpo com um suspiro, e a expressão no rosto de Shu me mostra que ela já sabe o que descobri. Que tenho medo do que aquilo pode significar para minha irmã.

Mas antes que eu possa abrir a boca para falar, uma dor aguda rasga meu braço, como se alguém tivesse pegado uma lâmina e ferido a pele. Grito, agarrando meu punho. Shu está em algum lugar ao meu lado, mas tudo o que sinto é a dor. Como se algo estivesse se cravando em minha pele, abrindo caminho para fora.

Eles estão vindo.

— Precisamos ir. — Eu me forço a falar entre os lampejos de dor.

Shu me ajuda a me levantar. Cambaleio um pouco e então fico de pé.

— Precisamos ir! — grito dessa vez, gesticulando para nossos companheiros com a mão boa.

Juntamos nossas coisas rapidamente, a Capitã Tsai e o Irmão Huang tendo percebido meu pânico. O bambu oscila freneticamente acima de nós, embalado por uma brisa repentina.

— O que foi? — pergunta a capitã, ajeitando a mochila. Shu apenas balança a cabeça.

Saio do caminho e entro no bambuzal, colocando minha mão no caule duro.

— Quem está vindo? — pergunto. Talvez o chá de crisântemo tenha aberto minha mente, porque ouço a resposta silenciosa.

Ela vê você.

Olho para meu braço. O brilho está de volta, ao longo da cicatriz irregular da mordida da serpente. Toda vez que uso minha magia, ela atrai a serpente até mim. Achei que fosse coincidência, talvez tolice. O astrônomo disse que a serpente e eu estamos ligadas de alguma forma. Agora vejo por mim mesma que é verdade. Eu já deveria saber, deveria ter previsto.

— Com quem você está falando? — O Irmão Huang me olha do caminho, a voz um pouco alta e nervosa.

— Não tenho tempo para explicar — respondo, depressa. — É com o bambu. Vou perguntar ao bosque para onde devemos ir.

A Capitã Tsai assente, aceitando aquilo com mais facilidade do que imaginei.

— Sempre houve quem conseguisse falar com eles. Já cuidei do fogo. Vamos.

Aprecio sua sensatez, sua decisão de acreditar em mim. Como se eu fosse alguém confiável. Fechando os olhos, inalo o cheiro da floresta ao redor. O bambu parece ver até a eternidade. Cada talo ligado ao outro, todos conectados, uma grande família que protege os seus. Eles se reconhecem e conversam rapidamente, dizendo uns aos outros onde o perigo se origina e para onde acreditam que seria mais seguro viajar.

— Venham comigo — digo para o restante do grupo, e seguimos a trilha. A caminhada não é mais pacífica, e sim impulsionada pela urgência. Escuto o bambuzal enquanto as árvores nos dizem para nos embrenhar no bosque. Às vezes nos desviamos do caminho, mas, de algum modo, os bambus sabem para onde nos conduzir até voltarmos à trilha.

— Olhem! — sussurra a Capitã Tsai.

Atrás de nós, vejo figuras a distância. O bambu está certo. Algo está em nosso encalço, algo que nos deseja mal. Paro ao lado de um dos talos verdes outra vez.

— Você pode nos levar para a segurança?

O bambuzal estremece ao nosso redor, então ouvimos a queda de rochas à frente. O Irmão Huang corre adiante, em seguida gesticula para vermos o que a floresta revelou. A estátua de um macaco, as mãos cruzadas sobre a boca.

— Um guardião! — exclama a Capitã Tsai, e aponta para a frente. — Olhem! Um caminho!

É quase imperceptível, mas está lá. Enveredo por ele e sigo em frente, torcendo para que meu erro não nos custe a missão ou nossas vidas.

Capítulo Vinte
Ning 寧

Ficamos em silêncio, não ousando falar. Os bambus continuam balançando ao nosso lado, ondas oscilantes de verde. Posso sentir, caminhando por entre os caules, que o bambuzal sente coisas. As árvores têm consciência, assim como Peng-ge, assim como as árvores perto da minha vila. Sabem quem é respeitoso e quem não é.

Os bambus se inclinam para fora do caminho, criando uma trilha que nos leva a uma parte diferente da floresta. De vez em quando sentimos como se estivéssemos caminhando há horas, talvez perdidos, mas então outra estátua de macaco aparece, a boca coberta servindo de aviso. As esculturas continuam a nos guiar para longe das figuras sombrias até que não estejam mais atrás de nós.

O ar então fica enevoado, e um frio se instala ao nosso redor. Estremecemos, mas continuamos a caminhar, soprando as mãos e batendo os pés para nos aquecer. De modo estranho, a luz não parece mudar ali. Continua a se infiltrar pelo dossel, oblíqua e inusitada, tornando impossível dizer se o crepúsculo caiu. A lua devia estar cheia aquela noite?

— Adiante! — Irmão Huang finalmente quebra o silêncio, apontando para um vislumbre de vermelho através das árvores. Bandeiras vermelhas penduradas nos bambus. À frente delas, há uma clareira. Conseguimos chegar à outra parte da floresta.

A capitã estende a mão e toca um dos estandartes, um olhar confuso no rosto.

— Não entendo — diz ela, lentamente.

— Parecem bastante festivos, como uma celebração — comenta Shu.

— Deveriam ser um aviso — responde a Capitã Tsai, apontando para os ideogramas rabiscados nas faixas, uma escrita que não compreendo.

— Wŭlín? — pondera Irmão Huang, intrigado. — Mas você disse que levaria pelo menos seis dias para cruzarmos o Mar de Bambu.

— De fato — murmura a capitã.

Quando atravessamos o vão entre as árvores, fica evidente que há alguma espécie de estrutura a distância. Uma fortaleza com paredes de tijolos se agigantando.

A Capitã Tsai se vira no limite da clareira e faz uma reverente mesura em direção à floresta, e nós a imitamos.

— O Mar do Esquecimento nos carregou para fora — sussurra ela, colocando as mãos junto ao peito em oração, e se curva novamente. — Obrigada.

A Capitã Tsai nos avisa para ficarmos atrás dela enquanto nos aproximamos do prédio. Parece impossível tamanha estrutura ter sido construída entre as árvores. O portão é alto e largo o suficiente para duas carruagens entrarem lado a lado, mas está fechado. Uma parte de Wŭlín é um mosteiro dedicado ao culto do Tigre Preto, mas a outra é uma academia para estratégia militar e combate. Do ângulo em que estamos, parece tanto um palácio quanto uma prisão.

Ainda desorientada pelo súbito aparecimento do nosso destino, contemplo um dos leões de pedra margeando o caminho que leva à fortaleza. Coloco uma das mãos em sua cabeça apenas para ter certeza de que é real. Para convencer a mim mesma de que não é uma visão, de que não estou sonhando de alguma forma. A pedra é fria ao toque e áspera sob meus dedos.

Um assovio estridente soa de cima, em seguida uma flecha se finca no chão diante de mim. A capitã gira, gritando para nós. Irmão Huang se coloca diante de mim e de Shu, espada em punho.

— Não se aproximem mais! — Uma cabeça espia por cima do muro. — Wŭlín está fechado para visitantes.

A Capitã Tsai dá um passo à frente e levanta a voz:

— Trazemos uma mensagem de Yěliŭ.

Além da mensagem que o Astrônomo Wu nos pediu para entregar, há também uma carta que o Duque Liang escreveu e deu ao Comandante Fan. Lentamente, a capitã desliza seu dao de volta para a bainha. Ela puxa o pergaminho da bolsa e em seguida também ergue a carta para que os habitantes de Wǔlín a vejam. Então pousa os dois com cuidado diante do portão e recua.

Depois de um momento, uma pequena porta colocada no portão se abre. Um guarda vestido com armadura completa sai e se curva, o rosto escondido sob o elmo.

Shu agarra meu braço, um pouco trêmula ao meu lado. Sei que está se lembrando dos soldados que nos atacaram na montanha. Então a puxo para mais perto, me certificando de que, aconteça o que acontecer, eu possa me colocar entre ela e o perigo.

— Desculpe, capitã — clama o guarda em uma voz mais jovem do que eu esperava. — Estamos em confinamento sob as instruções do Comandante Hao. Ninguém está autorizado a entrar ou sair. Sofremos vários ataques recentemente e devemos permanecer vigilantes.

A Capitã Tsai levanta a voz e grita em resposta:

— Trazemos tristes notícias do oeste: Yěliŭ caiu. A missiva foi escrita pelo Duque Liang antes de seu assassinato pelas mãos de agressores desconhecidos.

— Essa é uma notícia trágica — diz o guarda, pegando o pergaminho e a carta, então se curva para a capitã novamente. — O comandante revisará suas mensagens e logo alguém retornará com uma resposta.

Ficamos do lado de fora e esperamos enquanto eles se reúnem atrás dos muros da fortaleza. Não se ouve nenhuma voz. Não há movimento por muito tempo, até que enfim a porta se abre de novo. Desta vez, três pessoas saem. Dois guardas de armadura e uma mulher que se coloca diante deles. Vestida em uma túnica preta solta, ela usa braceletes de metal com um desenho em espiral nos punhos. O padrão continua braço acima, em uma grelha de cicatrizes. O cabelo escuro está preso para trás, com uma mecha grisalha na têmpora. Ela me lembra da devota do Tigre Preto que lutou contra Kang na rodada final da competição.

— Meu nome é Yu Jingyun. — Ela nos cumprimenta com as mãos entrelaçadas diante do rosto. — Sou um dos wǔlín-shī desta academia. Li as mensagens que trouxeram. De fato estes são tempos preocupantes.

— Anciã Yu. — A Capitã Tsai faz uma reverência, e nós a imitamos. — Lamento que tenhamos de nos encontrar dessa maneira.

— Desculpe pela nossa falta de hospitalidade. Nos deparamos com ameaças à segurança de nossos habitantes e, para protegê-los, não estamos permitindo que ninguém atravesse nossos portões até termos chegado a um consenso sobre como proceder — explica a Anciã Yu. — No entanto, o Comandante Hao e os líderes de Wǔlín me enviaram até vocês para discutir o conteúdo do pergaminho e da carta. Tudo o que eles descrevem ocorreu? Yěliǔ caiu e a princesa fugiu da capital?

A Capitã Tsai olha em minha direção.

— Minha companheira esteve presente durante os dois eventos e pode lhe dar mais detalhes. Vá em frente, Ning.

A wǔlín-shī me observa com firmeza, esperando que eu continue.

Conto a ela sobre a competição e o que aconteceu desde então. Sobre o general de Kǎiláng marchando sobre a capital com seus soldados, contrabandeados pela lealdade inconstante do governador de Sù. Falo do chanceler e seu papel em minha quase execução. Também conto a eles sobre a devastação que vi em Yěliǔ e o que aconteceu depois. Os soldados das sombras. A serpente que os prendeu em seus sonhos. Com um calafrio, de repente percebo como é semelhante à manipulação daquela cobra por Wenyi na terceira rodada da competição. *É animação... nada mais*, ele tranquilizou os juízes.

Exceto que agora existe um poder com a capacidade de manipular a mente humana a ponto de superar nosso instinto de sobrevivência.

A Anciã Yu parece nervosa com a ideia.

— Se o que diz é real, então temo que nossos batedores possam ter encontrado o mesmo destino. Tivemos um surto de desaparecimentos nas últimas semanas. Já perdemos um batalhão inteiro.

Quinze wǔlín-shī totalmente treinados podem enfrentar cem soldados comuns. De quanto mais dano um batalhão completo seria capaz? Foi apenas por minha magia que Zhen e Ruyi conseguiram se defender dos cinco que nos atacaram, e só quando foram dominados pelas tropas do Comandante Fan é que surgiu uma esperança de capturá-los.

— Sabendo agora a verdade das nossas palavras, podemos obter admissão em Wŭlín? — pergunta a Capitã Tsai. — Vai ajudar a princesa na batalha que está por vir?

A Anciã Yu troca olhares com os soldados ao seu lado antes de balançar a cabeça lentamente.

— Embora simpatizemos com a princesa e sua causa, já perdemos muitos. Se pudermos, de fato, ser possuídos e usados como armas contra o povo de Dàxī, isso vai contra a integridade dos nossos princípios, nosso maior medo. Mas recentemente recebemos outra missiva da capital que conta uma história diferente.

Ela acena para o guarda ao lado, que desenrola um pergaminho. Com um sobressalto, vejo meu rosto me encarando de volta. Capturaram minha semelhança em tinta. Pareço um coelho, pronto para fugir. Ao lado do retrato se vê um selo vermelho: *Procurada*.

— A garota que trouxe como testemunha foi acusada de envenenar os oficiais da corte, de ser um perigo para Dàxī. Os shénnóng-shī do reino foram chamados à corte. Hánxiá foi fechada e aguarda investigação adicional. Tampouco sabemos se o General de Kăiláng é totalmente confiável e por isso também negamos passagem aos representantes da corte. Vamos esperar para ver quem se revela protetor dos cidadãos de Dàxī e quem está apenas faminto por poder.

— Isso são mentiras! — explodo, incapaz de me conter por mais tempo. — Eu já disse, a competição foi manipulada desde o início. Eles queriam uma maneira de reunir todos os shénnóng-shī no palácio, envenenar a corte e acusar a princesa de ser uma assassina. É tudo um plano concebido pelo Chanceler Zhou e pelo General de Kăiláng!

— Até agora, tudo o que temos são acusações — argumenta Anciã Yu. — Não sabemos o que é verdade e o que é mentira. Vamos lhes fornecer suprimentos para a noite, mas partirão amanhã. Wŭlín vai levar suas informações em consideração e agir quando tomarmos uma decisão.

Eu me viro e vou embora, mesmo que seja rude da minha parte. Afinal, as palavras prestes a sair da minha boca com certeza não seriam educadas. Eu me sento em uma pedra ao largo do caminho e contemplo o que me aguarda.

Assassina. Ladra. Fraude. Fracasso. Todos esses nomes e descrições me foram dados. Sou caçada pelos soldados das sombras e pelo Ministério da Justiça. Se um aviso de recompensa com meu rosto pode ser encontrado em todos os lugares no raio de alcance do ministério, então Shu continuará a correr perigo aonde quer que eu vá.

Quando desperto de meus devaneios, a capitã, Irmão Huang e Shu estão ao meu lado novamente. As pessoas de Wǔlín se foram.

A Capitã Tsai me observa, encontrando meu olhar.

— Sei que pode não ser grande consolo, mas você me mostrou coisas além do meu entendimento. Uma semana inteira se passou em tempo real, mas, como todos sabemos, não caminhamos por tanto tempo. Acredito em você, Ning, em tudo o que disse sobre o que aconteceu no palácio e em Yěliǔ.

— Obrigada — agradeço, apreciando seu apoio. Se consegui convencer uma pessoa, então talvez tenha chance de convencer outros também.

— O que vai fazer agora? — pergunta ela.

Para onde mais posso ir, senão direto a Yún?

— Tenho outra tarefa que me foi dada pelo Astrônomo Wu — informo a eles. — Tenho de viajar para um desfiladeiro aqui perto, onde há rumores de que vive uma famosa shénnóng-shī.

Irmão Huang me encara, intrigado.

— Há apenas um desfiladeiro em Yún, e é o Desfiladeiro de Bǎinião, perto da cidade de Ràohé.

Ràohé. Meus ouvidos se animam com o nome familiar. É dali que vem a família de Wenyi. Por um momento, parece que as estrelas estão se alinhando, que talvez seja essa a direção que o destino pretendia que eu seguisse. Não esqueci minha promessa a Wenyi, e seguir em direção ao desfiladeiro me aproximará de sua família.

— Vou levá-la até lá — Irmão Huang oferece. — Conheço o lugar. Posso ser seu guia.

— Você ouviu o que a anciã disse — argumento. — Sou procurada pelo ministério. Sou uma envenenadora, lembra? Matei dez oficiais. Tem certeza de que quer se associar a tal monstro?

Mas, em vez da reação que eu esperava, Irmão Huang apenas ri.

— Prometi que cumpriria minha missão antes de voltar para casa e parte dessa missão é manter você e sua irmã seguras. Você não vai deixar minha Xin'er esperando por muito tempo, vai?

— Então está decidido — diz a Capitã Tsai, sem me permitir uma palavra de protesto. — Irmão Huang vai ajudá-la a chegar até Ràohé. Tenho outra missão a cumprir para o comandante em uma vila próxima daqui.

Wŭlín nos fornece os suprimentos que prometeram, inclusive cobertores mais grossos para a noite e um pouco de sopa quente com brotos de bambu e lascas de carne para nos aquecer. Sob a longa sombra da fortaleza, tenho mais uma noite livre de pesadelos. Nenhuma sombra à espreita ao longe, nenhuma serpente vigilante sibilando no escuro.

Em vez disso, sonho com um menino que se senta comigo nos telhados, observando as luzes da cidade. Acordo pela manhã com seu nome ainda nos lábios, imaginando se ele já encontrou as respostas que procurava.

Capítulo Vinte e Um
Kang 康

— O REGENTE REQUER SUA PRESENÇA NO GABINETE.

O pedido vem de um dos guardas do palácio enquanto Kang é atendido pelos criados. O manto cai sobre seus ombros, e naquela manhã ele sente como se vestisse uma armadura na expectativa de uma batalha. Uma luta para a qual não está devidamente preparado.

Como vai contar ao pai o absurdo do que testemunhou na noite anterior se ele sequer acreditaria no filho? Uma voz saída do reflexo errado.

Depois de passar pelo labirinto de corredores do palácio interior que liga seus aposentos aos do imperador, Kang para diante de um conjunto de portas abertas. O escritório é praticamente uma biblioteca: uma variedade de tesouros expostos nas prateleiras, pergaminhos e livros ao longo de outra parede. Tudo conservado por mais um séquito de criados cuja única tarefa é manter aquele cômodo arrumado para o imperador. Mas na parede oposta ele vê uma pintura pendurada no canto, na frente da qual uma placa esculpida de rico ébano e um incensário repousam sobre uma mesinha. Gravado na placa lê-se o nome de sua mãe, e ela sorri para ele com serenidade do retrato acima.

Kang rapidamente faz as contas em sua mente. Está perto do aniversário de sua morte? Ele já perdeu o dia? Não pode evitar ser atraído para dentro da sala, estudando o rosto da mãe com uma dor familiar no corpo. Ele sente falta dela como de nada mais.

— Ela foi tirada de nós muito cedo — diz uma voz atrás de si.

Kang se vira e dá de cara com o pai. O general está com as mãos cruzadas atrás das costas, admirando o retrato da esposa. Usando um dos braseiros, ele acende alguns incensos e passa um para o filho. Com a fumaça ondulando acima do ponto brilhante de cada bastão, eles se curvam ao mesmo tempo, em lembrança, em amor compartilhado. Kang coloca o incenso no suporte diante da placa, na esperança de que sua mensagem a encontre. De que alguma parte da mãe saiba que não foi esquecida.

— Você a trouxe até aqui — diz Kang, baixinho. Ele sempre pensou que a placa permaneceria em Lùzhou, em sua casa à beira-mar. A mãe nunca expressou o desejo de visitar o palácio; não ligava muito para a cidade. Gostava da península e compartilhou com o filho seu amor por aquele lugar, até que ele também passou eventualmente a enxergá-lo como um lar.

— Jamais poderia deixá-la para trás — explica o general, ainda com os olhos no retrato. — Assim como ela me fez prometer sempre manter você seguro.

Kang fica em silêncio. Se a mãe estivesse ali, as coisas certamente seriam diferentes, mas há muito tempo o tio decidiu que sua mera existência era uma ameaça. A nítida lembrança de seu assassinato lhe machuca como uma faca cravada no peito.

Agora Kang dorme na antiga residência da princesa. Mesmo com os móveis substituídos e as decorações removidas, ainda não a sente como sua. Nada daquilo parece seu. Ele se livrou daquele direito há muito tempo. Kang toca o lugar no peito onde quase consegue sentir as bordas da marca através das roupas.

Não. Eles lhe arrancaram aquele direito com *fogo*.

Kang se afasta dos olhos atentos da mãe. Ela não teria aprovado aquilo. Não teria permitido que o general o enviasse para o palácio como espião e, como agora sabe, uma distração. Não teria permitido que o marido profanasse Yěliŭ e o aconselharia a buscar outras alternativas. Onde antes a mãe poderia ter guiado o pai, Kang reconhece que o chanceler agora procura se vincular ao imperador regente para garantir que as ascensões de ambos estejam ligadas o mais intimamente possível.

Kang observa os tesouros nas prateleiras para se distrair daqueles pensamentos caóticos. O pai prefere esculturas de bronze, cavalos rampantes e vasos cerimoniais manchados e trincados pelo tempo. Um arco está pendurado no alto da parede ao lado de uma coleção de flechas, e cada uma delas guarda uma memória particular. De uma batalha, uma caçada, uma competição.

É a espada branca, no entanto, que chama a atenção de Kang. A espada amaldiçoada que acompanhou o senhor da guerra, que causou tanta morte e destruição. Contudo, dependendo de como a história é contada, o homem foi um rebelde que lutou de forma insensata ou o heroico protetor de seu clã, que o defendeu até o último suspiro. Kang se pergunta como os historiadores vão descrever aquele período. Como ele será lembrado nos registros da história.

O punho esculpido chama por ele. A lâmina está escondida em uma nova bainha de couro decorado com duas faixas de madrepérola. Quão amolado é aquele fio? Kang é tomado por um desejo de agarrar a espada, libertá-la, testá-la por si mesmo...

— Pegue-a — ordena o pai.

A mão de Kang se move para o lado, para longe da espada. Mesmo como um príncipe, não lhe é permitido portar uma arma no interior do palácio. Não está em um acampamento militar no interior. Ali não é o campo de batalha, e, no entanto, seu coração dispara como se fosse.

O general lhe dá um sorriso experiente.

— Você a segurou uma vez. Se está curioso sobre a sensação de usá-la, está é sua chance.

Kang se volta para a espada novamente, atraído pelo chamado insistente que ainda pode ouvir. Desde tenra idade, foi ensinado a avaliar cada arma disponível em todos os cômodos em que põe os pés. Para se preparar. Ele pega a lâmina e a levanta do suporte. Primeiro a examina embainhada. É pequena. Uma arma secundária, destinada a apunhalar o adversário caso se aproxime demais em um combate corpo a corpo. Ele a saca e pousa a bainha na prateleira.

O pai recua, lhe dando espaço. Com um gesto amplo, recua o braço direito e a perna e joga a espada no ar, então agarra o punho e se coloca em postura de ataque, com a lâmina descansando sobre seu antebraço. Em seguida dá um passo à frente, girando a espada em sua mão, sentindo-a deslizar e se mover contra a palma.

Aquilo desperta lembranças.

Ser empurrado contra a terra e insultado pelos soldados mais velhos de seu batalhão.

Cair de uma árvore quando batedor, quebrando o braço em dois lugares.

Pensar que alguém era um amigo apenas para ouvi-lo se referir a ele como uma ferramenta para ganhar o favor do general.

A lâmina gira, cada vez mais rápido, enquanto Kang golpeia uma ameaça invisível. A espada se move em sua mão, quase como se o guiasse, o encorajando a usá-la em seus inimigos. Tem sede... a lâmina tem sede... de sangue, de vingança.

De abater todos que já o prejudicaram.

Com a cabeça girando, Kang pega a bainha da prateleira e desliza a espada de volta ao estojo. Gotas de suor se acumulam em sua testa.

Kang se curva e oferece a espada de volta ao pai.

— Suas considerações? — O general lhe arranca a lâmina das mãos, equilibrando-a na própria palma.

— É uma arma primorosa para uma escolha tão peculiar de material. Bem-cuidada — diz Kang. Ele limpa a mão discretamente no manto. Sente o resquício de uma substância estranha na superfície. *Há algo terrivelmente errado no palácio.*

— Você deve estar se perguntando por que eu o trouxe aqui. — O pai coloca a espada de volta em seu suporte e o encara novamente. — Preciso que complete uma missão para mim.

— Uma missão? — Kang se anima um pouco com a ideia. Enfim uma pausa de todas as rotinas e estruturas do palácio. No entanto, todas as perguntas sem resposta ainda pairam ao seu redor.

— Ouvi rumores de um tesouro que ressurgiu na região norte — seu pai continua. — Há um desfiladeiro nas montanhas de Yún. Algo de grande valor que foi roubado do Primeiro Imperador e depois escondido.

Mais relíquias? Deve haver um propósito para tudo aquilo. Um grande plano que Kang não entende. Os oficiais continuam a aparecer para falar sobre coisas sem importância, e ele sabe que estão tão no escuro sobre os planos do pai quanto ele.

— Deve estar se perguntando por que estive em busca de todos esses itens — diz o pai, lendo a expressão de Kang com facilidade.

— Sei que você deve ter um propósito para isso.

Por favor, implora silenciosamente. *Conte-me o porquê. Me dê uma razão para tudo isso, para que eu não precise temer até onde está disposto a ir.*

— As academias e os mosteiros tomaram muito poder do trono — explica o general, cerrando os punhos. — Meu irmão arruinou Dàxī com sua benevolência. Eu serei visto como um veículo dos deuses, sua força unida.

Então é do que se trata. O objetivo final da ascensão do pai ao poder. O Primeiro Imperador sempre acreditou que seu governo lhe fora dado pelos deuses, e, embora os imperadores anteriores tenham se afastado de tal crença, parece que o pai pretende retomá-la em seu futuro reinado.

— Não sou um homem supersticioso, e ainda assim estou ciente da força da fé. — O general pega um disco na prateleira, e Kang o reconhece como a relíquia de Hánxiá. A que seu pai ignorou perante a corte, mas que agora acabou em seu escritório. — Eles me reconhecerão como o Imperador Divino assim que eu controlar as três relíquias de Hánxiá, Yěliǔ e Wǔlín, juntamente com os três emblemas do Primeiro Imperador.

A espada. O selo. O trono.

— Quando ascender, empunharei a espada amaldiçoada que arruinou homens antes de mim e me sentarei no trono com o miǎn guān sobre minha cabeça a tocar o céu.

O general pega um selo da prateleira e o ergue para Kang ver. É feito de uma madeira tão escura que parece preta, como se pudesse engolir a luz que brilha sobre o verniz. Anexada à base está a cabeça esculpida de um dragão, a boca alongada e curva aberta em um rugido feroz. A espada é a representação do poderio militar do imperador, enquanto o selo contém o carimbo oficial que marca cada proclamação que sai do palácio.

— O Primeiro Imperador possuía um orbe de cristal do tamanho de um punho, tão brilhante que se dizia capaz de iluminar a noite. Foi saqueado do palácio há muitos anos, mas desde então ressurgiu na província de Yún. Batizado de Pérola que Ilumina a Noite, repousará sobre meu selo como outro símbolo de poder.

A boca aberta do dragão espera pelo orbe.

— Dizem que já pertenceu ao próprio Dragão de Jade — diz o general, baixinho, olhando para o selo. Há uma fome em seu rosto, uma expressão fervorosa. — E logo vai me pertencer.

Kang está dilacerado pelo desejo de partir, mas o perigo de deixar o pai nas garras do chanceler é muito grande; as palavras seguintes do general resolvem seu conflito.

— Você vai auxiliar o chanceler com a ajuda dos deuses, acompanhado por Wǔlín e Hánxiá. — Seu pai pisca então, balançando a cabeça. — Eu me esqueci. Suponho que essas academias não mais existem.

Isso torna mais fácil para Kang aceitar a missão. Pode usar tal subterfúgio para ficar de olho no chanceler, para descobrir seus planos em relação ao pai.

O selo é devolvido a seu lugar na prateleira, e o pai de Kang tira outro item da túnica, uma escultura de pedra do tamanho de sua palma. Borlas pretas pendem das extremidades.

Kang solta uma exclamação repentina quando o vê, reconhecendo o objeto pelo que é. Os caracteres brilham de dentro, destacados sobre um fundo de pérola. O talismã do comandante. O Batalhão das Águas Pretas responderá apenas àquele que tem o amuleto em suas mãos. Na mente de Kang, representa o pai, sua liderança, tudo ao que ele aspirou.

— Meu filho, você assumirá meu papel como líder do Batalhão das Águas Pretas, como meu conselheiro de confiança e meu representante pessoal — determina seu pai, emocionado como Kang jamais o viu. Uma onda de sentimento ameaça dominar Kang, engolfá-lo.

Todos os seus esforços para conseguir o reconhecimento do pai... A queimação nos músculos após cada exercício, a busca incansável pela perfeição, a maneira como galgou cada degrau da escada apenas para os olhos do pai.

Kang abaixa a cabeça, estendendo as mãos com reverência. O corpo empertigado pelo ardente orgulho. Ele sente como se o peito pudesse explodir com a intensidade daquele sentimento.

— Obrigado, pai — consegue dizer com a voz embargada. — Não vou decepcioná-lo.

Capítulo Vinte e Dois
Kang 康

Kang recebe apenas dois dias a fim de se preparar para deixar o palácio. Sabe que deve entrar em contato com a pessoa que o alertou sobre o chanceler. Ele precisa saber a quem deve ficar atento, para que tipo de perigo deveria estar preparado na estrada. Mas sem um nome ou rosto há apenas uma pessoa com quem pode se conectar na esperança de que o ajude a passar a mensagem adiante. Kang não quer dar as caras nas cozinhas novamente por medo de acabar colocando outros em risco. Em vez disso, envia uma mensagem ao Departamento da Padaria expressando suas intenções de realizar uma reunião nos jardins e solicita aqueles doces específicos com o ponto vermelho em cima, assim como uma variedade de outras iguarias.

Naquela noite, o pavilhão no Jardim da Reflexão Perfumada é iluminado com lanternas. A luz dourada lança um brilho quente sobre as águas do lago. Um músico toca a cítara, o triste som das cordas dedilhadas se fundindo às conversas tranquilas dos presentes.

— Finalmente você se tornou mais receptivo a integrar a corte — diz o chanceler com um sorriso, cumprimentando-o na frente do general.

Kang engole o desgosto, fazendo uma mesura para ele, depois para o pai.

— Espero receber mais de seus conselhos no caminho para Ràohé — comenta, as palavras amargas em sua língua.

— Cuide para que o faça. — O pai lhe dá um tapinha nas costas, bem-humorado, e o deixa para entreter seus outros convidados.

Kang se move pelos jardins torcendo para que seu desconforto não esteja muito evidente enquanto se mistura aos outros. Grande parte da corte compareceu — poucos ousaram recusar um convite do filho do futuro imperador. As pessoas lhe desejam sorte na viagem do dia seguinte, algumas se arriscam a investigar um pouco mais o propósito da incursão ao norte, mas Kang repete a mesma mensagem conforme instruído: ele parte em uma missão para o imperador regente e suas descobertas serão apresentadas perante a corte quando regressar.

À medida que a noite avança, Kang se afasta das conversas para desanuviar a cabeça. Faz uma pausa sob um salgueiro, os galhos chorosos o lembrando daquele dia nos jardins do Mosteiro de Língyǎ. A emoção de fugir dos monges. A última vez que ela o encarou, confiante e franca, antes de tudo terminar em traição e acusações.

— Vossa Alteza — chama uma voz suave ao seu lado.

Kang se vira para ver um homem fazer uma mesura e assente em resposta. O homem parece familiar, usando um pingente que o identifica como integrante do Ministério dos Ritos.

— Acho que não nos conhecemos — diz Kang.

— Pertenço ao Departamento do Palácio — responde o homem. — Meu nome de família é Qiu.

— Oficial Qiu — cumprimenta Kang e em seguida olha para o doce que o oficial traz em mãos.

Com um ponto vermelho.

Talvez seja um sinal. Talvez não seja nada. Seu pulso acelera ligeiramente, e ele luta para manter a voz calma, sem afetação.

— Espero que esteja gostando das iguarias. O recheio dessa massa em particular pode ser bastante surpreendente para alguns.

O oficial assente.

— Ouvi dizer que era o favorito da... antiga princesa.

Kang o encara, surpreso. Então o Oficial Qiu está ali em nome de Zhen. Para apelar por ela? Para ver a quem Kang é leal? Ele olha ao redor, ciente de que há muitos olhos e ouvidos no palácio.

— Está aqui em nome dela? — Kang se aproxima, mantendo a voz baixa.

— Você seguiu as pistas que deixei e buscou as informações por si mesmo — responde o homem mais velho. — Isso me confirmou que você é como ela disse.

— E o que ela disse? — Kang comentou com Ning, não muito tempo atrás, que os oficiais tinham boa memória. Mas procurá-lo tão perto da data da ascensão... Talvez a princesa esteja mais segura em suas alianças do que julgou inicialmente.

— Ela falou de você com respeito — explica Oficial Qiu. — Você a convenceu com suas declarações de que se importa com o povo. Ela também se importa com as pessoas e não quer vê-las sofrer.

— Acredito que meu pai fará o que for melhor para o povo de Dàxī — declara Kang, com cautela.

— Disso eu não tenho dúvida. Ouvi como o general trata seu povo. Mas estou preocupado que, em sua ascensão ao poder, ele possa ter caído sob a influência de forças malignas. — Sua voz se torna um sussurro quando alguns oficiais passam por eles. — Espero que tenha visto por si mesmo.

O chanceler. O rosto no espelho.

— Eu vi, sua... influência sobre os wǔlín-shī — revela Kang. — Mas você tem provas? Algo que eu possa apresentar à corte?

Oficial Qiu nega com a cabeça.

— Apenas especulações. Andamos investigando o chanceler desde que se voltou contra a princesa. Mas seu poder só cresce a cada semana que passa, e a situação se torna mais desesperadora a cada um de seus estratagemas. Primeiro, o chá envenenado que não podemos provar de forma indiscutível se tratar de sua influência. Depois, os bandidos ao longo das fronteiras, pagos com prata imperial para causar agitação. Agora, os pilares quebrados e as relíquias sagradas desenterradas. Os astrônomos previram sinais terríveis de uma grande escuridão iminente. Suspeitamos que ele possa ter outras intenções além de colocar um novo imperador no trono.

— E o que você quer que eu faça? — Sua posição na corte é tênue na melhor das hipóteses. O que ele tem a oferecer além de ser filho adotivo de seu pai?

— Ele pode baixar a guarda enquanto está na estrada, longe dos confortos do palácio e da proteção de seus guardas. Você pode descobrir seu objetivo final, algum sinal de fraqueza ou como ele está influenciando os wǔlín-shī. Qualquer coisa que possa nos ajudar.

— Nós?

— Você e a princesa têm aliados na corte, não se esqueça. Seus interesses podem estar mais alinhados do que imagina. — O olhar do Oficial Qiu desliza pelo ombro de Kang, então ele se curva em uma profunda reverência conforme outro oficial se aproxima. — Tudo de bom, Alteza. Espero que encontre o que está procurando.

A chuva em Ràohé não é como a garoa quente com que Kang estava acostumado no litoral. A estação chuvosa consiste em aguaceiros, até que tudo esteja encharcado.

De modo frustrante, a possibilidade de usar a jornada para investigar o que o chanceler vinha tramando foi prejudicada desde o início. Muito embora tivesse solicitado escoltar o homem em sua carruagem por segurança nas estradas, o Chanceler Zhou o dispensou, dizendo que os wǔlín-shī eram proteção mais que suficiente. Foi dito a Kang que o chanceler tinha outras paradas a fazer ao longo do caminho, o que significava que viajariam separadamente, e o chanceler levaria mais tempo do que o esperado para chegar a Ràohé, onde o Batalhão das Águas Pretas estava estacionado.

Então, em vez disso, Kang segue para Ràohé o mais rápido possível no lombo de um cavalo, determinado a se dar o máximo de tempo no acampamento antes da chegada do chanceler. Alguma maneira de desenterrar o propósito por trás da missão e encontrar as brechas que podem levá-lo ao que procura. Ele não sabe se deve ser consolado ou perturbado pelo pensamento das revelações do Oficial Qiu de que potenciais aliados o estão observando, esperando para ver o que fará.

No acampamento, Kang é recebido por dois capitães, que lhe dão as boas-vindas como novo comandante. Conforme ele se instala em seus novos aposentos, é surpreendido pela visita de um sorridente Ren, o soldado que o colocou sob sua asa quando Kang era um recruta no Batalhão Tiānguān. O homem está acompanhado por outro rosto familiar: Badu, que cresceu com Kang, ambos de certa forma criados pelos soldados de Kǎiláng.

Embora esteja cansado, dolorido e gelado com a umidade, Kang vê outros rostos familiares ao redor das fogueiras e estábulos improvisados, e algo dentro de si lhe dá a sensação de que voltou para casa.

No dia seguinte, ele é escoltado pelo acampamento e informado sobre as condições do batalhão. Tudo parece em ordem. Os estoques de suprimentos são adequados; o arsenal, bem conservado.

Mas é na enfermaria que Kang faz uma pausa, olhando para os ocupantes a um canto da tenda.

Aquelas pessoas não parecem soldados: está evidente na pele lisa e mãos delicadas. Não foram castigadas por viagem ou batalha. Uma delas tem a perna direita engessada. Outra está amarrada, o rosto contorcido como se sentisse dor, murmurando bobagens para si mesma. A terceira está imóvel, olhos abertos encarando o nada.

Perplexo, Kang reconhece o segundo homem. É Shao, o vencedor da competição. Outrora, o sujeito fora confiante em sua magia. Depois, passou a ficar hesitante e quieto perante a corte. Agora, parecia perdido em algum lugar dentro da própria mente.

— O que aconteceu com eles? — pergunta.

Um médico se aproxima com uma reverência.

— Comandante. Estes são shénnóng-shī e shénnóng-tú enviados pelo chanceler para encontrar o vidente que reside no Desfiladeiro de Bǎinião. Nós os acompanhamos enquanto tentavam usar sua magia, mas os poucos que voltaram retornaram... assim.

Então ali é onde os praticantes de Shénnóng se refugiaram depois de serem cercados pelos guardas do palácio. Sem dúvida, alguns queriam se provar depois que Hánxiá apareceu dividida, quando um de seus anciãos desafiou abertamente o imperador regente.

— Que lugar é esse de que você fala? Desfiladeiro de Bǎinião? — pergunta Kang, fingindo ignorância. Seu pai o havia informado de que apenas alguns poucos tinham consciência do valor do tesouro que procuram. O batalhão sabe apenas que buscam uma determinada pessoa na área, protegida por influência mágica.

— O Desfiladeiro de Băinião tem o tamanho de cem lĭ, comandante — responde um soldado. — A cidade de Ràohé tem vista para o desfiladeiro, que abriga um braço do rio das Águas Claras, o Fúróng, entre as falésias do Trovão Troante do lado de Ràohé e do Relâmpago Silencioso do outro.

O soldado continua:

— Os moradores falam de uma eremita que mora por lá, mas fracassamos em nossas tentativas de travar contato. Ela tem se mostrado bastante... reservada quanto a nossa presença.

Kang estuda a mulher que, apesar de olhar para cima, nada vê. Ele acena com a mão sobre seu rosto. Nada, nem mesmo uma contração para indicar que está ciente de qualquer coisa acontecendo ao seu redor. O que o lembra, perturbadoramente, do rosto de seu professor. A mesma ausência de expressão.

— Quando fui ao boticário local buscar remédios para o tratamento dela, um dos moradores da cidade me disse o seguinte: "Às vezes o desfiladeiro engole pessoas inteiras. Às vezes o desfiladeiro as cospe." — O médico estremece com a lembrança. Os soldados se entreolham, inquietos.

— Vamos para Ràohé — decide Kang. — Gostaria de ver o desfiladeiro eu mesmo.

Capítulo Vinte e Três
Ning 寧

Pela manhã, deixamos a fortaleza para trás. Como partimos em direção à floresta, passamos por mais estandartes vermelhos que sinalizam aos viajantes que estão se aproximando de Wǔlín. Shu estende a mão e toca um deles, então estremece ligeiramente.

— Está vendo? — pergunta ela.

— O quê? — Uma chuva suave começou a cair ao nosso redor, a curva da estrada nos levando até as árvores.

— Algo protege Wǔlín, acho — explica ela. — Uma barreira.

Olho para Irmão Huang, que também balança a cabeça.

Talvez alguma parte da magia ainda permaneça com Shu, alguma coisa não afetada pelo veneno. Talvez a shénnóng-shī que o Astrônomo Wu nos enviou para encontrar nos forneça respostas. Talvez possa nos dizer como recuperar a magia de Shu. Um propósito renovado. Meus passos ficam mais leves.

— Vamos ver o que encontramos do outro lado — digo.

Ela assente com determinação.

— Estou pronta.

Pego a mão da minha irmã e cruzamos aquela barreira juntas. Em direção ao que nos espera a seguir.

Com nosso mapa e o conhecimento do Irmão Huang sobre a área, determinamos que levaremos dois ou três dias para alcançar os dois possíveis caminhos para Ràohé, dependendo da intensidade com que as tempestades de verão afetaram as estradas. Um caminho passa pela margem do desfiladeiro, propenso a deslizamentos de terra. O outro é uma estrada mais percorrida até a cidade, serpenteando em meio a uma floresta. Irmão Huang estuda o céu, nada satisfeito com o que vê. Há um cheiro no ar, e a temperatura está caindo. Pelo menos temos as capas e os cajados dados a nós por Wǔlín.

— Se conseguirmos atravessar a tempestade, podemos ter uma chance no caminho ao longo do desfiladeiro. Mas se a chuva continuar, teremos de usar a estrada — adverte ele.

As pedras que ladeiam o caminho são escorregadias, mas manejáveis. O humor do Irmão Huang não parece afetado pela longa jornada à frente. Ele até canta um dueto com Shu durante um breve alívio na chuva. Uma canção folclórica sobre uma ponte quebrada que separa um rapaz e uma garota de dois vilarejos diferentes.

— Você ainda vai se lembrar de mim na próxima estação? — pergunta Irmão Huang.

— Você vai voltar e cantar sua música para mim? — responde Shu.

Com as vozes de ambos unidas no refrão, penso em Kang mais uma vez. Tudo está emaranhado. O garoto que saltou do céu e depois escondeu suas intenções de mim. O garoto que correu comigo pelo mercado, que eu conduzi por um mar de flores. Então há o conhecimento do que aconteceu com a família de Wenyi, as atrocidades cometidas em Ràohé. O chanceler que zombou das minhas dúvidas, que me perguntou como eu ainda podia acreditar na inocência de Kang quando este foi criado nos acampamentos de Lùzhou. Não consigo conciliar todas essas facetas de Kang em minha mente.

— Quando você me disse / O tempo é passageiro / Pois bebemos nossa cota do vinho de outono... — A voz do irmão Huang ecoa pelas árvores, e a de Shu se junta à dele para a estrofe final: — Eu sei / Assim como naquele verão / Você nunca mais voltará para mim...

Quero acreditar que Kang é diferente, apesar de todas as coisas terríveis que me disseram. Conheço o legado de seu pai e sei o que o imperador fez com ele e sua família. Como travou a própria batalha contra a tradição familiar, assim como lutei arduamente contra as expectativas dos meus pais.

Quando chegamos a um pequeno templo, a chuva volta a cair com força. Decidimos buscar abrigo ali durante a noite, onde ao menos teremos um teto sobre nossas cabeças. Limpamos o espaço com uma vassoura improvisada feita de galhos e palha, varrendo as folhas sopradas durante a estação. Encontramos no templo alguma madeira seca que um viajante anterior coletou e acendemos uma pequena fogueira enquanto a tempestade ruge lá fora.

Durante o jantar, Shu nos diverte com uma história sobre uma mulher que encontrou um tigre agonizante na floresta, engasgado com um osso. Em vez de deixá-lo morrer, ela tirou o osso de sua boca e cuidou dele até que se restabelecesse. Meses depois, a mulher conheceu um homem na floresta. Ele tinha grandes olhos dourados que lhe lembravam címbalos e bigodes pretos escuros. O homem lhe disse que ela salvou sua vida uma vez, e a levou para sua casa nas montanhas. Ele se revelou como o Deus do Trovão, o Tigre Preto, e ela se tornou a Deusa do Relâmpago.

No alto das montanhas, os verões não são tão quentes quanto seriam mais abaixo, no vale. Gostaria que ainda tivéssemos os grossos cobertores que Wŭlín compartilhou conosco, mas eram pesados demais para serem carregados na estrada. Em vez disso, preparo uma xícara de chá para meus companheiros e misturo algumas ervas com as folhas. Gengibre, canela, cravo e o chá mais forte e envelhecido que tenho na forma de um pequeno tijolo das cozinhas de Yĕliŭ. Gostaria de poder alcançar minha magia para nos dar mais energia e calor. Mas sei que isso apenas atrairia a serpente mais para perto de nós, e não posso arriscar.

Bebericando o chá, Irmão Huang nos conta a história do Deus do Trovão de sua própria vila, ao norte, além do desfiladeiro. Lá, o Tigre Preto é o deus dos viajantes, e falam que muitas vezes usa uma capa com capuz para esconder as listras do rosto. Ele concede sabedoria aos viajantes que lhe oferecem um lugar ao redor de suas fogueiras e apareceria em uma noite muito parecida com a de hoje.

Assim como aprendi sobre as variações das culinárias regionais nas cozinhas imperiais, fico maravilhada com as versões de histórias que também contamos. Como uma faceta de um deus é comum em determinada província, enquanto um diferente aspecto é reverenciado em outra.

Adormecemos ao som da chuva batendo nas telhas e pingando das vigas, quase como uma música própria.

Acordo no escuro com um sobressalto. Ouço a respiração profunda de Shu. Alguma coisa me despertou. Ramos batendo na lateral do prédio? Ou alguma outra coisa...

Movimento do outro lado da sala. Viro a cabeça. Irmão Huang deveria ficar de guarda, mas vejo que cochilou, com as costas apoiadas contra a parede, o queixo quase no peito.

Eu me sento lentamente, os dentes batendo. Está frio e escuro; a friagem se instalou à medida que a noite avançava. Um brilho fraco emana das brasas ainda acesas no braseiro. A luz é suficiente para iluminar o pequeno espaço, lançando sombras contra a parede. Ouço um farfalhar e então... um silvo sobrenatural.

Deve ser um sonho. Devo estar sonhando de novo. Sinto a pulsação na garganta, latejando com rapidez.

Os sussurros estão de volta, assomando-se um sobre o outro. As sombras se contorcem nos cantos e começam a tomar forma, como um ninho de cobras. Lentamente a escuridão se ergue na parede, até se desenrolar e revelar a silhueta de uma serpente. A língua se projeta para fora, provando o ar. Estamos tão longe da floresta de bambu, dos limites protetores de Wǔlín. Estamos expostos.

— *Encontrei... sss... você...* — sibila a serpente.

Meu braço lateja. Eu o aproximo da luz minguada das brasas, e minha pele ondula e se move em torno das cicatrizes; algo se enterrou sob a superfície, contorcendo-se. Náusea sobe pela minha garganta.

Estou sonhando. Tenho de estar sonhando.

Imploro à deusa que me ouça. Imploro que ela me arranque deste pesadelo.

Eu me viro para sacudir Shu, para acordá-la, mas sua cabeça pende para o lado. Colocando as mãos nas laterais de seu rosto, percebo que a pele está fria. Seus olhos encaram o teto, vazios. Os olhos de uma garota morta.

Grito e rastejo para longe, pressionando as costas contra a parede. A serpente se projeta da construção, ganhando forma física conforme se assoma sobre mim.

— *Vou pegar você... sua deliciosa e doce magia...* — zomba.

Há um súbito clarão de luz.

— Para trás! — Ouço a voz de Shu gritar.

Eu a vejo. O corpo contornado pela luz que vem da tocha em suas mãos. Acima de sua cabeça, juro que consigo ver a curva de asas brancas.

Com um suspiro, me liberto das amarras do pesadelo. Um sonho dentro de um sonho. O som daqueles horríveis sussurros...

Shu se ajoelha no chão diante de mim. Nós duas nos encaramos. Sem palavras, ela abre a mão e, descansando na palma cheia de bolhas, há uma única pena branca.

Eu a ajudo a limpar e enfaixar a mão. O sono não vem fácil depois do que aconteceu, então, em vez de tentar dormir, ficamos conversando sobre o que ela lembra. Shu me diz que acordou no meio da noite. O fogo havia se apagado e a sala estava insuportavelmente fria. Ela acabara de reacender o fogo quando me ouviu gritar. Tentou me acordar, mas eu parecia presa nas profundezas do meu pesadelo. As chamas eclodiram de súbito ao nosso lado, uma parede de fogo, e ela ouviu a voz de uma mulher gritar: "Estenda a mão para as chamas e a salve." Shu obedeceu, e o fogo saltou para sua mão. Ela teve um vislumbre da serpente se afastando da luz, então as chamas voltaram ao normal. Acordei momentos depois.

— Foi a mesma serpente que a perseguiu através dos sonhos? — pergunto.

— Eu... Não tenho certeza — responde ela, hesitante. — Essa serpente parece diferente. Estava coberta de escamas. Parecia mais... real de alguma forma.

Não comentamos nada com Irmão Huang quando ele acorda. Não sabemos se acreditaria em nós. Se iria pensar, como o Astrônomo Wu, que somos suscetíveis à influência do mal. Ou talvez ele acredite que estávamos apenas sonhando.

A chuva continuou durante a noite, e o solo está encharcado. A água começou a se acumular nas áreas baixas, e a força do vento se torna um desafio para nosso progresso.

— O Deus Tigre está furioso — murmura Irmão Huang. — Talvez tenhamos de continuar pela estrada principal até Ràohé.

Quando chegamos à bifurcação no caminho, percebemos que ele tem razão. O trecho que leva à elevação com vista para o desfiladeiro parece um charco. Com torrentes de lama escorrendo sob nossos pés, subir a trilha íngreme seria impossível. Temos de continuar por outro caminho, mas não gosto que nos coloque em risco de nos deparar com viajantes que podem reconhecer meu rosto e me capturar pela recompensa. Pelo menos com a chuva há menos chance de encontrar outros na estrada. É provável que fiquem dentro de suas casas aquecidas, onde é seguro. Onde deveríamos estar, em vez de ali, com as botas escorregando na lama. Eu me sinto cada vez mais tensa, como uma linha em um carretel.

Passamos a noite seguinte amontoados, miseráveis, em uma caverna. Tudo está úmido. Em me sinto cansada demais para sonhar.

Conforme continuamos a penosa caminhada, nossa subida nos leva a uma parte plana da estrada, o que é um alívio para meus membros doloridos. No final da tarde, chegamos a uma ponte sobre um rio, a água já correndo por cima da madeira. Agarrando cuidadosamente o corrimão, seguimos caminho sobre as tábuas. A chuva cai com tanta força que temos a impressão de ser esmurrados por minúsculos punhos.

— É possível voltar por onde viemos? Esperar a chuva passar? — grito para Irmão Huang por cima do barulho, mas ele balança a cabeça.

— Não acho que seja uma boa ideia — berra em resposta. — Parece que a ponte corre o risco de ser levada em breve, então não conseguiríamos chegar à estrada principal até que a água recue mais uma vez, e ficaríamos presos na encosta da montanha, sem comida.

Seguimos em frente, lutando contra o vento. Com a chuva torrencial e a pouca visibilidade, não vemos os soldados até que estejamos quase sobre eles.

— Batalhão das Águas Pretas! — exclama Irmão Huang sobre o estrondo da chuva, reconhecendo os homens. — Corram!

— Parem! — ordenam quando nos viramos para fugir. Minha bota quase afunda na lama enquanto luto para correr, me fazendo tropeçar. Irmão Huang me liberta do barro. Nós três nos damos os braços e tentamos puxar um ao outro, mas o vento muda. A chuva sopra em nossa direção agora, açoitando nossos rostos, mesmo sob o capuz das capas.

Vemos o rio adiante, mas, no tempo que levamos para subir a encosta com dificuldade e descer, o rio encheu, engolindo a ponte por completo.

Há um grito atrás de nós, e me viro para ver Shu lutando nos braços de um soldado. Um punho me aperta o ombro.

Fomos pegos.

Capítulo Vinte e Quatro
Ning 寧

Um dos soldados traz rolos de corda e amarra nossos punhos, então eles nos levam para longe, marchando de volta pela colina. Puxam o capuz da minha cabeça e olham para meu rosto. Estou coberta de lama, então tenho esperança de que não me reconheçam como a shénnóng-tú procurada dos cartazes.

— Se tiver uma chance — sussurro para Irmão Huang enquanto examinam nossas mochilas em busca de mercadorias ilícitas —, pegue Shu e fuja.

— De jeito nenhum — sussurra Irmão Huang em resposta. — Jamais entregaria aqueles sob minha proteção. É contra o código.

O acampamento para o qual somos levados é uma coleção de tendas. Pelo visto, estiveram sob chuva por alguns dias, a área um poço de lama pisoteado. Internamente, amaldiçoo nossa má sorte. Estes não são bandidos com quem poderíamos negociar, cujas lealdades talvez se mostrassem vacilantes. São os monstros que a família de Wenyi acusou de envenenar ou assassinar aqueles que se opuseram a eles.

Somos conduzidos pela lama até a maior tenda, no centro do acampamento. Dentro da barraca, parece que entramos em um mundo diferente. Há braseiros espalhados pelo espaço, aquecendo o interior, que é maior do que minha casa em Xīnyì. Como se alguém tivesse pegado uma residência e a largado dentro daquele local. Sob nossos pés, uma plataforma de madeira foi erguida sobre o chão para que não tenhamos de caminhar na lama. Incensários de cobre pendurados em correntes acima das nossas cabeças exalam o luxuoso cheiro de tánxiāng, uma fragrância sofisticada.

Vários soldados rodeiam uma grande mesa de madeira no centro da tenda. Não sei como viajaram com um móvel tão grande. Há também algumas pessoas vestidas com túnicas, que parecem mais estudiosos do que guerreiros experientes prontos para a batalha. Estrategistas, talvez? Seja como for, estão discutindo fervorosamente sobre o que quer que esteja esticado na mesa à frente.

— Capitão! — grita um dos soldados ao nosso lado. — Vai querer ver esses prisioneiros.

O capitão se vira e caminha em nossa direção, carrancudo.

— Por que me traz um monte de fazendeiros? Qual sua serventia para o batalhão?

— Veja por si mesmo! — Sou empurrada para a frente, e o soldado canta próximo ao meu ouvido: — Esta é Zhang Ning! A garota procurada! A shénnóng-tú em desgraça. — Um pergaminho em uma das mãos, meu retrato desdobrado à vista de todos; com a outra mão, ele puxa minha cabeça para trás, me forçando a olhar para cima. A comoção chamou a atenção de todos na barraca.

— Pare! — grita Shu a minhas costas. Ouço o som de luta atrás de mim e tento me desvencilhar, mas o homem torce a mão em meu cabelo e puxa até que meu couro cabeludo pareça em brasa.

Uma voz corta a algazarra.

— Solte-a.

— Comandante? — pergunta o soldado ao meu lado.

— Eu disse *solte-a*. — Fico imóvel enquanto a mão solta meu cabelo e o soldado recua. Eu me endireito, virando a cabeça, tudo se movendo como se em câmera lenta. Como se eu estivesse presa em um de meus pesadelos.

Kang está ali, o cabelo puxado para longe do rosto. Asas enfeitam os ombros da sua armadura e a cabeça de um dragão de prata rosna da placa em seu peitoral, indicando sua posição no batalhão. *Comandante*, o soldado o havia chamado.

Quero desviar o olhar, mas não consigo. Aqueles dias que passei com ele no palácio desabam sobre mim. Da última vez que o vi, eu o deixei no caótico espaço do Salão da Luz Eterna. Ele tentou me seguir, chamando meu nome. Foi quando abandonei toda aquela elegância. Quando pensei que minha irmã estava perdida para mim e todas as minhas esperanças foram esmagadas sob meus pés. Cruzei o império e depois o atravessei novamente, mas nem em meus maiores devaneios pensei que iria encontrá-lo aqui, no meio do nada.

Mas ele não fala comigo. Em vez disso, se vira e repreende o soldado que me agarrou:

— Você achou que aterrorizar jovens mulheres nos conquistaria o afeto do povo? — rosna.

O soldado parece surpreso.

— Ela é perigosa. É uma inimiga do reino! — protesta.

— E ele é seu comandante! — retruca o capitão. — Você esquece seu lugar?

O soldado cai sobre um dos joelhos, a espada na testa.

— Minhas desculpas, capitão. Comandante.

— Quem são essas pessoas com você? — A pergunta de Kang é dirigida a mim. Eu me forço a encará-lo. Devo mentir? Mas imagino que ele vai saber se eu não contar a verdade.

— Minha irmã e um guia — respondo. Não toda a verdade, mas parte dela. Seus olhos se arregalam com surpresa, e percebo que ele se lembra da nossa conversa em Língyǎ, quando disse a ele que faria qualquer coisa para salvar minha irmã.

— Aonde está indo? — exige, recuperando a compostura.

Não posso lhe contar sobre nossa missão, com certeza não cercada por tantos dos soldados mais leais do general. Tantos dos meus inimigos.

Kang deve sentir minha hesitação, porque gesticula.

— Deixem-nos.

— Mas senhor! — alguém protesta.

Ignorando os outros, Kang se dirige ao homem ainda ajoelhado ao meu lado.

— Você verificou se estão armados?

— Não encontramos nada digno de nota — assegura o soldado. — Tiramos uma arma do homem, só isso.

— Leve o homem e a garota para a tenda dos prisioneiros — ordena Kang. — Gostaria de falar com a shénnóng-tú a sós.

O capitão mais uma vez dá um passo à frente.

— Isso é sábio, comandante? Esta é uma prisioneira procurada. Culpada de assassinato.

— Assumo total responsabilidade — afirma Kang, com autoridade.

Nunca o vi assim antes. Confiante. Dando ordens. Um líder.

E, então, ele acrescenta ironicamente, um pouco mais parecido com o jovem que conheço:

— Se ela conseguir me matar no meio de um acampamento com os sessenta melhores soldados do meu pai, acho que serei o único culpado.

Olho para Shu, e ela retribui o olhar. Não a quero separada de mim, mas não vejo outra escolha. Dou a ela um pequeno aceno.

— Eu aconselharia que você mantivesse as mãos dela amarradas — comenta o capitão, antes de sair pela aba levantada, e ficamos sozinhos.

De repente, a tenda parece muito grande e muito pequena para nos conter, e não sei para onde olhar. Sinto a lama endurecendo na lateral do rosto, a chuva escorrendo pelo corpo e se acumulando a meus pés.

— Jamais pensei que a veria de novo — confessa ele, soando ofegante. Logo me alcança, e dou um passo para trás, mas ele faz um gesto na direção das minhas mãos.

Ah.

Eu me permito estudá-lo enquanto ele solta os nós ao redor dos meus punhos, deixando a corda cair no chão. Eu o esquadrinho, os ângulos familiares do rosto, a postura dos ombros. Já fiz a mesma pergunta a ele repetidas vezes. Quem ele é? Quem ele é de verdade?

O filho nobre. O soldado. O menino zeloso que me tirou da água, que acariciou meu cabelo e falou sobre a família. O guerreiro diante de mim, que fala com autoridade, que comanda um batalhão.

— Parece que dizemos muito essa frase um ao outro — digo a ele, enquanto uma torrente de emoções compete dentro de mim. Raiva, arrependimento, choque... Ainda assim quero tocá-lo para ver se ele continua o mesmo das minhas lembranças. A conexão entre nós ainda pulsa tentando me atrair de volta.

— Vejo que salvou sua irmã — comenta ele, como se estivéssemos nos encontrando em algum outro lugar. Colocando a conversa em dia com chá, um reencontro casual. Não suporto a suavidade. — Você descobriu o antídoto.

Em sua opulenta residência no palácio, atirei em sua cara nossas conversas íntimas. Disse a ele que nossa conexão compartilhada não passava de fingimento, mentira e muito mais. Sinto um forte ardor no rosto. Tento me agarrar àquela raiva, guardá-la dentro de mim, mas ela escapa do meu alcance tão facilmente quanto água.

— Tudo o que peço é que você a deixe ir — suplico. Não é da minha natureza me render. Não quero implorar, mas devo fazer isso se significa salvar minha irmã.

Kang balança a cabeça.

— Não sei o que pensa de mim, mas não sou um monstro. Vou me certificar de que você e sua irmã fiquem seguras. — Ele dá um passo para mais perto de mim. Sei que deveria impedi-lo. Deveria jogar minhas mãos para cima como uma barreira. Deveria recuar.

— Sou acusada de assassinato. — Mantenho a voz baixa. — Dizem que ajudei na morte do imperador por ordem da princesa.

Uma expressão estranha lampeja em seu rosto. Um lembrete de que ele sabia da morte do imperador, que ocorreu antes de eu colocar o pé no palácio.

— Sei que isso não é verdade.

— Você tem tanta certeza assim de que me conhece tão bem? — argumento.

— Sei que você não é capaz de matar — assegura ele.

Algo dentro de mim se agita. Se eu tivesse aquele poder... poder verdadeiro. Se pudesse singrar sonhos, distâncias, como a serpente. Rapidamente sufoco o pensamento. Aquilo me foi oferecido uma vez, mas sei que não posso tolerar as consequências.

— Como você sabe? — desafio. — Como sabe do que sou capaz?

Ele reflete sobre a pergunta. Noto sombras sob seus olhos, como se ele não dormisse há um tempo. Como se algo o incomodasse.

Kang então suspira.

— Ning, eu...

A entrada da tenda é erguida, deixando entrar um vento forte. As chamas nos braseiros saltam, e os incensários balançam em suas correntes, lançando sombras saltitantes pela parede da barraca.

O capitão entra.

— Comandante. Uma mensagem urgente do imperador regente o aguarda.

Kang esfrega os olhos.

— Vamos continuar essa conversa depois que eu terminar. Guardas...

— Não há necessidade disso — diz o Grão-Chanceler Zhou ao entrar. Aquele que me acusou na frente da corte, aquele que me condenou à morte. Aquele cujo nome está na ordem do Ministério da Justiça para me localizar e me levar de volta viva ou morta. — Falarei com ela e a levarei até os outros prisioneiros quando terminar.

Kang o olha com uma expressão estranha no rosto, como se o homem fosse a última pessoa que ele esperava encontrar.

— Chanceler.

— Meu príncipe. — O chanceler se curva com um floreio quase zombeteiro.

Meus olhos dançam entre os dois. Kang estremece visivelmente. Há uma história entre eles. Uma que não entendo.

Kang me lança um último olhar antes de sair da tenda, me deixando sozinha com um dos homens que mais desprezo no mundo inteiro.

Capítulo Vinte e Cinco
Ning 寧

Príncipe. A realidade do título me envolve conforme o chanceler me avalia. Apenas algumas semanas se passaram desde que deixei a capital e, no entanto, vejo que muita coisa mudou. Comandante de um batalhão, em breve príncipe. Mas mesmo com tudo aquilo, Kang ainda precisa ceder ao chanceler. Parece que outra pessoa também cresceu em poder.

— Zhang Ning — Chanceler Zhou me cumprimenta, inclinando a cabeça.

— Chanceler — murmuro. Eu costumava me encolher sob seu olhar. Costumava considerá-lo gentil.

Costumava acreditar em muitas coisas, a maioria equivocadas.

— Eu lhe ofereceria um chá, mas sabemos o que pode fazer com a bebida. — Seu sorriso é zombeteiro. — Venha, sente-se comigo.

Com um floreio do manto, o chanceler se senta em uma das cadeiras. Petulante, continuo de pé. Lembrando exatamente como me senti quando fui arrastada para aquele pátio pelo Governador Wang. Quando ele me olhou com desprezo e me julgou. Quando empunhei a verdade, a certeza de que ele infiltrou os soldados inimigos no palácio, e quando descobri que a verdade não bastava.

O chanceler me observa, bem-humorado.

— Mantenha a chama da raiva. Vai achá-la útil algum dia.

Ainda não consigo controlar as emoções que cruzam meu rosto. Sou muito fácil de ler.

— Você a traiu — cuspo. O chanceler ri, se divertindo com minha reação. Como um gato brincando com uma mosca, removendo suas asas e observando suas tentativas inúteis de esvoaçar pelo chão.

— O poder é tudo, garota — diz ele. — Poder, a doçura dele. Pura sedução, mas muito poucos estão dispostos a desistir de tudo para conquistá-lo.

Talvez tudo estivesse alinhado à vontade do chanceler. Somos peões que move pelo tabuleiro. Ele enganou a princesa para que acreditasse que tinha seu apoio mesmo enquanto insuflava a corte contra ela. Jogos de adultos. Eu era, e continuo sendo, uma criança impotente, cheia de um misto de aborrecimento e vergonha.

— O poder também a seduz — o chanceler continua. — O modo como você não hesitou em usar seu poder naquele pássaro. Em vez de belas ilusões, você enxergou o desafio pelo que era: ver quem poderia dobrar outro à própria vontade. Pena que perdeu. Teria sido uma influência interessante na corte.

Não consigo evitar uma risada.

— Você é uma cobra traiçoeira. Acha que sou idiota?

Ele dá de ombros.

— Você era apenas uma camponesa no lugar errado, na hora errada. Eu poderia ter escolhido qualquer um daqueles shénnóng-tú, qualquer uma daquelas brilhantes e fulgurosas estrelas do império, as mais manipuláveis. Foi sorte minha você ter feito as escolhas que fez, a maneira como o marquês foi tão facilmente provocado. Mas você... você brilhou mais forte, aquela destinada a queimar antes do tempo.

— O que quer comigo? — pergunto, muito embora eu não queira mesmo saber se o chanceler ainda pretende me arrastar de volta para a capital e fazer de mim um exemplo. Conheço seu pendor para a crueldade: ele deixou Wenyi no chão das masmorras, muito machucado. Pode sujar meus dedos de sangue e forçar uma confissão assinada por mim e facilmente me silenciar com a morte. Que coisas horríveis planejou?

— Tenho uma tarefa que preciso da sua cooperação para completar. Se me ajudar a conseguir o que estou procurando, então vou garantir que seu nome seja limpo. Você e sua irmã podem voltar correndo para qualquer que tenha sido o buraco do império do qual saíram e viver o restante de seus dias em relativa obscuridade.

Ele me observa, satisfeito consigo mesmo, com a oferta que não é bem uma oferta, sabendo quão poucas opções tenho. É uma tática com a qual estou familiarizada, uma que o Governador Wang usava com bastante frequência.

A mão oferecida vira um tapa. Uma ilusão.

— E se eu não fizer o que pede? — As palavras ainda encontram o caminho para fora da minha boca, porque é assim que sou. Preciso lutar contra a futilidade da minha posição.

— Pensei que encontraria seu pai. — O chanceler tamborila os dedos na mesa. — Mas deve ser destino nossos caminhos se cruzarem novamente, com sua irmã aqui. Acho que vou prender ela e seu amigo até você voltar com o que procuro. E se não me obedecer, bem... Acho que já sabe o que vai acontecer a eles.

Cerro os punhos nas laterais do corpo. Caí direto em seu ardil. Não tenho nada com que barganhar, nada que possa oferecer. Levei Shu diretamente para o perigo e minha única esperança ainda é encontrar a shénnóng-shī de alguma forma, assim que completar qualquer que seja o desafio que o chanceler tenha estabelecido para mim.

— Me diga o que quer.

— Estamos perto de uma cidade chamada Ràohé, conhecida por sua proximidade com o Desfiladeiro de Băiniăo. Do outro lado do estreito, vive uma velha conhecida minha. Eles a chamam de Eremita. Ela tem um determinado item de grande valor em mãos. Um que pode muito bem afetar o destino do império.

A Eremita. A shénnóng-shī. Devem ser a mesma pessoa... Quantos seres mágicos poderiam ocupar um desfiladeiro no norte? Mas esta é a primeira vez que ouço sobre o tal objeto. Uma caça ao tesouro parece um esforço tolo. Que necessidade tem o chanceler, ou mesmo o futuro imperador, de tal tesouro?

— O que é? — pergunto.

— É um orbe de cristal — responde ele. — Dizem que quem o possui pode acessar um estoque infinito de magia. É por isso que ela conseguiu ficar fora do nosso alcance. — Sua voz está impregnada de contrariedade.

Quando o chanceler se vira, não posso deixar de sorrir diante de sua óbvia irritação. Quantas vezes a Eremita lhe frustrou as tentativas de obter o tesouro?

— A entrada para seu reino é protegida por magia, suspeito de que alimentada por tal orbe, e não a consegui atravessar — continua o chanceler, e forço minhas feições a uma complacência vazia. — Nem meus batedores, que acabam se perdendo na floresta, ou os guerreiros de Wǔlín, que usei para tentar romper suas defesas. Ouvi dizer que ela só é suscetível à magia Shénnóng, apesar de os poucos shénnóng-tú e shénnóng-shī que trouxe até aqui terem falhado.

— E por que acha que posso chegar até ela? — pergunto.

— Pura teimosia a fez passar pela competição. Você não foi treinada, não foi testada e, ainda assim, chegou à rodada final. Não menti para você, Ning de Sù. Realmente acredito que você teria se tornado uma boa shénnóng-shī. — Chanceler Zhou sorri sabendo quão pouco me interessa ouvir seu elogio.

Ele dá de ombros.

— Ou vamos encontrar seu corpo quebrado na base do desfiladeiro. Extinto. Assim como todas as estrelas mais brilhantes que chegam a seu eventual fim.

Volto para uma pequena tenda perto do centro do acampamento. Dois soldados montam guarda na entrada, e um deles levanta a aba para permitir minha passagem. Shu olha para mim, o alívio evidente no semblante.

— Eles não a machucaram, não é? — pergunto, sentando-me ao seu lado.

Ela balança a cabeça.

— E você?

— Estou bem — asseguro. — Onde está Irmão Huang?

— Estou aqui — grita ele, do outro lado da divisória.

— Silêncio! — vocifera o guarda para nós.

— Preciso lhe dizer uma coisa — aviso, baixando a voz para um sussurro.

Ela balança a cabeça, sentando-se mais ereta, e, como posso ser tão facilmente decifrada, sei que já é capaz de sentir minha preocupação.

— Pode falar — encoraja ela. — Serei corajosa.

Ela me lembra Qing'er tentando segurar as lágrimas naquele dia, quando nos despedimos. Espero que fique bem, onde quer que esteja.

— Preciso partir por um tempo.

Seus olhos se arregalam.

— Por quê?

— Recebi uma missão — respondo. Eu lhe dou um breve resumo do que o chanceler me disse sobre o tesouro. — O chanceler não é confiável — termino. — Ele fingiu ser leal à princesa durante a competição apenas para traí-la e entregá-la ao general no fim. Você tem de ficar alerta. Esteja vigilante. Vou voltar para você quando eu terminar.

— Eu sei. — Ela abre um pequeno sorriso. — Você sempre cumpre suas promessas.

Eu a abraço o mais forte possível, não querendo soltá-la.

— Há... outra coisa que preciso lhe contar também. — Não admito que é porque tenho medo de não voltar do desfiladeiro. Conhecendo papai, sei que nunca compartilhará essa informação com ela, e uma parte da história morrerá com ele.

Conto a Shu sobre mamãe e papai, o que descobri sobre seu relacionamento quando estava no palácio. Do que eles abriram mão para voltar para casa, para construir nossa família. Shu ouve toda a história até tarde da noite. Ela chora comigo se lembrando de nossa mãe. Algo relaxa dentro de mim, ciente de que chegamos até aqui. Posso segurar a mão da minha irmã e compartilhar aquela história com ela. Shu ainda está viva, e é tudo o que importa para mim.

Adormecemos lado a lado como costumávamos fazer em nosso quarto, em Xīnyì. Quando a vida era sempre igual, dia após dia. Quando contávamos o tempo de acordo com as árvores de chá, os pomares e nosso jardim. Quando os eventos da capital eram um distante, longínquo sonho.

Meus dedos encontram os dān escondidos em minha faixa, pressionados contra a pele. É o momento de usá-los? Há um para mim, Shu e Irmão Huang. Nós três poderíamos fugir noite adentro usando seu poder.

Mas algo me diz para guardá-los para outra ocasião, para ser paciente. Precisarei de um dān em breve.

A Eremita. A shénnóng-shī no desfiladeiro. Foi o destino quem me trouxe até aqui, mas não da maneira como o chanceler acredita. Todos nós acreditamos que somos o centro do universo, mas entendemos que somos apenas partículas entre as estrelas em movimento pelos fluxos de futuros possíveis, às vezes em rota de colisão. Astrônomo Wu me mostrou o caminho, me disse aonde ir. Agora tudo o que tenho de fazer é segui-lo.

Capítulo Vinte e Seis
Kang 康

Quando Kang retorna à tenda principal, não há sinal de Ning. Em vez disso, o chanceler o aguarda sentado, tomando chá. A presença da garota afetou Kang, fez com que se sentisse inseguro. Para enfrentar o chanceler, precisa se concentrar, então força a si mesmo a respirar fundo.

 Ele soube a história do homem depois de ter se dado o trabalho de consultar os soldados mais velhos do batalhão: foi aprovado nos exames como plebeu e aceito na Academia de Yěliǔ ainda jovem. O melhor de sua classe ano após ano, admitido no palácio através do Departamento de Defesa. Ascendeu na hierarquia pela hábil abordagem de várias crises. Eventualmente chamou a atenção do Imperador Ascendido, sendo encarregado de administrar o palácio e, então, toda a corte. Agora é óbvio que apoia o general em sua ascensão ao trono.

 O boato sussurra no fundo da mente de Kang novamente: *Ninguém se senta no trono de Dàxī sem que o chanceler assim o deseje.*

 Chanceler Zhou pousa a própria xícara na mesa, então serve outra, oferecendo chá a Kang. Ciente de que não poderia recusar educadamente, o rapaz se senta e toma um gole apressado.

 — É esperado em outro lugar? — pergunta o chanceler, espirituoso. Há um som de tilintar em sua mão. Aqueles orbes, girando em sua palma. A visão e o som das esferas provocam uma centelha de irritação em Kang, uma que não pode deixar de sentir. Elas o desestabilizam, mesmo que não haja razão para que o afetem assim.

— Há preparativos a serem feitos — diz Kang, rigidamente. — Me disseram que você recebeu a mesma correspondência do meu pai essa manhã.

Segundo a missiva da capital, sua missão logo seria abreviada: a princesa se prepara para marchar sobre Jia com uma força de Kallah, um exército de homens ainda leais a ela e seu pai. O confronto acontecerá em cinco dias, se a força que Zhen lidera mantiver o ritmo constante.

A mensagem do pai é óbvia: termine a missão. *Já.*

— Eu esperava que você tivesse sucesso onde fracassei — diz o chanceler, soando desapontado. — Pensei que três dias fosse tempo suficiente para se provar.

Kang enviou soldados para vasculhar todo o penhasco, topo e base, a fim de encontrar o suposto acumulador de tesouros, mas este lhes escapou. Os moradores desconfiaram de seus soldados e dispensaram a eles um tratamento nada acolhedor. Muitos estalajadeiros lhes recusaram hospitalidade, afirmando estar totalmente lotados, embora os batedores relatassem que não viam muitas pessoas entrando e saindo das instalações. De fato, Ràohé parece ser uma cidade animada, mas as pessoas não são particularmente acessíveis. Kang até viu moradores cuspirem nas ruas ao se aproximarem.

Ver o batalhão do pai tratado com tamanha hostilidade é uma experiência nova para Kang, e ele se sente farto da falta de acolhimento.

— Talvez o que você procura não exista — argumenta Kang, entre dentes. — Quanto mais cedo meu pai perceber isso, melhor; poderemos parar de desperdiçar tempo e recursos nesta missão.

Ele viu por si mesmo que o desfiladeiro não afeta apenas os shénnóng-shī. Alguns homens do batalhão se recusaram a se aproximar do estreito, afirmando que tiveram visões estranhas. E depois... havia os corpos quebrados resgatados das profundezas. Soldados varridos da borda por um vento súbito ou um deslizamento azarado nos caminhos rochosos.

Havia também outros rumores perturbadores, acusações contra o Batalhão das Águas Pretas, que o regimento do pai tinha desrespeitado os deuses e, assim, despertado sua cólera.

Não é nenhuma surpresa, considerando o que o imperador regente fez com os mosteiros, embora Kang jamais pretendesse dar voz a essas dúvidas.

— Você tem apenas alguns dias para assegurar que seu nome seja conhecido em Dàxī. — O chanceler sorri. — Como o triunfante príncipe que retorna para a capital com um grande tesouro, devolvendo-o a seu lugar de direito, para ser empunhado pelo legítimo governante.

As esferas ainda estão girando na mão do homem de modo estranhamente hipnótico.

— Você acredita, então, no poder dessas relíquias? — Kang se força a encarar o chanceler. — Acha que vão ajudar meu pai a manter o trono?

— São apenas utensílios — Chanceler Zhou responde. — Você sabe muito bem que uma pessoa destreinada, mesmo empunhando a melhor arma do mundo, não chega muito longe. Ambição, vontade, determinação... é isso que vai levá-lo além.

— Então você não tem nenhuma utilidade para Zhang Ning e a irmã — argumenta Kang, ainda sem saber ao certo as intenções do chanceler para ter caçado a shénnóng-tú por todo o império. Não há razão para tamanho empenho em sua captura, e apenas um tolo acreditaria que o chanceler se dedica à busca da justiça. — Você a usou em proveito próprio. Arruinou seu bom nome e o de sua família. Se elas são apenas utensílios que cumpriram sua função, então qual é o propósito de mantê-las aqui?

Chanceler Zhou se senta e sorri, guardando os orbes de volta na caixa. Em seguida, pega sua xícara de chá, a imagem da indulgência. Então fala como se apreciasse cada palavra:

— Ah, sim, sua querida shénnóng-tú. Sua preocupação com ela é preciosa. Se quiser protegê-la, complete a missão de seu pai. Ela é a responsável pela próxima tentativa de encontrar o tesouro.

Os shénnóng-shī desaparecidos eram totalmente habilitados para a missão. Os soldados mortos estavam no auge do treinamento. Todos falharam.

O chanceler vai mandá-la para o desfiladeiro em seguida, e Ning não vai recusar porque ele mantém sua irmã como peão. Não há dúvida de que o fará.

A fúria de repente inunda o âmago de Kang, prendendo-o no lugar com a implicação daquelas palavras.

— Fique longe dela — rosna. — Há outra razão para você reunir essas relíquias, e vou descobrir qual é.

— Seria de bom tom se lembrasse por que está aqui — Chanceler Zhou aconselha, levantando-se de seu assento. — Você é apenas um menino brincando de comandante. O poder que é dado pode ser facilmente tirado, soprado da história como palha de trigo.

O chanceler põe a xícara sobre a mesa, sua diversão evidente.

— Aproveite o chá.

Capítulo Vinte e Sete
Ning 寧

Pela manhã, recebemos um café da manhã quente e então Shu e eu esperamos em nossa tenda até os soldados aparecerem para me buscar. Mas somente após a refeição do meio-dia também passar é que me avisam para me preparar para a viagem. Eles me deram uma muda de roupa — uma túnica cinzenta com gola bordada de modo grosseiro, que cheira levemente a cavalo, e calças combinando —, mas não devolveram minha bolsa, aquela que guarda meus ingredientes.

— Reclame com o comandante — diz o soldado com rispidez, quando protesto.

Comandante. Sinto um aperto no peito.

O chanceler aparece para se despedir. Irmão Huang é trazido até nós com os punhos mais uma vez amarrados, Shu pálida a suas costas. Um lembrete óbvio do que tenho a perder se não tiver sucesso.

Kang está na entrada do acampamento, vestindo um traje cinza semelhante ao meu, ladeado por dois outros homens — obviamente soldados, por sua constituição e porte, mas por algum motivo querem passar despercebidos também. Não entendo o que pretendem fazer até que três cavalos selados sejam trazidos e percebo que vão me acompanhar. Para assegurar que eu cumpra minha missão. Uma súbita e avassaladora onda de ódio toma conta de mim, tão forte que todo o meu corpo treme.

Desprezo o chanceler e tudo o que ele representa. Kang é um lembrete da traição. As conexões com os assassinatos em Yěliŭ, os ataques em Wǔlín. A lealdade óbvia à Anciã Guo, as alianças frágeis de Hánxiá. O veneno escondido no chá, aqueles soldados das sombras sob controle mental, e deuses antigos...

Tudo o que sempre temíamos está se tornando realidade. A Eremita pode ser nossa única esperança.

— Eu lhe desejo sucesso em sua busca — o chanceler me diz, como se eu ainda fosse uma participante da competição e não uma fugitiva, uma refém. Eu o ignoro e caminho até Shu para abraçá-la e me despedir. Eu a alertei na noite anterior para que escondesse a pena, e a escondesse bem, pois não sei o que o Chanceler Zhou faria com minha irmã se descobrisse as possibilidades daquele novo poder. Um tipo diferente de magia, um talismã ou outra coisa.

— Por favor, peço que você a proteja enquanto eu estiver fora. — Faço o pedido ao Irmão Huang com sinceridade, mesmo que os soldados ao seu redor riam e troquem olhares condescendentes.

Ele assente, solene.

— Eu o farei. — Sei que ele vai levar a sério seu papel de protetor, e estou feliz com a promessa.

— O Comandante Li vai garantir que você complete sua tarefa — Chanceler Zhou revela. — Se chegar a meus ouvidos que tentou escapar, então... — Ele olha para Shu e para o Irmão Huang. — Eles morrerão.

Com o aviso sinistro pairando sobre minha cabeça, Kang avança até mim em um dos cavalos. Ele estende o braço, e me dou conta de que devo montar em sua garupa. Sem escolha a não ser aceitar sua mão, permito que me puxe para cima.

Enquanto Kang vira o cavalo e o incita em um trote, volto o olhar para Shu. Estou a deixando de novo. Deixando minha irmã a fim de salvá-la.

De novo.

Cerro os dentes. Vou voltar viva.

No começo, tento me segurar na sela enquanto sou sacolejada para cima, para baixo e para os lados. Mas depois que o cavalo desvia de uma pedra na estrada, acabo colada às costas do comandante.

— Segure firme! — eu o ouço dizer enquanto puxa as rédeas.

Os cascos do cavalo deslizam na lama enquanto Kang luta para escalar o caminho escorregadio. Não sei onde colocar as mãos, então as pouso em seus quadris, logo abaixo das costelas. Até que mais um salto me lança contra ele, e grito quando o cavalo vira para se endireitar novamente. Eu me resigno a me agarrar a Kang com força enquanto os três cavalos trilham a estrada na direção de Ràohé.

Mesmo com as fortes chuvas dos últimos dias e a garoa ocasional em nossas viagens, a estrada está muito mais conservada que os caminhos da montanha que Irmão Huang trilhou conosco. Alguns trechos foram pavimentados com tábuas de madeira, nos pontos em que a terra parece propensa a afundar, ou calçados com pedras, de modo que quem anda sobre o caminho consegue atravessar. Mas logo me sinto gelada e úmida, mesmo com meu novo traje.

É impossível conversar durante a cavalgada, então só me resta ruminar meus próprios pensamentos inquietantes sobre o desafio diante de mim. O restante da caminhada ao longo da estrada é uma aventura miserável, e, quando finalmente vislumbramos a cidade à frente através das árvores, quase choro de alívio. Minhas costas, minhas pernas, meu pescoço... tudo dói de tentar me manter ereta.

Embora não tenhamos vestido armaduras e estejamos trajados com simplicidade, como mascates, ainda parecemos deslocados. As pessoas da cidade nos encaram quando passamos. Crianças brincando nas poças são puxadas para dentro de casa por suas famílias quando nos aproximamos, as portas fechando atrás de si. Desconfiam de estranhos e estão com medo.

Quando enfim chegamos a uma pousada, o cavalariço toma as rédeas das montarias. Eu teria caído do cavalo de cara na lama se não fosse por Kang, que me pega em seus braços. Os outros soldados desviam o olhar enquanto o comandante me encara, jocoso. Eu lhe dou um empurrão.

— É algo com que você se acostuma... cavalgar — explica, na tentativa de fazer eu me sentir melhor, mas provoca o efeito oposto.

— Está tudo bem. — Engulo a humilhação, mesmo que minha perna direita lateje.

— Arrumem quartos para nós, e então podemos descansar por essa noite. — Ele se dirige aos homens. Os soldados saem para negociar com o estalajadeiro enquanto me viro e olho ao redor, ignorando intencionalmente o rapaz ao meu lado.

A pousada é muito maior que o estabelecimento dos Hu, construída inteiramente de bambu, o que me lembra o estranho abrigo no Mar do Esquecimento, onde descansamos a cabeça durante a noite. Uma grande placa acima da porta indica que se trata da Pousada Fúróng, o mesmo nome do rio e da flor de hibisco. Há uma sala de jantar ao ar livre no piso principal com várias mesas, metade delas ocupadas. Os quartos dos hóspedes devem ficar no segundo andar.

Quando o estalajadeiro nos leva até o quarto para trocar as roupas de viagem molhadas, me dou conta, horrorizada, de que terei de dividir um quarto com Kang.

Ao ver minha hesitação, ele oferece um pedido de desculpas.

— Não podemos permitir que durma sozinha. Talvez prefira que eu... peça a um dos outros que fique com você?

As duas opções parecem igualmente terríveis, então balanço a cabeça, sentindo o rosto corar de vergonha mais uma vez. Jogo minha mochila no chão, ao lado de uma das camas. Não há tempo para me prender a sentimentos delicados ou a minha reputação arruinada. Preciso manter a mente afiada. Descobrir onde está a shénnóng-shī que procuro, se de fato se trata da Eremita a que o chanceler se referiu. E tenho de encontrar um modo de localizar a família de Wenyi também, para finalmente entregar sua carta. Não sei se terei a chance de voltar a Ràohé novamente.

Mas tudo isso me parece assustador no momento.

Muito embora tenham levado meus ingredientes, ainda guardo o dān e a carta, embrulhada em uma bolsa separada, sob minhas roupas. Eles me deram leves tapinhas para me revistar em busca de armas, mas nada mais intrusivo, e o alforje não foi descoberto. No entanto, um médico examinou meus ingredientes e confiscou dois que julgou ter qualidades negativas. O restante foi dado a Kang, que vai controlar meu acesso.

Fazemos a refeição da noite na sala de jantar. A pousada parece ser popular entre os locais. À guisa de entretenimento, alguém toca flauta, acompanhando um jovem. Sobre nossa mesa há carne fria fatiada, verduras em conserva com coalhada de feijão. Pratos fartos. Quase igual à comida da minha mãe. Escuto apenas metade da conversa que gravita ao meu redor. Os homens preferem conversar entre si, ignorando minha presença.

Kang se refere ao soldado mais velho como Ren-ge, e os dois parecem compartilhar uma familiaridade casual, dada a alusão ao homem como um irmão mais velho. O mais novo é Badu, que sempre fala em um tom brincalhão e transmite um ar de constante zombaria.

Quando estico meus pauzinhos para pegar outro pedaço de carne, Badu me interrompe.

— Precisamos servi-la, senhorita. — Ele parece arrependido de pronunciar as palavras, mas o faz mesmo assim. — Apenas... me diga o que você quer comer.

Lembrando-me do meu lugar.

Assassina. Envenenadora.

Meu humor despenca novamente enquanto observo os vegetais boiando na minha tigela de sopa. Quando mexo o líquido com uma colher, percebo que o cogumelo fu ling faz parte do prato, assim como carnudas sementes de lótus brancas. Abocanho os tenros pedaços de frango, cercada pelos sons de alegria e mastigação ao meu redor.

É então que me dou conta de que deveria ter percebido aquilo há muito tempo. A sopa é apenas outro tipo de tônico, ingredientes fervidos em água, amplificando sua potência. Já sei que minha magia não se limita ao chá, as folhas simplesmente fortalecem minha habilidade de penetrar na Transmutação. As sementes de lótus são ingredientes medicinais com propriedades calmantes. Cogumelos melhoram a circulação e a digestão. Tenho a única coisa de que preciso.

Água.

Estendo a mão, agarrando a concha, depois recuo de novo, pedindo desculpas. Mas não antes que uma gavinha de magia escape, mergulhando no pote de barro. Minha magia se instala na superfície borbulhante da sopa, misturada aos vários ingredientes.

— A sopa está muito boa — murmuro, e os outros concordam.

Eles não sentirão a sutileza da minha influência. Os três vão dormir bem à noite.

Quando nos retirarmos para os quartos, rezo para que Kang não queira conversar comigo, mas ele parece contente em mergulhar nos próprios pensamentos. Com apenas um breve boa noite, deitamos em lados opostos do cômodo.

Espero que o som de sua respiração se aprofunde. No palácio, estava sempre à espera. Ouvindo o som dos pregoeiros até chegar a hora apropriada. À espera da princesa. À espera de... Kang.

Puxo a conexão que estabeleci durante o jantar. Minha magia acaricia a mente de Kang para assegurar que ele está adormecido. Fisgo um fiapo de algo como saudade, como arrependimento. Minha magia sussurra, querendo me puxar para mais perto, reconhecendo-o como semelhante, mas eu a ignoro. Não preciso daquele sentimentalismo, lembro a mim mesma. Só vai me atrapalhar.

Satisfeita por Kang continuar dormindo, saio pela porta na ponta dos pés, silenciosamente. Quando passo pelo quarto onde os outros soldados dormem, verifico seu sono também. Sinto a atração sutil de seus sonhos. Capto apenas algumas imagens da mente de Ren: um coelho em fuga pela floresta conforme ele dispara uma flecha. Badu sonha que está sobrevoando o oceano.

Amarro meu cabelo para trás e desço a escada dos fundos. A luz bruxuleante na outra extremidade do beco mostra patrulhas em rondas pelas ruas da cidade. Terei de evitá-las — não sei quantos guardas de Ràohé são leais aos Águas Pretas. Como faço para encontrar a família de Wenyi? Tudo o que tenho é um nome e a informação de que sua mãe administra uma loja de macarrão.

Mas a princesa me contou como a carta descrevia o sofrimento das pessoas da cidade desde que o Batalhão das Águas Pretas ressurgiu na área e esta talvez seja a conexão que posso usar a meu favor. Além de, sem dúvida, serem os primeiros a ouvir qualquer notícia, os proprietários de pousadas e casas de chá de qualquer cidade são os que têm mais conhecimento sobre o lugar em que vivem, de modo a poder orientar melhor os viajantes. São a eles que me volto primeiro.

Entro na cozinha pelos fundos e vejo três pessoas sentadas em bancos baixos, perto de um grande wok. O fogo sob a panela se reduziu a brasas; eles devem ter encerrado a noite, fazendo a própria refeição, agora que todos os hóspedes ficaram satisfeitos. A garota que nos serviu ergue o olhar e me vê. Deixa cair seus hashis no prato com um tilintar, e o homem se posiciona na frente da família em uma evidente postura protetora.

— Posso ajudar? — pergunta ele, com cautela. — Não gostou de algo no quarto?

Sou encarada com uma mistura de medo e suspeita. O olhar confirma tudo o que Wenyi escreveu sobre as pessoas da vila. Preciso usar isso a meu favor.

— Estou procurando a família Lin — respondo. — O filho foi consagrado a Yěliǔ, depois enviado ao palácio para competir pelo posto de shénnóng-tú.

O homem ainda me olha com hesitação.

— Por que pergunta?

Cogito o quanto dizer a eles. Se posso confiar naquelas pessoas ou se vão me entregar aos soldados, mas sei que não tenho tempo para brincar com palavras. Ainda valorizo a verdade.

— Conheci Wenyi quando estava no palácio. Tenho notícias para a família. Notícias que ele queria que eu transmitisse. Por favor. Ele me contou... como as coisas pioraram em Ràohé.

O estalajadeiro olha para a esposa, de repente assustado. Sinto a mudança no ar. Depressa, ele levanta as mãos na frente do rosto.

— Não sabemos do que você está falando. Por favor. Nos deixe em paz.

Em vez de me permitir ser dispensada, me mantenho firme.

— Esta pode ser minha única chance. Eu imploro. Voltarei antes do amanhecer.

Juro, nada vai acontecer com você ou com sua família.

Atrás dele, a esposa parece considerar minha promessa, então coloca a mão no braço do marido e se posta ao seu lado.

— Aqueles contra o batalhão são nossos amigos, nunca se esqueça — diz ela, com a voz tensa. Em seguida, olha para mim. — Vai encontrar a loja de macarrão duas ruas adiante. Seu nome está escrito em uma lanterna branca. Se realmente conhece Wenyi, então você o reconhecerá.

— Obrigada. — Faço uma reverência e saio para a noite. Eu me mantenho nas sombras, longe das patrulhas e de qualquer movimento perceptível. Não quero atrair a atenção de ninguém a esta hora.

A loja de macarrão é fácil de encontrar. Uma lanterna branca marcada com o nome Lin balança na brisa. É mais uma barraca que uma loja, na verdade; fica ao ar livre, com mesas baixas de madeira na frente para os clientes se sentarem ao desfrutar de uma refeição rápida.

Parada ali está uma mulher curvada sobre dois potes. Um de água quente para o macarrão, o outro para o caldo. Ela levanta o queixo em saudação.

— Senhorita? Está querendo comprar um pouco de macarrão?

O cheiro de caldo borbulhante e legumes cozidos no vapor é, de fato, tentador, mas apenas ofereceria uma breve distração do meu real objetivo.

Faço uma reverência e pergunto, a garganta apertada de emoção:

— Você é a mãe de Wenyi?

Uma pergunta simples, mas sua expressão me diz que ela consegue ler tudo em meu rosto e voz.

A concha cai de sua mão com um estrondo, batendo na superfície de madeira do carrinho. Estendo a mão e a amparo antes que desmaie, em seguida a ajudo a se sentar em um banquinho a suas costas.

Ela já sabe o que estou prestes a dizer.

Capítulo Vinte e Oito
Ning 寧

— Sinto muito — digo para a mulher mais velha. A mãe de Wenyi apenas continua sentada por um momento, e fico parada ali ao seu lado. Ela olha para longe, como se estivesse perdida, antes de lentamente voltar a si mesma com algumas piscadelas.

— Sim, sou a mãe de Wenyi — confirma, finalmente, virando-se para mim. — E você está aqui para me dizer que ele nunca mais vai voltar.

Já estou com a carta na mão. Eu a passo para a mulher com outra profunda mesura de condolências. Ela pega o papel de mim e então se levanta devagar.

— Vamos conversar lá dentro — decide ela. Depois, tampa as panelas e extingue o fogo. Eu a ajudo a colocar as cadeiras sobre as mesas e empurrá-las contra a parede ao lado do carrinho. Em seguida, ela estende a mão e apaga a vela dentro da lanterna.

— Por favor, entre — convida, abrindo o portão, e entramos em um pequeno pátio. Pilhas de lenha cortada, combustível para a barraca de macarrão, estão acomodadas ao longo de uma parede e jarros de vários tamanhos estão alinhados no muro.

Eu a sigo até a sala de estar de sua residência. Encostada a uma das paredes, há uma longa mesa, sobre a qual repousam várias placas de madeira esculpidas de modo elaborado com nomes. Deve ser a sala memorial de sua família, como aquela no palácio. Um costume do norte. Ela se posta diretamente na frente das placas e laços, murmurando uma oração silenciosa, antes de desdobrar a carta e lê-la em silêncio.

No ar paira o cheiro forte do incenso, um almiscarado que gruda no fundo da garganta. Ao redor da sala, nas paredes e prateleiras, vejo talismãs de Bìxì, devoções à Tartaruga Esmeralda em caligrafia e pintura. Evidentemente aquela família adora Bìxì, o que explicaria por que Wenyi se dedicou a Yěliŭ tão jovem. Mas como ele se tornou um shénnóng-tú? Por que Yěliŭ permitiu o desvio em seus estudos?

A mulher lê a carta uma segunda vez, depois dá batidinhas no canto dos olhos com um lenço. Lutando para manter a compostura, ela enfim solta um longo suspiro e gesticula para que eu me sente em uma das cadeiras na lateral da sala.

— Como conheceu meu filho? — pergunta.

Explico a ela como o conheci na competição. Eu lhe conto como Wenyi foi gentil, respeitado pelos outros shénnóng-tú, sobre o confronto durante a última rodada e como o chanceler o puniu por isso. Como eu estava com ele no final.

Nós duas estamos chorando quando termino.

— Eu disse a ele para não ir ao palácio — confessa a mãe, sorrindo apesar das lágrimas. — Mas ele estava convencido de que deveria servir tanto a Bìxì quanto a Shénnóng e que, para tanto, deveria ir até o palácio e participar da competição.

Uma parte de mim reconhece agora que sou igual a Wenyi. Muito embora minha magia seja de Shénnóng, vi a Dama Branca, e é ela quem cuida de mim. Quando pergunto, ambos respondem. Talvez ele também não tivesse escolha.

— Ele pensou em você e na família até o fim. — Palavras vazias aos ouvidos de uma mãe, tenho certeza, mas me sinto compelida a oferecê-las mesmo assim. Nutro muitos sentimentos por minha vila, pelo modo como trataram minha família, pelo quanto meu pai doou a eles sem qualquer coisa em troca. Mas quando minha mãe morreu, eles ajudaram como puderam, nos dando tudo o que conseguiam poupar. Porções extras de arroz cozido no vapor, molhos de verduras e cogumelos. Mais do que até mesmo meu próprio tio ofereceu, e jamais me esqueci disso.

Ela me olha de modo estranho, como se me visse pela primeira vez.

— Você também sofreu, não é?

Eu a encaro de volta, me perguntando como ela sabe. Se a tristeza agora se pregou a mim, como outra máscara que uso, ou se se tornou minha verdadeira face.

Um barulho ecoa da outra sala, o som de algo derrubado, interrompendo nossa conversa. A mãe de Wenyi se levanta de um salto, e a imito. Ela empurra as portas para o outro quarto, deixando um vão largo o suficiente para eu ver o interior: há uma cama sobre uma plataforma e poucas mesas com uma bacia e algumas roupas dobradas.

Ela sussurra com urgência para alguém. Escuto o ruído de outras coisas caindo. Eu me aproximo da porta. Algo dentro de mim me puxa, insistente, me dizendo que preciso seguir em frente. Assim como quando fui guiada pela floresta de bambu, como os passos que me levaram até Ràohé. Empurro a porta e entro no quarto. Um cheiro fraco de doença persiste sob o incenso, que deriva de um incensário no canto.

A mãe de Wenyi contém uma figura que se debate na cama.

É um homem jovem, percebo, jovem demais para ser o pai de Wenyi, porém mais velho que ele. Seu corpo se verga de modo quase impossível, como um arco sendo puxado, então cai na cama. Ele se vira para mim, o rosto captando a luz da lanterna pendurada na parede. A luminosidade reflete o brilho da baba que escorre dos seus lábios flácidos e da linha de lágrimas correndo pelo canto dos olhos. Na escuridão, ele quase parece chorar sangue.

Eu me aproximo. Meus olhos já avaliando, catalogando, comparando seus sinais com os sintomas que meu pai me fez memorizar repetidas vezes através de instruções impacientes. *Você não consegue ver, Ning? Preste atenção!* Mas a resposta vem a mim através dos lábios rachados, do tom escuro sob os olhos vidrados. Como se alguém mergulhasse os dedos nas cinzas e os esfregasse contra a pele. Veneno.

A mãe de Wenyi olha para mim, tristeza emanando em ondas da mulher. Não preciso de magia para saber que ela implora por alguém, qualquer um, para ajudá-lo.

— Ele foi envenenado pelos tijolos de chá? — pergunto.

Ela assente, esfregando a testa do rapaz com um pano úmido, pairando sobre ele de modo protetor.

— Você me permite examiná-lo? — peço.

— O que você pode fazer? — rebate ela, a voz vazia de emoção. — Os médicos já foram consultados. Eles não têm respostas.

— Foi por isso que Wenyi foi para Jia — concluo, enfim entendendo. Quão semelhantes eram nossos caminhos, quão familiares eram nossos problemas, mas eu nunca soube daquilo quando ele estava vivo.

— Wenyi voltou correndo de Yěliǔ quando mandamos uma mensagem — revela ela. — Disse que iria procurar a Eremita no desfiladeiro, pedir sua ajuda. Ele desapareceu por um mês nas montanhas e então voltou... diferente.

— Diferente como?

— Ele carregava consigo uma carta que dizia ser ele o shénnóng-tú escolhido da shénnóng-shī do Desfiladeiro de Bǎinião e disse que seria chamado para a competição. Disse que era o preço do remédio que trouxera de volta.

— Que remédio? — Calculo rapidamente a linha do tempo em minha mente. Ràohé deve ter sido um dos primeiros lugares atingidos pelo veneno. Para que a mensagem fosse enviada a Yěliǔ, para que Wenyi viajasse de volta até ali, desaparecesse por um mês e depois partisse novamente para a capital... aquele homem deve ter sido envenenado meses atrás e, ainda assim, continua vivo. Shu só se agarrou à vida por causa dos vários remédios que experimentou, então os componentes do que Wenyi buscou podem ser semelhantes. O suficiente para controlar os sintomas, mas não para trazer o homem de volta do outro lado.

— Wenyi disse que seria temporário. Para estabilizar seu corpo enquanto partia em busca do antídoto. — A mãe de Wenyi afasta mechas soltas de cabelo do rosto do filho.

Sinto uma faísca de excitação dentro de mim. É uma pista. Ela deve saber como chegar à Eremita. Talvez Wenyi tenha compartilhado o conhecimento com a mãe.

As peças começam a se encaixar. A razão de eu estar aqui. Por que conheci Wenyi e por que o astrônomo me enviou àquele lugar.

— Eles disseram que ela já foi a shénnóng-shī que aconselhava o próprio imperador. Isso é verdade? Wenyi alguma vez falou sobre isso? — pergunto, um pouco ansiosa demais.

— Nós apenas a conhecemos como a Eremita. Uma professora que foi morar dentro do desfiladeiro há muito tempo — responde ela, uma pitada de suspeita se infiltrando na voz. — Mesmo que eu a odeie por enviar Wenyi para a morte, ainda lhe devo a vida de Huayu.

Uma ideia se desenrola em minha mente, talvez uma solução que pode me dar as respostas de que preciso. Mas, antes de tentar o antídoto, devo me certificar de que estou correta sobre o veneno. Se eu der o remédio errado ao rapaz, se estiver equivocada sobre o que o aflige, poderia seguramente matá-lo ou prendê-lo para sempre dentro de qualquer pesadelo que o veneno lançou sobre ele. Não posso fazer isso com a mãe de Wenyi, que já perdeu um filho em busca da cura.

— Sei que você não tem motivos para confiar em mim, mas gostaria de ajudá-la a salvar Huayu, porque também tenho uma dívida com Wenyi. — Ele me defendeu contra Shao e sempre me considerou como uma igual. Gostaria de recompensá-lo de alguma forma. Wenyi já desistiu da própria vida. Não posso permitir que a trama da serpente também reivindique seu irmão.

A mãe de Wenyi me encara por um longo tempo.

— E o que você quer em troca de nos ajudar? — pergunta ela, por fim.

— Se me fornecer algumas folhas de chá e água quente, e se puder abrir mão de uma pequena fatia de ginseng... — digo a ela. — Se eu conseguir ajudá-lo, tudo o que peço é que me diga como encontrar a Eremita.

— Promete que não lhe fará nenhum mal? — pergunta ela.

Toco meu coração.

— Eu prometo.

Ela me dá um aceno de cabeça rígido, então sai para me trazer o que pedi.

Eu me sento ao lado de Huayu. Seus lábios se movem, murmurando palavras sem sentido. Aquilo me leva de volta aos meses de preocupação, quando eu enxugava o suor da testa de Shu e tinha de derramar o tônico em sua garganta mesmo enquanto ela tentava cuspi-lo de volta. Quando ela lutava pela vida.

Logo a mãe de Wenyi está de volta com a água quente, as xícaras e o chá, tudo equilibrado em uma bandeja de bambu. Puxo uma mesa para mais perto da cama e uso a água para escaldar rapidamente as xícaras. Usando a unha, perfuro o ginseng, testando sua flexibilidade: ainda resta bastante de sua essência. Eu o coloco ao lado dos ramos de chá. A água penetra nas folhas, fazendo-as afundar, e a magia borbulha dentro de mim também, me convidando a empunhá-la.

Sei que há um risco no ritual. O uso da magia pode muito bem abrir as portas da minha mente mais uma vez para a serpente, mas preciso tentar.

Sopro a superfície do chá para esfriá-lo e tomo um gole. Mergulho na bebida o lenço limpo que a mãe de Wenyi fornece e em seguida o esfrego nos lábios de Huayu. Enquanto o chá lhe penetra a pele, assim, também, a Transmutação inclina o mundo e me faz escorregar em sua direção. Para onde ele está preso na batalha contra o veneno.

Capítulo Vinte e Nove
Ning 寧

Atravesso a névoa. É como tomar fôlego e mergulhar o rosto na água, encontrando um reino inteiramente novo abaixo. Eu gostaria de ter entrado no palácio subaquático do Dragão de Jade, como nas histórias de fantasia, mas, em vez disso, me encontro parada às margens de um rio. Sinto cascalho sob os pés. A água corre, a superfície caudalosa alguns tons mais escura que o branco do céu. Do outro lado do rio, há penhascos pontiagudos e, quando me viro, vejo a floresta atrás de mim.

Tudo está silencioso. Sem cor. Não é a Transmutação. É o Reino das Sombras.

— Huayu! — soa uma voz à esquerda.

Eu me viro e vejo uma figura passar por mim.

Não pode ser... Meu coração se contrai, e não consigo respirar.

O jeito lento de andar. É Wenyi. Aquele que me defendeu, que me considerava uma colega. Eu estava presente em seus momentos finais. Escutei suas palavras sussurradas, lhe fiz uma promessa em seu leito de morte. Uma responsabilidade que meu pai nunca encarou com leviandade, sendo parte de seu papel como médico, algo que sempre compreendi enquanto sua assistente.

Dou um passo à frente, depois outro, seguindo Wenyi. As pedras estalam sob meus pés, o rio ruge ao meu lado, suas corredeiras uma espuma branca. Ele anda muito depressa, e me esforço para acompanhá-lo. Preciso saber: trata-se de um fantasma? É seu espírito voltando para o irmão?

O vento ganha força, soprando a neblina dos cumes das montanhas até o solo para nos cercar. As árvores farfalham ao longe como um aviso. Ainda assim, a figura continua a chamar com aquela voz melancólica. Onde está Huayu? E por que não responde ao chamado?

Eu me agarro a uma gavinha de magia, me impulsionando para a frente. Incitando meus pés a se moverem mais rápido, a pisar nas pedras com mais firmeza. Diminuindo a distância entre mim e aquela figura alta.

Estendo a mão até ele para verificar se é um espírito ou um resquício das lembranças de Huayu, uma parte da sua imaginação. Seu braço parece sólido sob minha mão. Carne e osso. Ele se vira, mas, em vez do rosto de Wenyi, os olhos são fendas inumanas. A boca, aberta em um rosnado, libera uma língua farpada e bifurcada. Ele sibila para mim, um som cuspido e raivoso.

Perturbei sua caçada.

Aquele é o veneno.

A criatura investe contra mim, mas sou mais rápida. Eu me esquivo e me deixo cair para trás, me permito romper a Transmutação, o canal que me liga do mundo desperto ao espaço entre os deuses. O ginseng me dá clareza mental, auxiliando a reação rápida. Mas aquilo não é o bastante para eu encontrar Huayu. Preciso encontrar o vigor para agarrar sua alma, libertá-la do domínio do veneno e lhe fornecer força suficiente para trazê-lo de volta.

Preciso de todo o poder do verdadeiro antídoto.

Acordo com um suspiro, olhando nos olhos da mãe de Wenyi.

— O que você viu? — Ela me encara, temendo o pior.

— Não posso prometer com certeza que serei capaz de salvá-lo, mas já fiz isso uma vez — respondo. — Conheço esse veneno. Conheça seus truques.

Mas não posso fazer nada sem o pó de pérola. Aprendi aquela lição com a Anciã Tai, em Yěliǔ. Preciso me assegurar de que tenho meu próprio elo com a realidade, um fio forte o bastante para unir minha alma à dele, para puxar nós dois de volta.

Ela tem raiz de alcaçuz na cozinha, e sei que eu trouxe lí lú na bolsa. O pó de pérola, bem... Kang deve carregar algum. Só me resta torcer para que ele ainda esteja dormindo quando eu voltar para a pousada.

Os gritos dos pregoeiros da cidade seguem meus passos apressados de volta à pousada. É a Hora do Ladrão. Meu tempo está se esgotando.

Minhas esperanças são frustradas quando abro a porta do quarto e encontro Kang sentado ali, a minha espera.

— Aonde você foi? — pergunta, a expressão severa. Como se fosse um juiz de semblante austero, prestes a pronunciar um veredicto. A me condenar a um destino terrível.

Um jorro de irritação me invade. A expectativa naquele olhar, como se ele me exigisse uma explicação. Como se eu merecesse a situação em que me encontro, um destino de minha própria autoria. Não digo nada, e ele bate a mão na mesa ao lado.

— Você *estava* planejando algo! Usou sua magia em mim e em meus homens. — Ele tem a ousadia de parecer traído, levantando-se da cadeira, ansioso por me confrontar.

Caminho até ele, liberando a amarga torrente de palavras impacientes para, enfim, serem proferidas.

— Sim, Kang, é o que venho planejando todo esse tempo. Ser expulsa da competição, apesar de provar a eles do que era capaz quando passei em todas as etapas. Fui *forçada* a essa posição por *seu* pai, pelo sofrimento horrível que *ele* infligiu ao povo de Dàxī!

Eu me aproximo até que nossos rostos quase se toquem, até que ele com certeza possa sentir a raiva e o desespero irradiando de mim. Kang recua, sentando-se pesadamente na cadeira.

Eu o pressiono ainda mais.

— Finalmente salvei minha irmã apenas para sermos expulsas do único lugar que eu achava que poderia me oferecer refúgio. Meu rosto está estampado em cartazes, me acusando de crimes terríveis que não cometi.

Ele me encara, os olhos arregalados. Noto sua respiração ofegante. O rapaz a quem não tenho direito. Aquele que beijei e aquele que afastei em contrapartida. Que continuou assombrando meus pensamentos enquanto estive foragida. Aquele que me recuso a admitir que fiquei feliz em reencontrar quando enfim o vi outra vez, muito embora eu precise constantemente me lembrar de que estamos em lados opostos. Assim como estamos agora.

— O chanceler está convencido de que precisa de você. Com um propósito que ainda tento entender — revela ele, a respiração acariciando minha bochecha. — Tenho de fazer o que ele quer se pretendo mantê-la segura.

Rio em sua cara, e ele se encolhe. Então lhe dou as costas. E me recordo de como discutíamos sem parar naqueles últimos dias no palácio. O modo como nos ferimos com palavras, direto na jugular. Ele se vê como meu protetor, muito embora lhe seja impossível servir ao pai e também me ajudar. Muito embora eu pretenda ajudar a princesa a recuperar seu trono.

— O que está fazendo? — dispara ele, enquanto sigo para sua cama. Pego sua mochila e a esvazio, vasculhando os itens até encontrar minha bolsa de ingredientes. — Ei! — Ele agarra meu braço, e eu me desvencilho.

— Não tenho tempo para ficar esperando você se decidir — digo a ele. — Confie em mim ou não, você é quem sabe. Encontrei uma forma de descobrir a localização da Eremita e vou recuperar a tal relíquia, com ou sem sua ajuda.

Com a bolsa na mão, saio pela porta e ouço seus passos me seguindo.

— Ning, espere! — chama ele atrás de mim, mas não respondo enquanto desço a rua.

Incontáveis vezes. O Chave de Ouro, o Agulha de Prata, a rodada final da competição. Tudo aquilo revelou a ambos a verdadeira natureza do outro e, ainda assim, ele questiona se sou capaz daquelas coisas terríveis. Pude ver em seus olhos. A dúvida.

Isso alimenta o que já sinto em relação a mim mesma. *Sou* capaz? Todas as tarefas impossíveis que recebi, salvar Huayu, descobrir a localização da Eremita, decifrar a magia perdida de Shu, impedir aquele demônio de retornar à terra...

Sinto o peso de tudo sobre meus ombros. Lágrimas ardem em meus olhos.

— Ning! — Kang finalmente me alcança. Com uma das mãos em meu ombro, ele me gira para que o encare. — Espere, por favor.

Eu deveria apenas passar por ele e continuar andando. Empurrá-lo para longe e seguir em frente. Mas há uma aura de seriedade sobre ele que me imobiliza, me faz ficar ali e ouvir.

— Acredito em você — admite ele. — Sei que não está por trás dos envenenamentos da corte, que está tão perdida quanto eu.

Solto uma risada irônica com a declaração.

— Eles não param de me falar que você existe em oposição à magia Shénnóng — continua. — Que você é uma abominação contra a ordem natural, mas sei que nada disso é verdade. Senti sua magia por mim mesma.

Ouvir aquelas acusações saírem dos seus lábios, mesmo que ele as negue logo em seguida, é como um tapa na cara. Pensei que, se eu abraçasse aquele meu lado, se voltasse para Shénnóng, seria aceita. Mas continuo encontrando espaços a que não pertenço. Como sempre, fico mais à vontade entre plantas que em meio a pessoas. Uma abominação.

Ele pega minha mão direita e pressiona a palma contra a minha.

— Você fica me dizendo para confiar em você, e eu confio. Me diga o que precisa que eu faça.

Quero ao mesmo tempo bater nele e o beijar, mas sei que também não há tempo.

— Me dê seu frasco — peço, soltando minha mão da sua e a estendendo à frente, a palma para cima.

Ele parece confuso.

— Meu frasco?

— O pó de pérola — explico. — Você pode me arrastar de volta para a pousada e esmiuçar as montanhas amanhã com seus soldados ou pode me dar o que peço, então me seguir e ver por si mesmo a verdadeira natureza do veneno.

Kang me olha novamente, então pega o frasco da faixa na cintura, colocando-o sobre minha mão aberta.

Meus dedos se fecham em torno do vidro.

— Tudo o que quero é a verdade — diz ele.

— Então venha comigo.

Quando volto para a residência dos Wenyi, a mãe do garoto encara Kang, perplexa.

— Você trouxe um soldado do Águas Pretas até nós? — grita ela. — Trabalha para eles... Quer matar todos nós! Foram eles que prenderam Huayu e o mandaram de volta assim!

— Temos uma... história complicada. — Coloco minha mão em seu braço. — Ele não vai prejudicar sua família, eu prometo. E... preciso dele para me ajudar. — Não é bem verdade, mas também não é bem uma mentira.

— Jure, então. — Seus olhos piscam quando ela agarra minha mão. — Jure pelos deuses que não prejudicará Huayu.

— Eu juro — prometo a ela. — Em nome da verdade contida no casco de Bìxì e do conhecimento compartilhado por Shénnóng. Juro pelo temível rugido do Tigre e pelas asas da Dama Branca: estou tentando salvar Huayu.

Ela acena com a cabeça e nos permite entrar em sua casa.

Enquanto preparo meus utensílios e ingredientes, contemplo as incógnitas da minha magia, avalio até onde posso me esforçar antes que comece a me consumir em resposta. Tenho o conhecimento que me foi transmitido por livros e por meus encontros anteriores com o veneno. Aprendi muito ao removê-lo de Ruyi, e, de certa forma, sinto que os dois tipos de veneno estão ligados, compartilhando um componente semelhante.

A serpente está por trás de ambos.

— Onde quer que eu fique? — pergunta Kang.

— Parado aí — respondo. Apesar de sua presença, não posso permitir que seja uma distração. Eu me sento ao lado de Huayu.

Coloco os ingredientes na bandeja. Um dān. Uma coisa pequena, capaz de conter tanto poder. Muito embora possua apenas três, sei que ele ampliará meu poder, e devo isso a Wenyi. Por dar voz àqueles que foram ignorados e esquecidos, por tentar salvar aqueles que lhe eram queridos.

Preparo o chá primeiro e então, quando tenho uma perfeita xícara de bronze, adiciono o lí lú, depois a raiz de alcaçuz. Por cima, polvilho metade do frasco de pó de pérola. A quantidade foi suficiente para me aterrar no outro reino e resgatar Shu, e não quero arriscar usar mais. Deixo a mistura fermentar por alguns minutos, depois despejo tudo em uma tigela.

Passo a tigela para Kang, e ele bebe. Faço o mesmo quando ele a devolve para mim.

— Esteja preparado — aviso a ele. — Vai ser diferente das outras vezes que passamos pela Transmutação.

Coloco o dān na boca. Assim que meus lábios se fecham, a magia desperta dentro de mim. Energia se contorce em meu corpo, assomando-se em intensidade como nunca senti antes. Precisa ser liberada ou explodirei com sua força. Procuro a mão de Kang e a encontro, minha magia saltando de mim para ele, formando uma ponte. Pouso a outra mão no peito nu de Huayu.

Um choque, como um relâmpago, me percorre, atravessa os dois. O tempo e o espaço se dobram e somos lançados para a frente.

Capítulo Trinta
Kang 康

Uma sombra lhe nubla a visão apenas por um momento, então, como se um pano fosse arrancado de sua cabeça, outro mundo parece. Tons de cinza, tudo monocromático. Como se ele tivesse entrado em uma pintura a óleo, como se uma paisagem ganhasse vida.

Uma leve brisa agita seus cabelos. Kang dá um passo à frente, e pequenas pedras estalam sob seus pés. Ele levanta o braço, abre e fecha a mão. Parece que ainda está em seu corpo, ainda em si mesmo. Parece tão real, e ainda assim sabe que não é.

Um momento antes, estava em uma casa na cidade de Ràohé, segurando a mão de uma shénnóng-tú. No intervalo de um sopro, se encontra agora diante de um rio, respirando o ar da montanha. Som de passos ecoa ao seu lado, e ele vê Ning caminhar com determinação à margem do rio. Ele a segue, sabendo que deveria ficar perto dela. O lugar é diferente de tudo o que já viu. Ela o avisou de que seria diferente de seus encontros anteriores com a magia, e, no entanto, ele sabe, ainda que Ning tivesse tentado descrevê-lo, que palavras não teriam sido suficientes. Até mesmo seu último flerte com a magia, quando beberam juntos o Agulha de Prata, foi marcado apenas por uma súbita bruma. Ele continuou no jardim, no salão, onde tudo lhe era familiar.

Jamais imaginou que poderia ser transportado para um mundo totalmente diferente.

— Mantenha os olhos abertos — diz Ning com urgência ao seu lado, olhando ao redor. — Huayu está aqui em algum lugar. Posso *senti-lo*.

— Huayu deve ser o homem deitado na cama. Kang experimenta um fiapo de inquietação, mas o engole. Ning pediu que confiasse nela, e assim o fará.

É o primeiro a notar a figura sentada à beira do rio, e logo puxa a manga de Ning. Empoleirado sobre uma enorme rocha, um jovem segura uma vara de pescar, a linha balançando na água. O rio faz uma ligeira curva ali, formando uma pequena baía, onde a corrente não é tão rápida e onde os peixes podem permanecer e ser tentados pelas iscas.

— Este é o lugar onde os irmãos costumavam se esconder quando não queriam ir para a escola — sussurra Ning ao seu lado. A magia deve lhe revelar mais do que Kang é capaz de ver. Ele sente aquela pequena pontada de medo novamente, como quando se deparou pela primeira vez com o rosto da garota nos cartazes do Ministério da Justiça. Quando o chanceler o avisou sobre o tipo de pessoa que Ning é e o tipo de magia que pratica.

Capaz de esmagar sua mente, fazer a pessoa ter visões impossíveis, captar cada pensamento profundo, sombrio e precioso...

Parado na frente do conselho, o Chanceler Zhou advertiu a todos sobre o tipo de magia que certos shénnóng-shī que se desviaram do caminho são capazes de praticar. Com a Anciã Guo ao lado, balançando a cabeça a cada palavra sua, não havia razão para ninguém o contradizer.

Ning e Kang rapidamente diminuem a distância entre eles e o jovem na rocha, até que o vento carrega o som de outra voz.

— *Irmão... Onde você está?* — A voz ecoa pelo cânion. Mais à frente, Kang vê a cabeça do jovem virar, procurando ao longo do rio pela origem da voz.

Kang não conseguia mais se conter. Ele precisava perguntar.

— Que lugar é este? Quem são eles?

— Deve ser o Desfiladeiro de Băiniăo — murmura Ning, e então fecha os olhos, pressionando o dedo na têmpora como se escutasse algo. Um som que só ela consegue ouvir. — A outra figura, o que se parece com Wenyi. Não pode confiar nele. Se ele se aproximar, mantenha distância. — Seus olhos se abrem, e ela o encara intensamente. — A todo custo.

— Wenyi... — repete ele, sentindo-se um pouco lento para entender. — É o rapaz que me drogou na prova final. Aquele que morreu nas masmorras. — Um leve ardor, um eco vazio em seu peito, corrobora o sentimento de culpa. Ele tentou falar em nome do shénnóng-tú, mas o chanceler se recusou a ouvir.

Kang, você entende?, a voz de Ning ressoa em sua mente. Ele deveria ter medo daquela intrusão. Deveria combater os tentáculos de sua influência. E, no entanto, tudo o que sente é a urgência da garota. Sua preocupação com Huayu. Ning teme o que está por vir, o que quer que Kang precisa manter afastado enquanto ela usa sua magia. Ele assente, voltando a atenção na direção da voz misteriosa.

Aquilo é o que os outros não sabiam ou simplesmente não lhe contaram. Quando uma seguidora de Shénnóng lança sua magia, quando o puxa em direção a ela com a mente, significa que pode decifrá-lo, é verdade, mas ele é capaz de enxergá-la em contrapartida. Ela desvela as partes mais secretas de Kang e ele agora vê o que Ning já tentou esconder.

Ning se aproxima do pescador, gritando uma saudação. Kang se aproxima da água em vez disso, a superfície ondulante como a do mais silencioso lago. Algo sombrio se move na água. Algo grande... algo que não deveria estar ali. Ele estremece e se afasta. Seus instintos dizem que não deve chegar muito perto.

Filetes de conversa flutuam até ele.

— Você está assustando os peixes. Viu meu irmão? Ele é uma cabeça mais alto que você, talvez um pouco mais alto que seu amigo ali. Rapaz bonito, embora um pouco magro.

— Você foi envenenado — diz Ning.

Kang os observa para ver como Huayu vai receber a revelação, mas o homem apenas ri, saltando da rocha.

— Se eu tivesse sido envenenado, estaria aqui pescando? Desfrutando de um raro dia de paz?

— Wenyi não está em casa há anos — insiste Ning. — Ele foi consagrado a Yěliǔ quando tinha 16 anos. Você se lembra?

Huayu franze as sobrancelhas em confusão.

— Yěliǔ?

Acima de suas cabeças, o vento começa a assobiar. A distância, as árvores altas balançam, perturbadas pelas rajadas repentinas provenientes do cânion. Um tremular na água chama a atenção de Kang.

Um peixe salta com um respingo. Ele aterrissa com um baque seco aos pés de Ning. Ela olha para baixo, confusa. O peixe ofega por ar na praia, mas a atenção de Kang continua na água. As ondulações parecem se mover mais depressa, as ondas ganham intensidade, derramando-se sobre as margens do rio e sobre o leito branco e rochoso.

Ele assiste com descrença enquanto o peixe se debate e se joga em Huayu. Ning grita e o afasta. Os dentes grandes e sobrenaturais do peixe se prendem à bainha da túnica de Huayu.

Kang entra em ação. Pega a vara de pescar do lugar em que caiu nas pedras e bate no peixe até que solte o rapaz, depois usa a ponta para varrê-lo para longe.

Ouvem-se mais baques. Mais peixes atingem o chão ao redor. Os animais estremecem, estalando. Em vez de presas, seus dentes humanos amarelados brilham na luz. Rangem, triturando, querendo estraçalhá-los. Seus olhos são de um branco-pálido. Podre. Eles se agarram à vara, e o som de *arranhar* de dentes roendo o bambu é um barulho terrível. A vara quebra na mão de Kang, vergada sob o peso de tantos peixes.

— Se afaste da água! — grita Kang, e corre em direção à encosta da montanha, conduzindo a garota e o homem com ele.

— Meu irmão! — protesta Huayu, apontando para a ponte.

A ponte brilha ofuscante ao longe, tendo de alguma forma se materializado do nada. Uma figura está sobre ela, gesticulando freneticamente para os três, gritando por ajuda.

Huayu de repente gira para fora do alcance de Ning e corre em direção à ponte.

— Temos de salvá-lo! — grita ele. — Temos de salvá-lo desses monstros!

Kang avança e os dedos encontram a bainha da túnica do rapaz; é o bastante para retardá-lo. Ning o puxa de volta também, e parece um cabo de guerra, dois contra um, enquanto Huayu luta contra eles.

Um dos peixes voa para fora da água e se crava no braço de Ning. Ela grita de dor, e Kang pega a criatura, o corpo frio e escorregadio esmagado em sua mão. Então ele o puxa, e a coisa se solta, levando em sua boca tecido rasgado, sangue e pele. A visão parece tirar Huayu daquele transe desesperado, e ele olha para a ferida sangrenta de Ning com horror.

— Aquele não é seu irmão! — grita Kang, enquanto o vento continua a aumentar, agitando a água em um frenesi, chicoteando gotas no rosto e no cabelo de todos.

— Seu irmão partiu aos 16 anos! Você precisa se lembrar! — implora Ning, mechas de cabelo molhadas caindo na frente dos olhos.

Huayu fica parado ali, ofegante. Olha para as mãos, em seguida para Ning e Kang.

— O que está acontecendo? — pergunta ele. Diante dos olhos de todos, o viço e o volume da juventude em suas bochechas se torna esquelético. Ele parece mais alto, porém mais magro, esbelto... mais parecido com o homem deitado no leito, doente.

— Você foi envenenado. — Ning estende a mão para ele outra vez. — Sua mãe está esperando sua volta.

— Envenenado? — repete ele, lentamente. Incapaz de compreender, incapaz de associar sua compreensão da realidade com aquela paisagem de sonho ao redor.

Kang ainda ouve sons úmidos e chapinhados às costas e se vira para ver um cardume se acumulando na água. Diante de seus olhos, observa a pilha crescer cada vez mais, reunindo-se em uma silhueta. A coisa se transforma em uma forma grotesca e contorcida, constituída de muitos olhos e barbatanas e guelras e bocas lamuriantes...

Ning ainda está implorando para que Huayu os acompanhe.

— Veja! — grita Kang para chamar a atenção do outro. — Você está envenenado! Está sonhando! Você será devorado se não vier conosco!

O fedor de decomposição e carne morta paira no ar que os açoita.

— *Huayu...* — A voz de repente está ao redor deles. — *Você me abandonou...*

A grande e contorcida massa de peixes cresce em um corpo alongado, uma cabeça em formato de diamante... uma serpente que se desdobra diante de seus olhos.

— Hora de ir — sussurra Ning, que reboca Huayu consigo.

Kang os segue, correndo pela floresta. Galhos estalam sob seus pés e mãos enquanto lutam para subir o caminho íngreme. As árvores balançam e estremecem ao seu redor.

Eles irrompem na lateral da montanha, uma parte plana do caminho que os levará embora. Kang dá uma olhada para trás e tudo o que vê são as árvores trêmulas conforme a forma maciça da serpente quebra a folhagem sob seu corpo.

À frente, Ning e Huayu estacaram. Ning está com as mãos nos antebraços de Huayu, e Kang vê gavinhas pretas abrindo caminho pela forma trêmula do homem, cujos olhos rolaram para trás da cabeça, mostrando apenas o branco. Huayu cai de joelhos, levando Ning com ele. As folhas cascateiam ao seu redor como chuva.

— Ele está morrendo! — grita Ning, desesperada. — Não posso estabilizá-lo o suficiente para usar o antídoto! Kang, preciso da sua ajuda!

Ele estende a mão para ela. Seus dedos diminuem a distância, se tocam, e Kang sente a atração da magia.

Mais linhas aparecem na pele de Huayu, listras cinzentas se espalhando através do cabelo preto. Os tentáculos se apertam em torno de sua carne e o deixam ofegante.

Não dói, não realmente. O calor da magia arranca qualquer energia, qualquer essência que ele tem dentro de si, para se juntar à dela. Huayu e Ning começam a brilhar, então Kang percebe que o brilho também está vindo dele. De seu peito, passando pelo braço até encontrar o de Ning, depois seu coração, depois para o outro braço e para Huayu. Ela está compartilhando aquela energia de alguma forma, conduzindo-a entre os três.

A serpente está quase sobre eles, mas a criatura guincha, recuando da luz. As gavinhas pretas se afastam, liberando Huayu, caindo de volta para dentro da terra. O mundo ribomba ao seu redor, racha e se desfaz.

Kang fecha os olhos.

Capítulo Trinta e Um
Ning 寧

Retorno ao quarto escuro. Suor encharca minhas costas, minha respiração está ofegante. Kang engasga ao meu lado e, quando olho para baixo, vejo os restos de magia ainda brilhantes entre nós. Ligando-me a ambos. Deixo as mãos caírem nas laterais do corpo.

Ao nosso lado, Huayu solta um suspiro fraco e trêmulo.

A mãe de Wenyi grita. Eu me levanto, recuando um passo a fim de permitir que ela abrace o filho. Cambaleio, quase caindo, mas Kang me ampara. Por um momento, me inclino contra ele, sentindo a solidez de seu corpo, o batimento cardíaco contra meu ouvido. Um lembrete de que estou de volta. Que o mundo é real e que não estamos mais naquele lugar frio e sem cor.

Até que me recordo em cujos braços me aninho e o encaro. Ele baixa o olhar para mim com uma expressão indecifrável. A magia pulsa entre nós. Não é mais a atração do Chave de Ouro, não é mais a compulsão de perscrutar a alma do Agulha de Prata. O encantamento apenas... o reconhece.

Conheço você.

O som da tosse de Huayu interrompe nossa proximidade, e me afasto, mesmo quando a sala gira. Eu me apoio em uma mesa.

— Vocês dois... — começa ele, a voz rouca, mas os olhos límpidos. Seu olhar passa para Kang, depois volta para mim. — Vocês estavam no meu sonho.

— Esta é a shénnóng-shī que disse que iria curá-lo do veneno — explica a mãe, me lançando um olhar agradecido.

— Me deixe examiná-lo. — Dou um passo em direção a ele, então assinto para a senhora Lin, que parece não querer soltar o filho. — Se me permite.

— Sim, claro. — Ela dá um passo para trás, mas ainda fica por perto, não querendo tirar os olhos do filho.

Ajudo Huayu a se sentar na cama, apoiado em um dos braços. O outro eu coloco delicadamente no colo, em seguida meço sua pulsação. O batimento cardíaco é forte e estável sob meus dedos, um ritmo regular. Levará tempo para que o veneno seja expurgado completamente de seu organismo, mas ele está ali. Sentado diante de mim, respirando e falando. É mais do que posso pedir.

— Eu me lembro agora. Meu irmão foi enviado para Yěliǔ há anos, mas voltou enquanto eu estava... longe? Ele está aqui agora? Posso vê-lo?

Huayu esquadrinha o ambiente, ansioso. Deixo cair sua mão e olho na direção de sua mãe em busca de ajuda. Não seria certo eu lhe contar. A senhora Lin se senta ao lado do filho, mas seus olhos me imploram para dizer as palavras por ela.

Huayu nos encara, perplexo.

— O quê?

— Seu irmão... seu irmão está morto — revela a senhora Lin, com delicadeza.

— Mas... você disse que não era ele! — Ele me fuzila com um olhar magoado, acusador. — Em meu sonho. Você disse que ele não estava lá!

— Eu disse a verdade — argumento. — Wenyi foi embora, mas voltou para tentar salvar você, e agora se foi. O espírito em seu sonho era um componente do veneno. Ele extrai as memórias de quem você ama. Alimenta-se de sua perda e dor.

— Wenyi... — Huayu mal consegue balbuciar antes de começar a chorar, os ombros trêmulos com os soluços.

— Acho que vocês dois devem sair agora. — A senhora Lin olha em nossa direção, um pedido delicado. — Huayu precisa descansar.

— Você prometeu que me diria como chegar à Eremita. — Hesito, e, em seguida, adiciono suavemente: — Por favor.

Ela olha para o filho em seus braços, em seguida para mim novamente. Eu me lembro de como minha mãe amava a mim e a Shu. Como ela teria dado qualquer coisa para nos proteger.

— Há um único salgueiro que cresce em uma aresta do penhasco, debruçado sobre o Desfiladeiro de Băinião, ao norte da cidade. A lenda diz que quem procura a Eremita deve ir até lá e fazer seu pedido. Se ela o considerar digno, responderá.

— Obrigada. — Inclino a cabeça e nos despedimos, deixando mãe e filho à vontade para chorar juntos.

Kang e eu ficamos em silêncio no caminho de volta para a pousada.

A serpente sabia que eu estava na cabeça de Huayu. Senti sua atração por minha magia enquanto eu estava no Reino das Sombras. É um sinal de coisas por vir, assim como o astrônomo disse. O que me torna um perigo para aqueles ao meu redor.

Quando atravessamos a porta do nosso quarto, a fadiga me alcança. Não resta muito tempo até o amanhecer, quando teremos de partir para encontrar a Eremita.

Kang me para.

— Seu braço.

Baixo o olhar para onde a serpente me cortou com suas presas. A pele ainda está inteira, a cicatriz irregular, mas intacta.

— Não, aqui. — Ele aponta para um buraco na minha manga de onde fios esgarçados balançam. — Aqui, me deixe ajudá-la.

Ele me conduz até o conjunto de cadeiras de bambu e mesa no canto da sala, ignorando meus protestos. Da própria bagagem, ele retira uma caixa que contém bandagens e vários frascos rotulados com nomes de diferentes tinturas. Eu o observo enquanto ele corta cuidadosamente o tecido com uma faca, descolando-o da minha pele. Sibilo quando o pano roça a ferida aberta.

Quando é revelada, vejo a marca dos dentes. A serpente me machucou novamente através do Reino das Sombras. Astrônomo Wu disse que a criatura queria trazer de volta seu reino de trevas, libertar monstros rastejantes sobre a terra. Pelo visto, acabei de conhecer outra de suas abominações.

Quando o peixe me mordeu, algo se encadeou em minha mente, um vislumbre de alguma outra lembrança. Uma que não me pertence.

O chanceler se ajoelha diante de mim, emanando o cheiro inebriante do medo. Ele vai garantir que meu plano seja concluído. Gavinhas pretas circundam sua cabeça, entrando em seus ouvidos, olhos e nariz. Ele tenta gritar, mas nenhum som sai...

Kang faz uma careta e olha para cima, encontrando meus olhos. A conexão ainda zumbe entre nós, e sei que ele também fisgou aquele fragmento de memória. A confirmação de que o chanceler é o mensageiro da serpente.

— Você já sabia — comento, surpresa.

— Eu tinha minhas suspeitas — admite ele. — No palácio, segui os wŭlín-shī e vi que tinham uma conexão sobrenatural com o chanceler, que estavam sob seu controle. Mas eu não sabia como ele os comandava.

— Usando as sombras — sussurro, sabendo exatamente o que ele quer dizer.

Kang sustenta meu olhar por mais um momento, então volta sua atenção para o ferimento.

— Fique parada — pede ele.

Ao redor da marca dos dentes, minha pele está roxa. A visão dos cortes faz meu braço latejar em resposta, e estremeço de dor.

Observo Kang derramar o conteúdo de um frasco sobre a ferida, limpando-a. Então, de outro frasco, ele salpica um pó em meu braço. Deve ser algum tipo de substância entorpecente, porque a dor se torna um latejar fraco.

— Parece que você já fez isso antes — comento.

— Parte do cotidiano no campo de batalha — explica ele, com um sorriso. — Pronto.

Um pensamento fugaz perpassa minha mente: *Se ao menos tivéssemos nos conhecido em um momento diferente... Se fôssemos pessoas diferentes...* Sua expressão de súbito fica séria outra vez, e me pergunto se é um pensamento meu ou um eco do dele.

Ele abre a boca para falar, mas não quero ouvir.

— Esse tesouro que devemos obter da Eremita — começo. — Você sabe o que é?

Kang hesita, se afastando. Sinto sua evidente relutância e me lembro mais uma vez do meu papel e do dele. Ele é o captor, e eu, a prisioneira.

— É uma relíquia da época do Primeiro Imperador — responde, enfim. — Um orbe de cristal que chamam de Pérola que Ilumina a Noite. Outro conto popular, uma história que pertence às páginas dos *Contos maravilhosos do Palácio Celestial*. Quando o Primeiro Imperador uniu os vários senhores da guerra que governavam os recantos do império fragmentado, foi dito que o Dragão de Jade se apresentara à corte. Enquanto o dragão cintilante circundava o salão, o orbe desceu do céu, nas mãos do Primeiro Imperador. Foi então que todos os senhores da guerra e seus oficiais se curvaram diante dele, encostando a testa na terra em temor, pois qualquer um assim tocado pelos deuses deveria ser o predestinado governante de Dàxī. Foi perdido anos mais tarde, depois que o Primeiro Imperador faleceu. Existem lendas, no entanto, que dizem que, se alguém emergir com o orbe em mãos, então se trata do governante legítimo de Dàxī.

— Você viu a realidade do que estava no veneno. O mesmo veneno que afetou minha irmã. Aqueles que o consomem ficam presos, vagando em um pesadelo vivo — murmuro. — Isso é o que seu pai permitiu que o povo sofresse em sua busca pelo poder.

— Ele não ficaria feliz em saber que foi manipulado através de influência mágica — insiste Kang. — Vou encontrar uma maneira de me certificar de que o general ouça. Ele ficará indignado quando descobrir a verdade.

Nós nos encaramos, nenhum dos dois disposto a ceder. Ele acredita que o chanceler é a fonte da influência corruptora, mas não tenho certeza de que o general está muito além disso.

Não importa o que Kang compartilhou comigo no Reino das Sombras, que tenha me dado um pouco de sua essência para fortalecer meu vínculo com Huayu. Não importa quantas vezes ele me diga que tudo o que deseja é a verdade.

A distância entre nós é tão grande quanto qualquer desfiladeiro, e não sei se pode ser cruzada.

Capítulo Trinta e Dois
Ning 寧

Pela manhã, minha expectativa é de que Ren e Badu me olhem com suspeita, ou por ter sentido a magia com que lhes infundi durante a noite, ou por ter minhas atividades noturnas reveladas a eles por Kang. Mas os soldados fazem pequenas piadas à custa um do outro durante o café da manhã, como se não houvesse nada errado.

Kang e eu tomamos nosso café em silêncio. Sopramos a superfície dos dumplings de sopa quando os levamos à boca com uma colher, depois usamos os pauzinhos para furar a massa fina. O caldo borbulha, inundando o fundo da colher com um rico tom dourado. O recheio é de carne de porco, cebolinha e cogumelos finamente picados, que lhe conferem um aroma terroso.

Enquanto nos dirigimos para o desfiladeiro, Ren e Badu especulam sobre a existência da Eremita. Montada atrás de Kang no cavalo, de novo tento não cair enquanto nos dirigimos para o norte, para fora da cidade. Antes de partir, perguntei à filha do estalajadeiro se havia um salgueiro na área. Ela me deu as coordenadas para uma árvore que os moradores chamam de Árvore dos Desejos, onde as pessoas da cidade escrevem seus pedidos em tiras de papel e as amarram nos galhos. Parece que é o melhor lugar para começar.

— Alguém assim poderia existir? — zomba Ren. — Com certeza é alguma velha moradora da floresta que as crianças descobriram e para a qual começaram a inventar histórias estranhas.

— Ou ela pode ser uma daquelas praticantes de uma magia antiga, como nas fábulas narradas por contadores de histórias itinerantes! — Badu parece ansioso para acreditar que tal pessoa é real. — Ela é a única remanescente de seu povo, e assim promete se tornar a melhor praticante de sua arte para que possa vingar seu clã.

Ren solta uma risada.

— Você certamente tem uma imaginação fértil.

As árvores continuam a rarear à medida que subimos. Uma chuva leve começou a cair quando saímos da cidade e, ao nos aproximarmos da beira da falésia, o ar parece esfriar e a neblina se torna mais densa. Gavinhas de bruma cobrem os galhos das árvores feito tecido.

Temos de deixar os cavalos ali — caso se aproximem demais da borda do penhasco, todos nós poderíamos cair para o desfiladeiro abaixo. Então há apenas nossos passos e a sinistra névoa rasteira no caminho, dificultando a visão.

— Esta névoa... — sussurra Badu. — Não é natural.

Não natural. Como a acusação do chanceler contra mim. Que não sou uma verdadeira seguidora de Shénnóng, que, em vez disso, pratico uma variação perversa de sua magia. Mas, em sua crítica, o chanceler revelou um pouco de si, porque agora sei que o veneno tem alguma relação com a serpente. O que significa que alguém deve ter feito uma barganha com o deus, aceitado a promessa de poder em troca de libertá-lo. As respostas a minhas perguntas parecem me provocar, perdidas nas profundezas do nevoeiro da minha própria mente. Se o chanceler revelou o esquema de envenenamento ao general, então o general sabe o mal com o qual está colaborando? Ou está no escuro, como Kang parece acreditar?

A distância, vejo a silhueta de uma grande árvore se assomando na névoa. É mais alta que todas as outras que a cercam, com longos ramos rasteiros, como as mechas da barba de um velho. Amarradas a seus galhos há esvoaçantes tiras de papel. A Árvore dos Desejos.

— Lá — sussurra Kang ao meu lado, também a reconhecendo. A informação que a senhora Lin trocou comigo pela vida do filho; mas ela não me contou como chamar a Eremita e como deixá-la ciente de minha chegada. Apenas disse que eu deveria fazer meu pedido e aguardar o julgamento da shénnóng-shī sobre meu valor.

Estamos a apenas dez passos da árvore quando a neblina se adensa, obscurecendo-a. Estamos envoltos em uma cortina opaca de branco e cinza.

— Ning? — Ouço a voz de Kang e dou alguns passos hesitantes em sua direção, mas não o encontro. Não há nada além do nevoeiro em torvelinho, embora eu tivesse certeza de que havia uma pedra, na altura da cintura, por perto. Ouço Badu e Ren gritarem os nomes um do outro, mas soam distantes.

— Kang? — chamo. Tomo cuidado com onde coloco meus pés porque sei quão perto estou da beira do penhasco. Mas eram vinte passos? Ou mais? Tudo o que encontro é mais terra e rocha. Levanto o braço, esticando-o na frente do rosto. Mal posso ver o contorno dos meus dedos. A névoa mutante parece assumir formas estranhas e vivas, como mulheres idosas ou búfalos. Animais e vultos, sombras e fantasmas.

Meus dedos procuram a bolsa em minha faixa. Restam dois dān. Devo usar um? Se ela é a shénnóng-shī da lenda, se o chanceler enviou outra shénnóng-shī para tentar falar com ela, talvez somente com o uso da minha magia ela me reconheça e responda a meu chamado.

Não ouço mais nada. Nem as vozes dos dois soldados do batalhão, nem Kang. Nem mesmo o chamado dos animais que deviam viver na floresta ou o som da chuva. Há apenas silêncio, e minha respiração de repente soa insuportavelmente alta. Preciso me decidir, e, quanto mais tempo Shu ficar nas mãos daquele homem faminto por poder, maior será o risco. Talvez ele estivesse mentindo para mim todo aquele tempo. O mundo gira, e sinto o início do pânico invadindo meu corpo.

Procuro um dān e o puxo para fora. Então o coloco sob a língua, e a umidade amolece a casca. A bolota se desmancha, liberando o gosto amargo de ervas e raízes, e então sinto aquele jorro agudo emocionante, quase doloroso, de magia. Eu a pego, de olhos fechados, imaginando-a tomando forma ao meu redor, criando uma bola de luz entre minhas mãos. Estou cercada pelo aroma calmante das flores de chá e liberto o facho para o alto, acima da cabeça e para o desfiladeiro. Espero que ela me veja.

Por favor, preciso de sua ajuda.

O som de uma flauta flutua no vento. Por um momento, me encho de pavor. Atraí a serpente até mim mais uma vez? Abro os olhos e suspiro. Sem dar um passo, sem me mexer, de alguma forma acabo debaixo do salgueiro. Seus galhos me emolduram como mechas de cabelo, roçando meus ombros, fazendo cócegas nas orelhas. Estendo a mão e toco a casca da árvore, o tronco debruçado sobre minha cabeça, como alguém curvado para abraçar uma criança. Minha magia sente algo em seu interior, fora de alcance. Extraio o poder do dān, enviando-o para o tronco: *Você consegue me ouvir?*

De repente, há um guincho, o farfalhar de asas. Olho para cima e vejo uma revoada de pássaros saindo dos galhos. Apropriado ao nome do lugar, Băinião, a Garganta dos Cem Pássaros. As aves se lançam em direção ao topo do desfiladeiro, e a neblina se abre para revelar uma figura parada na beira do penhasco. O doce som da flauta continua, tocado por aquela misteriosa estranha. Os pássaros voam e dançam no ar, mergulhando e depois saltando para cima. Seguindo o ritmo da música.

Eu me afasto da árvore e vou em direção à silhueta envolta em branco, quase como se vestida de bruma. Filetes brancos fluem de seu chapéu de abas largas, das mangas e saia esvoaçantes, enroscando-se nas pernas. Mastigo os restos do dān, engolindo-o para conseguir falar.

— Você é a Eremita? — pergunto, me aproximando com hesitação.

Ela se vira, o véu lhe obscurecendo as feições. A flauta cai de seus lábios, e, mesmo assim, a melodia fantasmagórica ainda ecoa. Ela ergue a mão e levanta o véu do rosto, revelando olhos escuros de cílios longos. Uma mulher da idade da minha mãe. Feições delicadas, pele clara, boca carnuda. É linda de um jeito desbotado, como se pertencesse a uma época longínqua.

A mulher me examina. Sinto que é um ser de grande poder. Um eco de sua essência pulsa na árvore atrás de mim, uma teia de magia a conectando a cada um daqueles pássaros. Ela também controla o nevoeiro, obscurecendo parte da montanha.

Faço uma mesura.

— Meu nome é Zhang Ning. Venho da província de Sù. — Mantenho a cabeça baixa enquanto falo, esperando que ela veja a importância do meu apelo. — Vim pedir sua ajuda em um assunto sério.

Sinto mãos tocarem meus braços, me endireitando até ficar de pé.

— Que peculiar, Ning de Sù. — Um sentimento familiar... de ser observada, avaliada. — Parece que você foi tocado por cada um dos deuses...

Ela levanta meu queixo com a mão fria, inclinando minha cabeça para trás, como se estivesse à procura de um segredo contido ali dentro. Em seus olhos, vejo as ondas quebrando na praia, o movimento constante das marés.

— A magia de Shénnóng, evidentemente — continua ela, e uma vez mais o perfume de flores faz cócegas em meu nariz; em resposta, o furor da magia dentro de mim volta à vida. Semelhante atrai semelhante. — E ainda assim... — Sua mão toca meu cabelo, e então, quando ela a afasta, está segurando uma pena. — A marca da deusa também está em você. A Senhora do Sul. — Ela deixa a pena cair, e o vento a leva, soprada para longe.

"Você encontrou aqueles que carregam a marca do Tigre Preto. — Linhas aparecem em seus braços, os padrões semelhantes àqueles treinados em Wǔlín. — Yěliǔ também. Você estava lá. — Ela parece ver tudo. No interior de seus olhos, labaredas dançam. Reconheço o braseiro do fogo sagrado. O que deveria permanecer aceso, mas virou cinzas, pois Yěliǔ não mais existe."

— Conheci seu aprendiz — digo a ela. — Wenyi.

Ela baixa o olhar. A névoa umedece minhas bochechas, como se o próprio ar chorasse com ela.

— Senti sua presença se afastar da terra a uma grande distância. Senti que você estava lá também, no momento de sua passagem. Acho que você talvez tenha lhe oferecido algum conforto nessas horas finais.

Sufoco uma repentina onda de tristeza quando a lembrança das masmorras me assalta. As paredes de pedra úmida ao nosso redor, as barras que me separavam do jovem que eu deveria ter sido capaz de salvar. Um fracasso para com os ensinamentos do meu pai. Uma das muitas mortes em meu rastro, para nunca mais ser esquecida.

— Sim, a morte deixa uma marca — sussurra ela, como se ouvisse meus pensamentos. — E você ainda é tão jovem...

— Estou aqui para salvar minha irmã — revelo.

A Eremita se vira então, o véu roçando delicadamente meu rosto.

— Venha comigo.

Ela leva a flauta de volta aos lábios, lançando aquela doce melodia triste até o outro lado do desfiladeiro. Os pássaros saltam do cânion, incontáveis deles. Seus corpos formam uma ponte, atravessando o desfiladeiro até o desconhecido, envolto em névoa. O caminho muda e dança acima do imenso vazio. Um passo errado e eu poderia facilmente despencar.

Ela deixa a rocha e pisa na ponte de pássaros, e sei que tenho de segui-la.

Os pássaros se movem sob meus pés, mas sustentam meu peso, então não sou arremessada contra as rochas abaixo. Eu me lembro de uma velha lenda sobre um malfadado caso de amor. Uma mulher que vivia entre as estrelas e o homem que ansiava por ela da terra. Podiam se encontrar apenas uma vez por ano, quando as estrelas se alinhavam e uma ponte de andorinhas os unia.

— Ah, isso foi há muito tempo — diz Eremita. Mesmo que eu a veja à frente, sua voz soa como se falasse ao meu lado. — Muitas das lendas já tiveram formas humanas. Foram humanas uma vez...

Não sei bem o que ela quer dizer. Talvez conhecesse o pastor e a tecelã. Eu me pergunto se eles se tornaram deuses, à deriva em algum lugar no infinito mar estrelado.

A silhueta de outro penhasco se ergue diante de nós, e então estamos fora da ponte oscilante e de volta à rocha sólida. Olho para trás e vejo apenas o desfiladeiro vazio. Os pássaros se foram. Eu me viro e um pavilhão de pedra emergiu da névoa. A neblina continua espessa, silenciando tudo ao nosso redor. Uma árvore cresce no centro da pedra, seu dossel como telhado, o tronco velho e retorcido. Ao lado, há uma mesa circular de madeira esculpida em uma seção da árvore, as espirais e tons dourados capturados na superfície lisa. A base ainda mantém o padrão da casca. Quatro bancos de pedra a rodeiam. Em cima da mesa, um jogo de chá.

Meus pés sobem os degraus que levam ao pavilhão, e à direita ouço o gorgolejar de água. Olhando por cima da borda, vejo pilhas de rocha. Uma cachoeira desaguando em um lago escuro. Formas nadam sob a água, um vislumbre de vermelho e branco. Carpas. Mas sinto um peso no estômago ao me lembrar do peixe vicioso que quase nos dilacerou no Reino das Sombras. Estendo o braço e toco o parapeito de pedra, hesitante. Parece sólido, as bordas ásperas das folhas e flores esculpidas contra minhas palmas.

— Bebe comigo? — pergunta a Eremita, e me volto para ela. A mulher tira o chapéu e o coloca na beirada da mesa. Seu cabelo está preso de modo displicente, afastado do rosto, caindo sobre as costas em um fluxo escuro. Eu me sento de frente para ela, observando-a enquanto prepara o chá.

Muito do nosso dia a dia pode ser medido em xícaras de chá. É com uma dessas que acordamos pela manhã, que recebemos nossos convidados, que acompanhamos as refeições. Que os pacientes do meu pai e os patronos da minha mãe lhes agradeciam pelo trabalho feito.

Levo a xícara ao nariz. A fragrância que me atinge é levemente verde, como o cheiro de folhas de chá colhidas ainda molhadas com o orvalho da manhã. Tem um sabor delicado e frutado na língua, entremeado com uma essência de esperança. A magia explode dentro de mim e, em resposta, uma dor aguda rasga meu antebraço. A xícara cai da minha mão, pousando na mesa com um baque.

Suspiro um pedido de desculpas, mas a Eremita já está ao meu lado, rápida demais para que eu a visse se mover. Ela agarra meu punho com uma força sobre-humana, correndo a ponta do dedo por meu braço. Onde seu toque roça a cicatriz ainda recente, a pele queima.

— Quase não vi — murmura. — Uma velha magia, algo que não encontro há muito, muito tempo...

Ela estuda a cicatriz e, em sua mão, vislumbro o brilho de uma lâmina.

— Isso vai doer. — Ela me avisa.

A faca rasga minha carne antes mesmo que eu tenha chance de gritar.

Capítulo Trinta e Três
Ning 寧

A CICATRIZ ESTÁ ABERTA. MAS NENHUM SANGUE BROTA COMO imaginei. Em vez disso, há apenas um buraco profundo. A dor ainda persiste, mas, ao fundo, há a impressão de algo se movendo sob a pele, aquela sensação horrível e enervante que experimentei repetidas vezes.

Os dedos da Eremita mergulham na ferida aberta, e tenho de desviar o olhar enquanto a bile me sobe à garganta, minha visão escurecendo. Sinto uma pressão, algo ainda tenta se agarrar a meu braço, e estou ciente de cada puxão na luta para arrancar aquilo do meu corpo. Então, enfim, estou livre.

Eu me forço a dar meia-volta. Em meio às lágrimas, vejo uma forma sombria se contorcendo. É uma centopeia, venenosa, suas muitas pernas se movendo no ar. Sua cor é um vermelho profundo e escuro, como se estivesse se banqueteando com meu sangue todo esse tempo. A repulsa me sobe mais uma vez à garganta enquanto a Eremita balança o corpo rechonchudo da criatura na ponta dos dedos.

— Esta criatura se alimenta da força vital dos vivos — explica suavemente, como se não passasse de uma praga doméstica comum. — Mas adora o sabor da magia. Ela o saboreia.

— É o que estava nos tijolos de chá envenenados? — pergunto.

— Similar — responde ela. — Todas essas abominações carregam uma parte da serpente. Uma gota do veneno que escorre de suas presas. Você simplesmente bebeu direto da fonte.

Um tipo diferente de magia. A coisa se debate na mão da Eremita, tentando se enrolar em si mesma, se contorcendo. Sinto outro clarão de sua magia, e filamentos rubros, como seda, se desenrolam do corpo da centopeia, até que ela murcha em uma casca e para de se mexer. Com um aceno da outra mão, a brisa leva a carcaça, espalhando-a em pó. Os fios de magia vermelha também se dissipam ao vento.

— A serpente não será mais capaz de segui-la. — Ela serve outra xícara de chá e a esvazia, em seguida faz uma careta, como se o gosto tivesse sido afetado.

— Aquilo era um pedaço da magia da serpente *dentro* de mim? — Sinto um arrepio na pele, como se ainda pudesse sentir sua presença. Fui mordida pelas presas da cobra quando estava no sonho de Shu... Deve ter sido quando ela me infectou com seu veneno. Deve ter sido essa a razão para o demônio me pressentir toda vez que eu usava minha magia, como os soldados das sombras sempre sabiam onde eu estava. A Eremita assente, confirmando minhas suspeitas como se eu as houvesse pronunciado em voz alta.

— Obrigada — agradeço a ela. — Posso, por favor, saber seu nome? Para que eu saiba como me dirigir a você.

— Você pode me chamar de Lady An. — Ela inclina a cabeça. Com um gesto, coloca o chapéu de volta na cabeça, o véu mais uma vez caindo sobre o rosto e os ombros. — Venha comigo e vamos limpar e enfaixar esse ferimento.

Eu me levanto e a sigo. Lady An me conduz por um caminho que se curva ao redor do pavilhão de pedra. Um pouco mais adiante, chegamos a uma estrutura de treliças à direita, quase cedendo sob o peso de cabaças de vários tamanhos, coberta por trepadeiras. À esquerda, há outro denso emaranhado de vegetação, algo que eu não julgaria capaz de crescer tão alto nas montanhas. A névoa ainda paira ali, se infiltrando através das mudas verdejantes. Um lugar selvagem, como se outrora alguém tivesse vivido ali e deixado a natureza reclamá-lo.

Lady An se abaixa e pega uma foice grande e curva apoiada em uma árvore. Passa sob a treliça e corta uma cabaça, que me entrega para que eu a carregue. Ela também corta os brotos de algumas vinhas, deixando-os cair em uma cesta a seus pés. Em seguida, pega a cesta e entra em um exuberante jardim de ervas que se estende além da treliça. As ervas crescem tão densamente que roçam suas panturrilhas, chegando quase aos joelhos. Com mãos experientes, ela puxa e arranca o que precisa, e a terra cede as plantas de bom grado.

Outra estrutura se ergue à frente. Uma cabana de bambu com uma cozinha improvisada construída ao lado. Há uma prateleira na lateral da cabana, um fogão de tijolos e uma grande mesa de madeira no centro da plataforma. A Eremita levanta uma placa de madeira encostada na parede e a coloca sobre a mesa. Afia um cutelo contra uma pedra e depois o usa para cortar as folhas sobre a tábua. Os pedaços são então jogados em uma tigela de pedra, e, usando um pilão, ela os amassa até que virem uma pasta. Lady An gesticula para que eu estenda o braço, e obedeço.

Com cuidado, ela sela a ferida com uma fina camada do emplastro verde. Abaixando a cabeça, ela sopra suavemente, e sinto uma sensível diferença. Aquele formigamento em minha pele que comprova a infusão da magia. Usando uma longa tira de tecido, Lady An aperta o cataplasma contra minha pele e o amarra com um nó. Mexo os dedos. Tudo ainda está funcionando como deveria.

— Você sabe como usar uma faca na cozinha? — pergunta. Respondo com uma afirmativa. Fui criada para ajudar nas tarefas da casa. Fiquei encarregada de diversas incumbências desde que era jovem e capaz de caminhar: pegar lenha para o fogão, preparar ingredientes para o boticário ou ajudar com a refeição da noite. Ela me entrega outro bloco de madeira para usar como tábua de corte, me instruindo a picar a cabaça em pedaços.

Ao abrir a cabaça, o miolo verde-pálido e as achatadas sementes brancas me fazem reconhecê-la como um melão de inverno. Eu o corto em quadrados largos como peças de prata. Lady An volta com um pote de barro para eu colocar os cubos, depois os salpica com ervas aromáticas, dentes de alho amassados e fatias de gengibre. Quando olho em volta, vejo os sinais de uma cozinha bastante usada. Utensílios pendurados estrategicamente nas paredes. Pimentas e dentes de alho secos pendem do telhado, parecendo enormes buquês brancos e vermelhos. Ela me passa feijão verde para descascar enquanto trabalha no conteúdo de outro pote de barro. Quando levanta a tampa depois de um tempo, sinto o cheiro forte de molho de soja, óleo de gergelim e manjericão. Sanbeiji.

Minhas mãos se mantêm ocupadas enquanto Lady An me manda mexer isso ou cortar aquilo, mas meu pânico cresce, ciente de que tenho muitas perguntas que preciso lhe fazer. Se ela é, de fato, a shénnóng-shī da lenda, aquela que alertou o imperador para a escuridão iminente. Se ela poderia nos ajudar, naqueles tempos sombrios, a evitar o despertar de um antigo deus. Mas não parece haver nunca um momento apropriado para conversar enquanto a refeição fica pronta ao nosso redor.

A mesa está limpa, os talheres, prontos. Os potes borbulhantes são colocados no tampo, e nós comemos. O que pensei ser sanbeiji é, na verdade, feito com pedaços carnudos de cogumelos-ostra, ensopados em denso molho salgado. Há uma doçura na sopa, um bom contraponto ao picante do feijão-verde. Provo um pouco da comida, mas, como estou ciente da passagem do tempo, sei que tenho de falar, mesmo que possa ser considerada insolente e desrespeitosa.

— Peço desculpas, Lady An. — Pouso meus pauzinhos. — Agradeço sua hospitalidade, mas gostaria de falar sobre a razão pela qual perturbei seu descanso.

Ela bebe seu vinho adoçado, que eu recusei porque quero me manter sóbria. Não sei que tipo de desafio ela pode apresentar para que eu receba sua assistência, e preciso permanecer alerta.

— Me permita contar uma história sobre a serpente que a marcou com seu veneno — diz Lady An. Ela toma outro longo gole do vinho de ameixa, e, ao erguer o olhar, vejo a lua refletida em seus olhos. Com um sobressalto, também ergo o olhar para o céu. Quando a lua nasceu? E como está tão brilhante e cheia? Sinto um lampejo de alarme. Quanto tempo se passou? E se o chanceler decidiu que fugi e está prestes a executar Shu e Irmão Huang?

— Não se preocupe — me tranquiliza ela, interpretando minha agitação. — Temos tempo ainda, prometo a você.

Eu me forço a ficar quieta e ouvir. O que é o fluxo do tempo para alguém que pode invocar tamanha magia? Preciso ser paciente.

— Você conhece a história da serpente, como foram necessários os esforços de todos os deuses para contê-la. — Ela continua quando assinto. — Cada um deles ofereceu um componente do próprio poder. De Shénnóng, uma escama de prata. Da crista de Bi-Fang, uma pena. Uma garra do Deus do Trovão e o casco de Bìxì. A pena viajou uma grande distância e atraiu a serpente para o alcance do restante. O casco a prendeu, de modo que ela não poderia usar os poderes elementais para se libertar de suas amarras. A escama pousou na fonte de sua magia e a selou para que a serpente ficasse presa na forma humana. Finalmente, usando a garra do tigre, eles lhe arrancaram o olho esquerdo, e o Dragão de Jade o jogou no Mar Oriental. Eles removeram seu fêmur, moldaram-no em uma espada e a esconderam nas montanhas. Por fim, arrancaram seu coração, que afundou nas profundezas de um lago, onde permaneceu intocado por muitos anos.

Uma história familiar, mas, cada vez que a ouço, surgem detalhes diferentes.

— Conheça e se lembre de seu nome — diz ela. — Gongyu.

Repito, reconhecendo o peso por trás da palavra.

— A espada de osso acabou sendo encontrada e derramou um rio de sangue por todo o império antes de ser subjugada e escondida novamente. O povo do norte construiu uma torre para conter seu terrível poder — continua Lady An. — O coração de cristal foi encontrado quando os humanos começaram a edificar seus assentamentos, a construir barragens e desviar rios. Foi parte da fundação de Dàxī, sim, mas também resultou no massacre de inocentes. Gongyu apareceu como uma visão corruptora, assumindo a forma da Serpente de Ouro. Ela tentou atrair outros para concluir seu plano. Foi quando fui chamada. Roubei o coração da corte e me perguntaram se eu estava disposta a deixar o mundo humano para trás. Este é o preço de se tornar sua guardiã.

A mulher eterna me olha com grande seriedade.

— Mas, agora, os ventos mudaram mais uma vez a favor da serpente. O olho de jade foi encontrado, e os sussurros insistentes de Gongyu guiaram aquele que o carrega até a espada de osso. Agora ele precisa do coração de cristal para ascender mais uma vez, além de consumir mil almas para retornar a sua forma humana. A mesma magia vil que uma vez lançou para caminhar pela terra.

Percebo o que aquilo significa. O que devo pedir a ela. O custo de salvar minha irmã.

Lady An sorri.

— Disseram-me para esperar até que chegasse a hora, até que a pessoa certa fizesse as perguntas certas...

"Estive esperando por você, Zhang Ning... por muito, muito tempo."

Capítulo Trinta e Quatro
Ning 寧

— Por que você me acolheria? — pergunto a Lady An. Sei que ela está ciente do que venho lhe pedir. A mesma coisa que protege, que pode resultar na ruína do mundo.

Ela balança a cabeça, ainda sorrindo.

— Você não entende. Cabe a você levá-lo.

— Por quê? — pergunto, horrorizada só de pensar. Como eu poderia sequer carregar este fardo? Ser tão egoísta a ponto de pegar o coração e entregá-lo ao chanceler apenas para salvar minha irmã e eu, mas condenar o restante do mundo?

— Você é alguém que não está exatamente neste mundo, tampouco fora dele — explica a Eremita.

Ela fala em enigmas, e não consigo acompanhar.

— Suponho que agora, com os deuses ausentes do mundo por tanto tempo, seu conhecimento esteja desaparecendo rapidamente — continua Lady An, com um suspiro. — Os monges se refugiam em seus mosteiros, limitando aqueles dispostos a estudar em suas academias. Eles se escondem atrás de seus altos portões, isolando-se do restante do império. Acreditam ser representantes dos deuses e ainda assim negligenciam seu dever para com as pessoas que deveriam proteger.

— Você ouviu o chamado dos deuses e lhes respondeu... É uma deusa então? Uma imortal? — pergunto. — Poderia voltar para o mundo humano a fim de lutar contra Gongyu?

— Os deuses compartilharam comigo apenas um fragmento de seu poder, mas, quando lutaram contra Gongyu, perderam muito. —

Ela vira o rosto em direção à lua novamente e os cantos de seus lábios se curvam com tristeza. — Não sobrou muito. O coração de cristal mantém este lugar, e, quando ele se for, também irei.

— Mas... Não posso... — Se salvar uma pessoa significa a morte de outra, como posso justificar aquilo? Qual é o valor de uma vida, mesmo que voluntariamente dada?

— Você deve! — Sua voz vibra com poder. — Quando Yěliŭ caiu, eu senti. Quando Hánxiá foi corrompida, também senti. Uma grande dor. Cada vez que o veneno se espalha, a terra fica mais fraca e o domínio dele se torna mais forte. Gongyu está esperando há muito tempo.

— E se... E se for eu a ficar aqui? — Proponho a única opção que tenho, a única alternativa que posso oferecer. — E se você voltar ao mundo humano em meu lugar? Me deixe guardar o coração em vez disso. — Com tanto poder dentro de si, ela é mais forte que eu e pode deter Gongyu.

Lady An joga a cabeça para trás e ri.

— Ah, criança — diz, bem-humorada. — Não sabe que coisa preciosa me ofereceu, mas não deveria carregar este fardo. Você pode desejar uma vida de isolamento, acreditando que lhe trará paz, mas a magia que mantém este lugar de pé já está se desfazendo. Mesmo se eu quisesse passar o posto para você, não poderia fazer isso, e não desejo tal destino a ninguém.

— Mas... — Não consigo suportar esta decisão. — Tudo o que quero é salvar minha irmã. Quero que ela seja capaz de comungar com Shénnóng como já fez um dia. — A magia ausente, o vazio insuportável dentro de Shu. Quero que tudo volte a ser como antes. Eu quero o impossível.

Lady An balança a cabeça.

— Você não entende? A magia não pertence a Shénnóng. Não é exclusiva de um deus ou de outro. Esses são termos humanos, regras humanas. Toda magia é igual. Apenas moldada pelo receptáculo.

Eu me lembro da pena que apareceu do nada em nosso momento de necessidade. As asas de fogo.

— Você vai descobrir uma maneira de salvá-la — assegura Lady An. — O vínculo familiar é uma espécie de magia única. — Ela se

levanta, cambaleando um pouco, as bochechas coradas pelo vinho.
— Venha comigo. A lua está brilhante esta noite.

O solo desce à medida que caminhamos pela trilha ligeiramente inclinada para além da casa de bambu. Há um lago ali atrás coberto de lírios d'água. As folhas redondas flutuam serenamente, flores balançando na brisa. Curvando-se, Lady An extrai com delicadeza uma ninfeia murmurando uma palavra de agradecimento. As outras flores fazem uma mesura em resposta. Com o lírio na mão, a Eremita caminha até uma pequena parede de pedra coberta de hera, e ali, nas sombras, está a abertura de uma caverna.

— Pergunto a você, Ning de Sù. — A maneira como ela pronuncia meu nome parece reverberar dentro de mim. Como se ela estivesse me pedindo para fazer uma escolha capaz de alterar o destino de todos em Dàxī. Como se eu já não estivesse respondendo a uma pergunta sobre meu próprio destino ou mesmo sobre o destino da minha família. Diz respeito a todos que conheço, a todos que amei e perdi, a todos que salvei e a todos com quem falhei. — Fará o que lhe é exigido, mesmo que o caminho à frente seja incerto?

Em sua mão, ela segura a flor.

Suas palavras me dão esperança. Lady An diz que há um caminho a seguir, onde posso encontrar o que procuro.

— Sim — sussurro. Se é o que os deuses me pediram, então é o que vou fazer. Lady An ofereceu a vida em sacrifício, anos de espera, enquanto todas as pessoas com quem se importava desapareceram de seu convívio. Posso fazer o mesmo.

— A caverna vai tentar falar com você, mas ignore as vozes, mesmo que soem familiares. Você encontrará um lago no centro, onde o coração reside. Pegue-o. — Ela bafeja um sopro de magia na mão. O poder se transforma em uma bola, brilhando com uma luz sobrenatural. Com um gesto, ela o acomoda na flor totalmente aberta do lírio d'água, onde passa a emanar um brilho cor-de-rosa. — Chame-o pelo nome, e o coração responderá.

Gongyu. Até mesmo pensar no nome parece fazer o ar ao meu redor estremecer. Ela me oferece a flor, e eu a aceito com as mãos em concha. Está quente, mas não insuportável. Um calor agradável.

Eu a carrego comigo para a escuridão da caverna, para o que quer que me espere em suas profundezas.

Sigo o caminho até o interior da caverna. A trilha me leva mais fundo, o solo em declive. Olho para trás, para a silhueta de Lady An emoldurada pelo luar, e aquilo me dá forças para continuar. Não demora muito até que a luz da abertura não mais me alcance, e apenas o brilho da flor em minhas mãos ilumina o caminho à frente. As paredes da caverna estão molhadas pela umidade, e as pedras sob meus pés, escorregadias. Ouço o gotejar de água a distância. Ergo a flor contra as rochas, e a luz reflete em algo cintilante dentro da pedra.

Continuo a descida, e o caminho se estreita até que sinto como se estivesse sendo sepultada, a terra pesada sobre mim. Minha respiração começa a condensar no ar, e minha túnica de repente parece fina demais para o frio que emana das paredes. A pedra ao meu redor parece mudar de cor, o brilho mais pronunciado, até se transformar em cacos de cristal embutidos na rocha, alguns do tamanho do meu antebraço, outros do tamanho do meu punho. Muitas superfícies reflexivas capturando a luz de maneira estranha.

Capto um movimento pelo canto do olho.

Eu me viro e não vejo nada além de pedras brilhantes. Mordo o lábio e continuo andando, agora mais rápido.

Então ouço sussurros. Mais movimento, um alvoroço na altura dos olhos, mas, quando olho, vejo apenas meu próprio rosto me encarando de volta, refletido no cristal. O som de choro ecoa pelo túnel, em seguida... o canto de uma oração. As vozes saem da pedra, soando mais altas quanto mais avanço.

— Mãe?
— Sinto muito...
— Eu não sabia!
— ... não é minha culpa...
— Me perdoe!

Alguém recita um trecho de poesia. Uma mulher cantarola uma estrofe de uma música.

Neste lugar só há fantasmas.
Quem está preso aqui? É real ou imaginário?
Na pressa de chegar ao centro da caverna, meu pé escorrega em uma saliência da pedra, e me apoio contra a parede. É mais afiada do que imaginei. Minha mão sai ensanguentada.
— Ela está viva?
— Ela está viva!
— Salve-nos!
— Ajude-nos!
A luz revela formas humanas por trás dos brilhantes cristais translúcidos. Punhos e mãos abertas socam as paredes, que tremem e vibram com a força dos golpes. Começo a correr. As vozes me seguem, me implorando para ouvir, implorando por salvação. Continuo correndo e me lembro de tudo o que sou. Tocada por muitos deuses. Destinada a mais. Ning. Irmã. Filha. Amiga.

O túnel diante de mim se alarga em uma caverna não muito maior que a casa da minha família. Há um lago no centro, como Lady An prometeu. Paro na beira da água e a flor se ergue das minhas mãos. Observo, maravilhada com a visão. A flor paira até o meio do lago e desce até encostar na superfície. As pétalas começam a cair, uma a uma, mergulhando na escuridão. Até que a luz remanescente também afunda e desaparece.

Minha vez agora.

Hesitante, mergulho a mão no lago e sou recompensada com uma sensação de *frio*. Um frio insuportável. Minha mão fica dormente com tamanho gelo. Eu me forço a enfiar o braço ainda mais fundo, e sinto como se a água me devorasse a pele, até que meu braço parece um nervo exposto.

Você é fraca. Você não é suficiente. Renda-se. As dúvidas voltam, remoendo os recônditos da minha mente. *Desista. Deite-se aqui. Deixe as paredes a consumirem. Torne-se um dos espíritos. Apenas feche os olhos. Deixe o restante do império queimar. Deixe tudo sucumbir à serpente. O chanceler vai sorrir por trás do general no trono do dragão. Ele obrigará todos a obedecer.*

As vozes de todos aqueles aprisionados na caverna se elevam em uma cacofonia. Tanta raiva, desejo, luxúria, orgulho. Vizinhos matando vizinhos. Irmãos roubando irmãos. Pessoas trapaceando. Mentindo. Nas provas para shénnóng-shī, exaltamos as virtudes, mas aqui... Este lugar é um altar para todos os vícios.

Sou tomada por uma raiva profunda e fervilhante. Mereço ser aceita. Mereço me livrar deste reino de pesadelos. Nunca se lembram de mim durante as horas de vigília. Eles me amaldiçoam, amaldiçoam meu nome. Enquanto outros obtêm santuários, devotos, são adorados por seus muitos seguidores. Quando chegará minha vez?

Preciso de todas as minhas forças para não me afastar da água, para me libertar da dolorosa saudade, das emoções tão humanas exibidas por um dos deuses. Ele deseja ser celebrado. Quer ser amado. Quer vagar por um mundo de cores. Quer sentir, provar, cheirar, ver. Não mais se satisfaz com tão pouco da experiência terrena. O que ele deseja, acima de tudo, é ser pleno e total e completamente humano, algo fora de alcance, e está disposto a tomá-lo à força, se necessário.

O orbe brilha sob a superfície. A água se move como se tivesse vida própria, deslizando por meu braço, em direção ao ombro, subindo pelo cabelo. A coisa se lembra do meu medo de água, tendo crescido longe do mar, e da vez em que caí na fonte — a sufocante dor quando a água inundou meus pulmões, boca e nariz e me sufocou. Mas não posso ter medo.

Pegue-o.

Respiro fundo e mergulho a cabeça na água. O choque térmico me oprime. Forço meus olhos a se abrir, mesmo enquanto todo o meu corpo é sacudido por arrepios. Sob a água, a luz de algum modo é mais brilhante. O peso da água me puxa para baixo, e abro os braços e as pernas. Eu deveria flutuar, mas, em vez disso, afundo mais ainda no azul-pálido. Acima de mim, não há nada além de trevas.

Escuridão acima, fulgor abaixo.

As pétalas flutuam ao meu redor, suspensas na água.

— Quando a Serpente de Ouro enfim caiu do céu, seu sangue salpicou os lagos e lagoas de Dàxī como chuva — murmuro para mim mesma, me lembrando de que lírios d'água nascem do sangue da serpente. São uma parte de Gongyu, mas também falam comigo. Todas apontam para onde a luz incide, bem no fundo do lago. Onde o orbe de cristal repousa, emitindo luz própria. Estico a mão e envio um fiapo de magia junto com um nome. *Gongyu.*

A água se aquece ao meu redor, ondulando. O orbe queima com uma luz brilhante e flutua em minha direção até que consigo agarrá-lo.

Os *wǔlín-shī, enredei, marionetes seguindo minhas instruções. Vão garantir que meu plano se realize.*

O chanceler, dobrei a minha vontade. Por meio dele, alcançarei o auge de minha forma humana. O ápice da existência.

Alcançarei a perfeição.

Meio humano, meio deus.

Levanto a cabeça para fora da água e descubro que estou ajoelhada no fundo do lago. A profundidade não passa da altura do joelho. Ao meu redor, as paredes brilhantes da caverna agora estão escuras. As sombras não estão mais do outro lado.

— Está na hora... está na hora... — Ouço os gritos abafados de quaisquer espíritos ou memórias aprisionados naquela caverna se calarem. Os sonhos e pesadelos que mantinham o lugar de pé finalmente libertados.

Quando saio da caverna, está nevando. Grandes flocos caem do céu, pousando em meus ombros, nas pedras e plantas ao redor. Lady An espera por mim no início do caminho, ao lado da casa de bambu. A bela mulher de feições ainda jovens agora se foi. Tornou-se macilenta e pálida, o rosto enrugado e abatido. Mas o sorriso que abre é genuíno e despreocupado. O cabelo branco cai sobre seus ombros, macio e fino.

Não desejo aquilo. O fardo pesado e brilhante em minhas mãos. Não quero nenhuma parte daquele tesouro. Estou repleta do mais amargo arrependimento.

— Não é uma coisa ruim, tal desejo — argumenta ela.

— Como seremos capazes de derrotá-lo se ele tiver isto? Quando voltar, quando recuperar totalmente seu poder? — pergunto a ela.

— Ele deseja ser humano. Deixe-o... *se deliciar* — responde Lady An, de modo sonhador.

Mas não entendo. Por que lhe *devolveríamos* seu poder?

Lady An fica mais pálida, o cabelo prateado agora, como se iluminado pela lua. Sua pele ganha um tom translúcido, até que consigo enxergar as árvores através dela.

— Você estava disposta a desistir da própria vida por sua irmã, e sinto o poder do amor guardado dentro do seu coração pulsante. Ser humano é ser vulnerável. Ser humano é ter mais poder do que os deuses jamais empunharão, Ning. Nunca se esqueça disso.

— O quê? — pergunto novamente. — Como? Preciso que você me ensine!

— Use o que os deuses lhe deixaram. Lembre-se, as relíquias contiveram Gongyu uma vez. Dê a ele o que ele quer...

Lady An aperta minhas mãos, o mais breve roçar de afeto, e então ela se foi.

Capítulo Trinta e Cinco
Kang 康

A NÉVOA SE ALASTROU, DENSA E RÁPIDA, E TODOS DESAPARECEram em seu interior. Ning. Badu. Ren. Até que Kang se flagra vagando sozinho em um mundo de silhuetas mutáveis. Aquilo o lembra do lugar horrível que Ning chamou de Reino das Sombras. Onde ele viu uma abominação que nunca deveria ter existido e um homem envelhecer diante de seus olhos.

Kang continua a chamar pelos companheiros, mas está cercado de árvores e rochas. Não consegue encontrar a beira do penhasco, que o levaria de volta à estrada, nem os cavalos. Está sozinho na montanha, apenas com seus pensamentos, e se dá conta de que é má companhia.

Tem muito tempo para alimentar dúvidas. Kang provou seu valor para o povo de Lùzhou. Conquistou seu respeito. Deixou Lùzhou acreditando na causa do pai; mesmo que não concordasse com seus métodos, ele sabia que sacrifícios tinham de ser feitos pelo povo. Mas ao ver ele mesmo os efeitos daqueles sacrifícios... Já não tinha mais tanta certeza. Como poderia justificar o uso de um veneno que não só destruía o corpo, mas também a mente?

Kang poderia encarar seu amado professor se fosse capaz de libertá-lo da influência do chanceler? Poderia olhar Professor Qi nos olhos e lhe dizer que seguiu seus princípios, se tornou digno do Tigre Preto?

Tendo perdido toda a noção de tempo e direção, Kang fica aliviado quando finalmente vê o salgueiro. Ansioso, corre em direção à árvore.

Uma rajada repentina quase o derruba, e ele observa, perplexo, quando o vento desnuda os galhos. Ele é engolfado por centenas de tiras de papel portadores dos desejos de todos que vieram antes dele, como o bater das asas de mil pássaros. Alguns pedaços de papel cortam sua testa, e ele ergue o braço para proteger os olhos.

As tiras são varridas pelo vento, engolidas pelo desfiladeiro, levando o nevoeiro com elas. Quando Kang deixa cair o braço, vê uma figura ajoelhada debaixo da árvore. O salgueiro estremece, galhos escuros contra o branco do céu. Antes, a árvore estava coberta por uma cortina de verde. Agora parece quebradiça, chorando folhas marrons e deformadas.

Ele dá um passo hesitante para a frente, e um galho estala sob seus pés. A figura ergue o olhar e é Ning. O rosto coberto de lágrimas. Kang diminui a distância entre eles. Em suas mãos, ela segura uma esfera luminosa do tamanho de um ovo.

— A Pérola que Ilumina a Noite — sussurra Kang. — Você a encontrou.

Ela assente.

— Como você...

Ning se esforça para se levantar, e ele a ampara. Ela parece perdida e cansada, como se achar aquele tesouro tivesse cobrado um alto preço de seu corpo.

— Por quanto tempo estive fora? — pergunta ela, a voz rouca.

— Uma hora, não mais que duas — responde ele. É fim de tarde, a julgar pela posição do sol no céu.

— Ótimo. — Seus ombros relaxam de alívio. Ela lhe entrega o orbe, como se não pudesse suportar a visão da relíquia. — Você pode tirar isso de mim?

Kang pega a mochila, de onde puxa um pedaço do tecido enrolado nos frascos de remédio. Ele envolve o orbe no tecido até que o brilho se apague e, com cuidado, o coloca na bolsa.

— Não guarde o remédio — pede Ning. — Você está sangrando.

— Não é nada — diz ele, levando a mão à testa. Os dedos se tingem de sangue. — Foram os desejos.

Quando as palavras saem de sua boca, Kang se dá conta de que disse algo peculiar e, quando Ning o encara, percebe que ela pensa o mesmo.

Ela sorri por um instante.

— Foi um dia estranho, de fato.

Ele se senta em uma pedra achatada, e ela se agacha ao seu lado, de modo que estão se olhando, olhos nos olhos. Salpicando o pó analgésico na mão, ela o deposita nos pequenos cortes de papel. Dói apenas um pouco. Ele observa o cuidadoso processo e sente aquele forte magnetismo em seu peito outra vez. Aquele desejo insuportável e doloroso. Mas então Ning se afasta e a conexão se quebra.

Ele precisa perguntar.

— Você encontrou a Eremita?

— Sim, encontrei — responde ela, e aquele ar perdido retorna a seu semblante. — Do outro lado do desfiladeiro.

Kang olha para a beirada do penhasco. O outro lado é uma extensão de provavelmente um quarto de lĭ, uma distância impossível até mesmo para um cavalo saltar. Mas não duvida de Ning; ela desapareceu e reapareceu diante de seus olhos, levada e devolvida pela bruma.

— Ela está morta — revela a garota. Kang não sabe o que dizer para confortá-la, sequer sabe se é o que Ning deseja. Em vez disso, ela o encara outra vez, emoção velada se infiltrando em sua voz. — Sabe o que vai acontecer quando você der a Pérola que Ilumina a Noite a *ele*.

Não é uma pergunta. É uma declaração.

— É um símbolo — explica Kang. — Da reunificação do império. De quando o Primeiro Imperador conseguiu unir os povos pela primeira vez, e voltará a acontecer.

Ning ri, mas é um som frágil.

— Foi o que o Chanceler Zhou lhe disse? O orbe não é um mero símbolo. É uma grande fonte de magia.

Um símbolo. Uma fonte de magia. Poderia ser os dois. Tudo o que sabe é que aquilo significa que mais pessoas vão morrer para garantir o trono de seu pai.

Você consegue suportar o peso disso?

— E se... fugirmos com o orbe? Se o escondêssemos, encontrássemos uma maneira de enganar o chanceler? — pergunta Kang.

— Faria isso? — Ning retruca. Dói, a dúvida em seu tom, mas Kang tem se oposto a ela a cada passo. Demorou muito a acreditar em Ning. Seu questionamento é justo.

— Você me mostrou o que havia do outro lado. O que aconteceu com as pessoas envenenadas — argumenta ele. — Centenas de pessoas mortas. Outras centenas vivendo naquele estado atormentado. Acredito realmente que meu pai está sob a influência do chanceler, que deve estar controlando sua mente de alguma forma também. Ele não tem sido o mesmo desde que minha mãe morreu, e o chanceler parece muito ansioso por alimentar seu desejo de vingança.

Os dedos de Ning de repente se cravam em seu braço com tanta força que talvez deixem um hematoma. Ela está muito perto.

— Você quer salvar seu pai e eu quero impedir que o chanceler complete seu plano — diz ela. — Já me ajudou antes... Preciso lhe pedir que o faça novamente. Porque tenho de acreditar que você quer o melhor para o *povo* do império, não apenas para o próprio império.

— Suas palavras são ferozes, proferidas com uma intensidade que o atinge em seu âmago.

— Quero ajudar as pessoas — responde ele. — Mas não posso fazer isso sem saber o que você sabe. Vai me contar?

Seu pai o manteve permanentemente no escuro. Tentar descobrir a verdade é como se enredar cada vez mais em uma teia até que não há mais como escapar. Kang sabe agora que deve se opor ao reinado do pai, mesmo depois de se deixar tentar pelo poder oferecido a ele: a capacidade de liderar o batalhão e ganhar a lealdade de todos os soldados, o que acreditava ser sua ambição, mas não àquele preço. Tantos mortos, tanto sofrimento. Ele percebe agora: este futuro não é o que deseja.

Ning se balança sobre os calcanhares até se sentar no chão. Kang se acomoda, pronto para ouvir sua resposta. Preparando-se para descobrir a verdade, se puder suportá-la.

— A escuridão profetizada está aqui — começa ela, com a voz grave. — Não muito tempo depois da criação do mundo, havia o Dragão de Jade e a Serpente de Ouro. A serpente se rebelou contra os outros deuses e queria governar os humanos, e por isso foi punida. A serpente está voltando ao mundo agora. Quer viver de novo. O chanceler não é mais o chanceler. Foi possuído pela serpente. Sua alma talvez já tenha sido consumida.

— A magia no orbe... — diz ele, baixinho. — Vai ajudar a serpente a recuperar seu poder?

Ning assente.

— Existem três tesouros que ela deve recuperar: seu olho, seu fêmur e seu coração. O olho de jade, a espada de osso e o orbe de cristal.

Parte de Kang quer se rebelar contra a ideia de que há dedo do pai naquela trama, a parte que ainda é leal ao general. O homem que o acolheu, que o criou como se fosse seu filho. A constatação não lhe traz nada além de dor.

— Você sabe de alguma coisa — acusa Ning, bruscamente, percebendo a reação de Kang.

— Não sei se é disso que você está falando, mas... o chanceler carrega duas esferas de jade. Ele apresentou uma espada feita de osso a meu pai. Agora... — Ele olha para a mochila, para o orbe guardado ali. — Essa deve ser a peça final. Não podemos permitir que caia em suas mãos.

É isso, então. A destruição de Dàxī está próxima. A sorte foi lançada, e Kang deve decidir de que lado ficar. Mas as palavras seguintes de Ning o surpreendem.

— Temos de levar o orbe para ele — diz ela. — E não é só por causa da minha irmã...

— Podemos encontrar outra maneira de salvar sua irmã. Prometo — assegura ele, e fala sério, com cada átomo de seu corpo.

Ning lhe lança um olhar suave e balança a cabeça.

— Lady An, a Eremita, disse que devemos deixar o chanceler ficar com o orbe. É somente quando a serpente atinge o ápice de seu poder que pode ser detida.

Kang sente como Ning está dividida com a ideia, assim como ele. Não compreende.

— Mas por quê? Ela explicou o motivo?

Ning aperta os lábios em uma linha sombria.

— Também não entendo. Só sei que é isso que devemos fazer.

— Comandante Li! — As vozes de Ren e Badu irrompem das árvores, próximas.

Kang olha para Ning com uma pergunta: *Pronta?*

Ela lhe dá um aceno decisivo em resposta.

Farão aquilo juntos.

Capítulo Trinta e Seis
Ning 寧

Encontramos Badu e Ren e então retornamos para onde amarramos os cavalos, que ficaram pastando mansamente a pouca grama disponível. Monto na garupa de Kang como antes, enlaçando sua cintura conforme voltamos para a cidade. Ainda consigo sentir os olhos dos moradores sobre nós quando os deixamos para trás. Assustados. Temerosos. Desconfiados da autoridade do império. Eu imaginava — antes, em minha ignorância — que os problemas afetando minha vila se deviam apenas à posição do meu pai e à influência do governador. Agora vejo como a podridão continuou a vicejar, a escuridão se espalhando.

Tochas ardem ao longe, iluminando as tendas através das árvores. As montarias foram incitadas a cavalgar enquanto havia luz do dia, chegando exatamente antes de ficar muito escuro e perigoso para percorrer as estradas da montanha. Kang me ajuda a desmontar, acenando para que o siga enquanto conduz o cavalo para os estábulos improvisados construídos à beira do acampamento. Mantemos a voz baixa, então não podemos ser ouvidos por causa dos bufos e relinchos dos animais.

— Há mais uma coisa que devo dizer antes de encontrarmos o chanceler — diz ele. — Recebi notícias do meu pai: Zhen está marchando para Jia com seus exércitos. Vão chegar à capital em breve. Meu pai e o chanceler estão se preparando para alguma coisa, mas não sei o quê.

Reflito um instante.

— Não tenho certeza de quanto tempo levará até a serpente recuperar totalmente seu poder, uma vez que reúna as três partes do corpo. Você disse que o general está com a espada de osso; se o chanceler está de posse do olho e do coração, então ele precisa se juntar a seu pai antes que a serpente possa ser curada.

— Você disse que a serpente tem de atingir o ápice de seu poder para que possa ser detida — diz Kang. — Mas há uma maneira de pará-la então?

Caminho no fio da navalha. Se eu lhe der muita informação e ele se voltar contra mim, então a totalidade de Dàxī será lançada na escuridão. E, no entanto... observo seu semblante sério. Reflito sobre o que Lady An disse sobre ser humano. Querer. Confiar. Não ter de fazer aquilo sozinha.

Noto a aproximação de Ren. Alongamos demais a conversa.

— Falaremos sobre isso em breve — diz ele, e me lembro de sua promessa. A importância de sua palavra.

Quase estendo o braço para tocá-lo, para segurar sua mão. Para lhe dizer que sei o quanto custa a ele acreditar em mim. Ainda assim, minha mão permanece ao meu lado.

Se sobrevivermos àquilo, há muito mais que quero lhe dizer. Mas não agora.

Ren me leva para longe de Kang e para a tenda onde fiquei presa anteriormente. Ele levanta a aba e praticamente me joga para dentro. Procuro aquela que mais desejo ver, a pessoa que significa mais que todo o mundo para mim.

Shu me olha, assustada, e, com um grito, se lança a meu encontro.

— Você está bem? — pergunto, estudando-a para ter certeza de que não fizeram nada a ela enquanto estive fora.

— Estou bem. Eles me mantiveram na tenda, me deixaram sair apenas para me aliviar — responde ela. — Mas não vi Irmão Huang. Não permitiram que conversássemos.

Solto um suspiro rápido. Consegui voltar, mesmo que tenha trazido comigo uma coisa terrível. Cumpri minha parte no trato e agora veremos se o chanceler cumprirá a dele.

— Você encontrou, então, o tesouro que o chanceler procura. — Shu me encara, com medo. — O que isso significa para nós?

— Não sei — admito. A verdade, de agora em diante. Para Shu, para Kang. Não permitirei que minhas suspeitas e dúvidas me detenham. Vivi desconfiada de tantos, ergui muros, afastei pessoas. Não obtive nada em troca, exceto dor.

Conto a ela tudo o que encontrei no desfiladeiro. A sabedoria transmitida por Lady An. A missão que será cumprida. Suspeito de que, em breve, pegaremos a estrada para Jia como prisioneiras do chanceler. Pelo menos estaremos juntas.

— Parece que ainda temos uma chance — revela Shu, e seu contínuo otimismo me anima. — Só precisamos descobrir onde o poder dos deuses está contido, como nos desafios que você superou durante a competição de shénnóng-shī.

Parece que foi em uma outra vida que sobrevivi àqueles desafios, quando Lian e eu trabalhamos juntas e chegamos às respostas dos quebra-cabeças. Preciso acreditar que Shu e eu podemos fazer o mesmo.

— Você tem razão — concordo. — Lady An me disse para dar à serpente o que ela quer, que é ser reunida aos pedaços de sua forma humana anterior, então ela pode… criar um novo corpo?

— Você disse que os wǔlín-shī sob a influência da serpente são como fantoches, que ela está animando seus corpos e prendendo suas mentes no Reino das Sombras — reflete Shu em voz alta. — Está usando o chanceler para dirigir e influenciar os outros ao seu redor. Todas essas pessoas poderiam conter pedaços da criatura também?

Pondero sobre a pergunta.

— Mas não soa como sua verdadeira forma. Alguma parte do demônio ainda deve estar presa no Reino das Sombras. Isso explica por que conseguia me seguir. Talvez seja isso que Lady An quis dizer. A serpente deve se juntar ao chanceler em sua totalidade para que possa encarnar integralmente em seu corpo, tornar-se a verdadeira amálgama de suas formas. Homem e deus.

Shu estremece diante da ideia.

— Se o que Kang diz é verdade e a princesa está marchando sobre a capital, então deve ser quando a serpente vai se revelar. Quando Gongyu vai usar toda a força de seu poder para esmagá-la de uma vez por todas.

Todas as minhas palavras não passam de especulação. Podemos apenas supor as intenções da serpente, e, mesmo que soubéssemos seus planos, estamos impotentes. Especialmente se permanecermos suas prisioneiras.

— Enquanto esteve fora, a deusa me visitou — revela Shu, a voz calma.

Eu me sobressalto com a informação.

— O quê? O que aconteceu?

— Eu estava dormindo — conta ela. — Acordei e a ouvi dizer meu nome. Havia uma garça na tenda.

A representação da deusa. Faz sentido.

— O que ela disse? — Eu me inclino para a frente. — O que ela disse a você?

— Ela me disse para me preparar. Algo se aproxima. — Shu me mostra a pena em sua mão. — Disse que, se eu precisasse de sua ajuda, poderia invocá-la com fogo.

— Deve ser a isso que Lady An se referiu! — argumento, inundada de emoção. — O que os deuses nos deixaram! Temos a pena de Bi-Fang. Agora devemos reunir a escama de Shénnóng, a garra do Tigre e o casco de Bìxì.

Meu entusiasmo diminui conforme me dou conta da impossibilidade da nossa missão. Onde poderíamos encontrar aquela magia perdida? Parece tão difícil quanto encontrar uma agulha no mar.

— Bem, pelo menos temos um item — diz Shu. — Mesmo que não saibamos como usá-lo.

Aperto o braço da minha irmã.

— Temos de acreditar que os deuses vão nos revelar o caminho no devido tempo.

A aba da nossa tenda é erguida e a pena desaparece rapidamente dentro da manga de Shu. Um soldado do Águas Pretas enfia a cabeça para dentro, examinando o espaço para se assegurar de que não existe comportamento suspeito.

— O chanceler e o comandante solicitam sua presença — anuncia ele, e a aba se fecha novamente.

Shu e eu nos entreolhamos. Achei que seríamos poupadas do confronto naquela noite, mas parece que o chanceler tem os próprios planos. A caminho da tenda principal, vejo que as outras barracas foram desmontadas. Postes reunidos, amarrados. Estão se preparando para levantar acampamento e viajar. O chanceler se juntará ao general em breve em busca do ápice definitivo do poder da serpente.

Entro na tenda ao lado de Shu, de mãos dadas, prontas para o que nos espera. Ainda me resta um dān, e minha irmã tem a pena. Usaremos nossa magia, se necessário.

Dentro da tenda há um punhado de guardas de armadura e Irmão Huang, preso entre dois soldados. Ele está com um curativo na cabeça e um hematoma no rosto, visível mesmo daquela distância.

Contorno o chanceler, parado ao centro da mesa, seus dois guarda-costas Wŭlín logo atrás.

— O que fez com ele? Disse que manteria ambos seguros enquanto eu partia em busca do que você queria.

Chanceler Zhou me cumprimenta com um sorriso preguiçoso.

— Com a condição de que eles se comportassem. Seu companheiro tentou fugir.

— Mentiroso! — dispara Shu, antes mesmo de Irmão Huang falar uma só palavra em defesa própria.

— Calem a boca da garota — o chanceler ordena. Dois soldados a agarram, torcendo seus braços atrás das costas. Outro avança, golpeando-a na boca. Sibilo e avanço contra ele, mas um guarda bloqueia meu caminho, um sorriso no rosto, me convidando a desafiá-lo.

— É assim que trata as crianças? — rosno para o chanceler. — Pensei que nem você desceria tão baixo.

E então Kang entra na tenda. Os soldados ficam atentos. Ele examina a cena, carrancudo.

— Afastem-se! — ladra ele.

— Mas... — protesta o guarda.

— Sou seu comandante enquanto tiver o emblema — rosna Kang. O soldado cai de joelhos.

— Comandante.

— Solte os prisioneiros — ele ordena ao restante dos soldados.

Rapidamente me aproximo do Irmão Huang e o puxo para mais perto, com Shu ao meu lado. Nós nos retiramos para o outro lado da tenda, o mais longe possível. Irmão Huang abre um sorriso débil. Somos mais fortes juntos, e parece que Kang falará por nós.

Em sua mão está o pacote de tecido.

— Ela fez o que você pediu, chanceler.

— Traga aqui. — O Chanceler Zhou gesticula ansiosamente, olhos brilhantes à luz do fogo. Kang não olha para mim enquanto avança em direção ao homem, depositando o pacote em suas mãos estendidas. O chanceler afasta o tecido, deixando-o cair no chão. O orbe brilha em sua mão, lindo e cintilante. É fácil ver por que é chamado de Pérola que Ilumina a Noite. Fácil ver por que as pessoas estavam dispostas a matar para possuí-lo.

— O arrependimento está evidente em seu rosto — o chanceler me diz. Desvio o olhar da pérola e encontro o dele, o eco da risada da serpente ainda nos ouvidos. É tudo o que vejo agora por trás daqueles olhos. Não há mais chanceler. Não sei se a serpente o reclamou depois da primeira vez que o vi durante a competição ou se esteve ali desde que o conheci.

— Você disse que nos deixaria ir se eu lhe trouxesse o orbe — lembro a ele, tentando manter a voz firme. — Quero acreditar que você é um homem de palavra.

Muito embora eu saiba o que, na verdade, ele não é mais... um homem.

— De alguma forma, ela cortou minha conexão com você. Ainda uma pedra em meu sapato, depois de todos esses anos. Mas não posso sentir seu espírito, então ela deve ter morrido. Mais um lembrete do quão frágil, quão breve, é a existência humana. — Ele sorri para mim, segurando o orbe em uma das mãos. — Pena que não estará por perto para ver Dàxī atingir a glória total.

Ele se vira para os guerreiros Wǔlín atrás de si.

— Mate-os.

Capítulo Trinta e Sete
Ning 寧

Duas figuras saltam de trás do presunçoso chanceler, suas sinistras lâminas já desembainhadas. Um empunha uma espada longa de punho duplo, enquanto o outro segura um par de espadas borboleta. Os olhares brilham atentos, marcando nós três como alvos.
— Pare-os! — exige Kang.
— Afaste-se — retruca o chanceler.
Os comandos conflitantes geram uma onda de confusão. Os soldados se entreolham, sem saber quais ordens seguir. Kang tenta atravessar a extensão da tenda para nos salvar. Mas já é tarde demais.
A espada longa golpeia primeiro à nossa frente, varrendo o espaço. Irmão Huang nos empurra para trás, seu semblante determinado. As espadas borboleta seguem logo depois, rasgando o ar enquanto agarramos o que temos ao alcance. Shu e eu jogamos pergaminhos de bambu na cabeça dos homens, e Irmão Huang chuta uma cadeira em sua direção com um giro. O guerreiro de espada longa responde rapidamente com um pontapé, e a cadeira se despedaça sob a força da pancada.
As espadas borboleta investem em nossa direção. Na ausência de mais pergaminhos de bambu, tudo o que me resta como escudo é um livro. As lâminas o cortam com facilidade, as páginas reduzidas a fitas a nossos pés. Dou um pulo para trás, mas fomos encurralados no fundo da tenda. Bloqueados da entrada. Sem escapatória.
O guerreiro com a espada longa avança e, ao seu lado, as espadas borboleta se cruzam diante do rosto sorridente do outro wǔlín-shī.

— Aqui! — grita Kang, e puxa uma adaga da bota, arremessando-a em um arco. Irmão Huang a pega nas mãos, e então o duelo começa. Metal contra metal, a pequena lâmina parece incapaz de suportar a força brutal da espada longa, e, ainda assim, aguenta firme. O clangor do aço enche o ar, perfurando nossos ouvidos, e então Irmão Huang se vê obrigado a se defender de uma enxurrada de ataques da outra direção. Seu ombro bate contra o braseiro, derrubando-o no chão. As chamas encontram rapidamente os livros, e os papéis secos pegam fogo de imediato.

Shu se desvencilha de mim, se ajoelhando diante das chamas. Eu a sigo aos tropeços, me dando conta de que ela está tentando invocar a deusa. Minha irmã ergue os olhos para o céu, a pena cerrada em um punho, e enfia as mãos no fogo.

Grito quando um clarão ofuscante explode ao nosso redor. Quando a luz se esvai, tudo o que vejo é Shu olhando com admiração para a própria mão. Enquanto todos ao redor cambaleiam, atordoados, ela joga o braço para o céu. Um leque se abre em sua mão, revelando a imagem escondida em seu interior: um pássaro em um fundo branco. Bico longo, pernas finas, asas brancas estendidas.

— A princesa! — exclamo, enviando um apelo desesperado à deusa. — Temos de chegar à princesa de alguma forma!

— Fiquem sob as asas! — grita Shu, enquanto uma explosão de faíscas irrompe do fogo. Ouço o bater de asas, vejo um brilho vermelho. Eu me atiro para a frente e agarro as costas da túnica do Irmão Huang, puxando-o em nossa direção, apesar de suas contínuas tentativas de se defender dos ataques dos guerreiros Wǔlín. Somos arrebatados para cima, os pés no ar. Observamos abaixo a cabeça do chanceler, que nos encara com ódio no olhar.

Vejo, muito lentamente, que ele puxa uma adaga do manto. Só me resta assistir, horrorizada, enquanto ele ajeita o braço e a arremessa em nossa direção.

A adaga voa pelo ar. Irmão Huang esbarra em mim. Sinto o vento fluindo pelo cabelo, passando por meu rosto e meu corpo. Caímos através da escuridão. Não vejo nada. Apenas sinto minha mão segurar o braço de Shu, os dedos segurar a túnica do Irmão Huang.

Agarro ambos o mais forte que posso até que minhas mãos ficam dormentes.

Caímos sobre terra dura e compacta, sem fôlego. Não sei para que lado é o céu e para onde fica a terra. O cotovelo de alguém aperta meu flanco, e tusso, incapaz de respirar fundo. Ao nosso redor ouço gritos. O tropel de botas sacudindo o chão. Mas não há mais a tenda acima de nós ou o cheiro de fumaça e fogo. Existe apenas o céu noturno, então rostos se debruçam sobre nós, todos em um borrão. Sou erguida com um sacolejo, perguntas vindo de todas as direções. Eles exigem saber quem somos, mas não os reconheço.

Mãos rudes torcem meus braços para trás até que sou forçada a me ajoelhar.

— Shu! — chamo. — Shu!

— Ning? — Ouço uma voz familiar, então ergo o olhar e vejo a Princesa Zhen. Ela está com armadura e um elmo debaixo do braço. Ao seu lado está Ruyi, com uma expressão incrédula.

— Ela caiu do céu — relata um dos soldados atrás de mim.

— Há outros! Por aqui!

Eu me viro, joelhos na terra, e os vejo arrancar Shu de cima de uma figura caída. Ela está chorando, as mãos estendidas na direção do corpo.

Ah, não.

— Solte-a — ordena Zhen. Os soldados me soltam e saio em disparada. Irmão Huang está deitado de lado. Eu o viro de costas. Seus olhos estão abertos em direção ao céu, mas não enxergam nada. Há uma mancha vermelha em seu peito, uma adaga projetada do centro. Eu me atrapalho, pressionando a ferida, sentindo o calor do sangue inundar minha pele. Talvez, talvez eu ainda possa salvá-lo... Meu dedo vai até o pescoço, verifica o pulso. Mas não há nada. Absolutamente nada.

Ele nunca vai voltar à sua vila, se reunir com a noiva. Sua escultura permanecerá inacabada. Sempre vai ficar do outro lado da ponte quebrada, separado para sempre de sua amante, assim como na música. Não ouviremos mais suas histórias.

Morte, mais uma vez em meu rastro a cada passo. Ele deve ter se jogado em nossa frente quando viu a adaga.

— Ele prometeu nos proteger. — Shu engasga com um soluço.

Sinto Zhen atrás de mim e me viro para encará-la, pouco me importando com minha aparência manchada de sujeira, cabelo emaranhado em volta dos ombros.

— Acredita em mim agora? — cuspo. — Algo está vindo. Alguma coisa que deve ser impedida! Algo pior que seu tio!

— Vamos falar sobre isso em particular — diz ela, sem reagir a minha explosão. A princesa pede a um dos guardas que nos ajude a nos limpar.

Shu chora ao meu lado, inconsolável. Ruyi me lança um último olhar antes de se virar para seguir a princesa. Abraço minha irmã, que continua a chorar enquanto recolhem o corpo do Irmão Huang. Eu a amparo quando os soldados nos levam embora. Ela treme sob meu toque, e sinto minha raiva se inflamar, como de costume. O general e seus soldados, a princesa e seu comandante, os oficiais da corte, as famílias nobres. Todos iguais. Suas disputas por território, lutas por ouro, sua posição na corte, suas reputações...

Em breve, não haverá mais um império para governar, e todos nós vamos viver no reino de pesadelos da serpente. Em breve, nada mais importará.

Recebemos baldes de água morna para nos lavar, assim como uma muda de roupa — simples, mas limpas, confortáveis e perfeitas para a estrada. Não somos mantidas como prisioneiras, mas os soldados que nos auxiliam desviam o olhar, mantendo a distância. Rumores sobre nós se espalham. As garotas que caíram do céu.

Os homens se retiram para que Shu e eu possamos dormir. Ninguém vai nos questionar por enquanto, um breve alívio que Zhen é capaz de nos dar ao menos. Eu me agarro a Shu como costumávamos fazer quando éramos crianças, unidas pelo luto compartilhado, por ter perdido alguém que se tornou próximo naquele curto período de tempo. Que prometeu nos proteger até o fim e manteve a promessa, mesmo que sua jornada terminasse antes da nossa. Do lado de fora da tenda, o pregoeiro anuncia a Hora do Ladrão, e adormeço na escuridão.

Quando acordo, a tenda já está toda iluminada. Sinto os membros relaxados e lânguidos, as ideias em ordem. Devo ter dormido por um bom tempo. Shu ainda está enrolada ao meu lado. Ajeito o saco de dormir sobre ela, para me certificar de que não pegue um resfriado. Ela devia estar precisando de descanso depois de tudo pelo que passamos. Há uma pequena tigela de água com toalhas limpas colocadas para mim na área principal da tenda, e eu as uso para arrumar a aparência.

Um rosto familiar aparece na porta, deixando entrar a luz do sol.
— Está vestida?

Cumprimento Lian, surpresa, saindo da barraca para não perturbar o sono de Shu. Ver um rosto amigo é um alívio.

— Vim com meu pai. Ele acredita que, agora que também comecei meu treinamento médico, posso ser útil. Longe das linhas de frente, é claro. — Ela sorri para mim. — Contei a ele sobre meus planos de especialização em cura, como você. Ele está satisfeito por eu finalmente ter escolhido um caminho a seguir.

Eu a abraço outra vez, extremamente feliz por sua presença.

É então que olho ao redor. Percebo que a barraca está no meio do acampamento e sinto olhares atentos sobre nós. Os guardas estão próximos. Eles mantêm uma distância cuidadosa, mas sei que seremos facilmente eliminadas se externarmos qualquer indício de ameaça.

— A princesa solicita uma audiência quando você e sua irmã estiverem prontas — avisa Lian. — Quero ouvir sobre tudo o que você vivenciou. Todas as suas aventuras.

Não posso deixar de estremecer com o termo. Se ao menos tudo fosse tão inocente quanto uma travessura império afora.

Lian percebe a mudança em minha expressão e imediatamente parece contrita.

— Essa foi uma escolha ruim de palavras. Não tive a intenção de ofender. Sei que já passou por muita coisa.

— Não é sua culpa. — Balanço a cabeça. Ela desconhece o que vi, pelo que nós passamos. Se antes eu poderia ter reagido com raiva, tudo o que sinto agora é resignação. — Vou acordar Shu. Devemos falar com a princesa o mais rápido possível.

Preparo minha irmã para nosso encontro com Zhen, e, não muito depois, somos recebidas em sua tenda. Eu havia repassado meu pedido de uma audiência privada, que parece ter sido respeitado. Apenas a princesa está presente, revisando documentos, com Ruyi de pé ao seu lado. Lian assume a liderança quando entramos. Ela faz uma mesura; Shu e eu a imitamos.

— Ning. — Zhen me cumprimenta com um sorriso frio. Um pouco hesitante. Sinto o rosto corar com a lembrança de gritar com ela na noite anterior, diante de todo o acampamento.

— Peço desculpas por meu comportamento ontem à noite — digo a ela, minha cabeça ainda curvada. — Eu não... não era eu mesma.

— Você deu um grande susto em meus soldados — menciona ela, inclinando a cabeça. — Por favor. Não há necessidade de desculpas. Você pode falar livremente comigo, como sempre lhe pedi. Me conte o que viu em suas viagens. Você teve sucesso em sua busca? Wǔlín ouviu nosso apelo?

Ruyi avança então.

— Elas parecem famintas, princesa — comenta a aia, friamente. — Talvez devessem comer alguma coisa primeiro, para garantir que suas memórias estejam nítidas.

— Você está obviamente certa, meu amor. — Zhen suspira. — Perdoem minha ansiedade.

Nós nos sentamos à mesa de Zhen, sobre a qual os criados deixam tigelas de mingau de painço com feijão, servido com repolho em conserva e fatias de carne de porco salgada e defumada. Há também pedaços redondos de pão de gergelim recheado com ovo salgado. Comemos com vontade, engolindo tudo com xícaras de chá quente.

Com nossos estômagos cheios e as mesas vazias, Zhen se senta em expectativa à espera do meu relatório. Solicitei que o Astrônomo Wu se juntasse a nós. Talvez ele possa nos ajudar com o quebra-cabeça apresentado por Lady An. Ele agora se encontra sentado em uma cadeira ao lado da mesa de Zhen.

Conto a eles sobre nossa caminhada pela floresta de bambu, como despistamos os soldados das sombras com a ajuda do Mar do Esquecimento. Como imploramos para que Wǔlín nos prestasse ajuda, mas nos rejeitaram. Nossa eventual captura pelo Batalhão das Águas Pretas, e então a aparição do chanceler. O resgate do irmão de Wenyi. Minha reunião com Lady An, o coração de cristal que tirei do lago e... Como dei a Gongyu o que ele tanto desejava. Agora o tempo está contra nós.

Zhen ouve tudo com uma expressão atenta. Ruyi, com a intensidade habitual. Astrônomo Wu murmura para si mesmo, registrando coisas no papel, aparentemente trabalhando em alguns cálculos que fazem sentido apenas em sua mente. As reações de Lian são as mais naturais, ocasionalmente ofegante e mal conseguindo conter seu desejo de fazer mil perguntas. Shu me ajuda com certos detalhes, observações que perdi. Até que nós duas, por fim, ficamos em silêncio.

Esperamos para ver se a princesa vai acreditar em mim. Se o astrônomo rejeitará nossos avisos.

Mas a princesa acena para mim depois que termino minha história. Ela não hesita.

— Astrônomo Wu? Como sugere que abordemos essa ameaça?

O astrônomo inclina a cabeça, colocando o pincel de caligrafia no suporte.

— A escuridão está progredindo mais rápido do que esperávamos — responde ele. — É preocupante descobrir o papel que Gongyu deve ter desempenhado na fundação do império, e como ele escondeu de nós a magia contida nesses itens. Achei que teríamos mais tempo para nos preparar, mas... não importa. Faremos o possível para deter a serpente. Vou consultar os textos antigos, descobrir o que podemos aprender com as velhas histórias.

Finalmente estão compreendendo a urgência. A escuridão não é o golpe. Não é a ascensão do general ao trono. A escuridão ameaça a alma de todos no império.

— Você sofreu mais do que a maioria suportaria em cem vidas. Prometo que devolveremos os restos mortais de Lin Wenyi para a mãe, e vamos garantir a proteção de sua família. — Zhen coloca sua mão sobre a minha. — Obrigada, Ning.

Não soa como uma princesa se dirigindo a um inferior. Parece o reconhecimento de uma amiga.

Capítulo Trinta e Oito
Kang 康

O FOGO LAMBE A TENDA, CONSUMINDO TUDO EM SEU CAMINHO. Mas nada queima com tamanha intensidade quanto a fúria do chanceler. Chanceler Zhou agarra o braço de um dos soldados mais próximos e leva sua mão até as brasas ainda acesas no braseiro, segurando-a nas chamas enquanto o homem grita.

— Vá encontrá-los! — exige o chanceler, as labaredas refletidas nos olhos. Os soldados se dispersam, seguindo suas instruções. — Senão a próxima coisa que vai queimar será sua cabeça!

Ele pode ser ouvido através do acampamento durante toda a noite. Acusações e ameaças de tortura, punições severas se os três prisioneiros não forem encontrados: membros serão cortados, cabeças vão rolar.

Kang afasta o homem choroso do chanceler e instrui um dos batedores a conduzi-lo à enfermaria. Ele supervisiona o controle do fogo, cuidando para que não se espalhe para tudo o mais, mas logo é chamado à tenda do chanceler. O homem outrora imponente parece desgrenhado, os cabelos cobertos de cinzas, as roupas manchadas de fuligem. Se antes ele se movia com um intenso propósito, agora parece consumido por uma necessidade frenética.

— Você sabia sobre a magia das irmãs! Suas tramas! — Os insultos são disparados contra Kang assim que ele entra, mas o comandante não permite que o abalem. Agora sabe o que o Chanceler Zhou é.

Está ciente de que ele é mais perigoso do que imaginava, se está prestes a atingir o ápice de seu poder. A seus olhos, no momento, o homem parece uma criança petulante, zangada por não ter conseguido o que deseja.

— O imperador regente vai saber disso — o chanceler cospe. — Seu pai verá seu lapso de julgamento, sua inutilidade.

— Estou ansioso por essa discussão — rebate Kang, mantendo a voz branda. — Sua carruagem foi preparada.

Chanceler Zhou se irrita com a insolência, e Kang sabe que não há nada que o homem adoraria mais que arrancar a cabeça de seu corpo.

— Seu pai uma vez pensou que poderia proteger a mulher que amava. Agora ela é apenas uma lembrança — diz o homem, com frieza, seu ódio evidente. — Logo terei a garota de quem você gosta em minhas mãos, e vou lhe quebrar o pescoço diante de seus olhos. Não há nada que você possa fazer para me impedir.

Kang gira nos calcanhares e vai embora antes que saque sua espada e degole o chanceler com um corte limpo.

Ele pode nunca saber a verdadeira resposta, mas se pergunta há quanto tempo o chanceler tem sido o receptáculo. Se foi o homem ou se foi o deus que sussurrou nos ouvidos do imperador e fez com que enviasse os assassinos até Lùzhou.

Se descobrir a verdade, ele o matará. Deus ou não.

Kang conduz seu cavalo montanha abaixo, ensaiando a apresentação do seu argumento ao pai, que costuma ser desdenhoso e indiferente em relação à magia, mesmo que tenha sido mais receptivo a reconhecer sua existência no último ano. Ainda assim, o provável desfecho de lhe contar que o chanceler está possuído por um antigo deus seria o banimento do palácio interior. Pois como tal coisa seria possível se o general nunca a viu com os próprios olhos?

No entendimento do pai, os guerreiros de Wǔlín baseiam sua prática na devoção, um talento inato. Assim como os shénnóng-shī têm um pendor para o entretenimento. Um truque de mão, ilusões estudadas, uma performance relegada às casas de chá que soldados disciplinados considerariam uma perda de tempo frequentar. Mas o que Ning lhe revelou é o potencial oculto no corpo de todos, e a magia é a expressão de quem tem maior afinidade com ele que outros. Magia para evocar, para moldar, para expressar. Porém sua escolha de se juntar aos Wŭlín lhe foi tirada há muito tempo, e ele jamais obteria tal conhecimento, tal tipo de devoção.

Kang cavalga em direção a Jia, ao pai, que espera para saber se ele cumpriu a missão. Que desconhece o terrível preço daquela conquista. Ele protegerá seu pai e protegerá Ning.

E, acima de tudo, espera não ter de um dia escolher qual salvar e qual perder.

Jia parece ser uma metrópole diferente comparada àquela que deixou. Os guardas da cidade os recebem no enorme portão, que na memória de Kang nunca foi fechado, exceto naquele ano. O ano do golpe. O mercado está vazio, as barracas, cobertas com tecido. Patrulhas vasculham as ruas. Os pregoeiros conclamam os cidadãos a procurar refúgio no palácio e no Mosteiro de Língyă e a se prepararem para o que está por vir.

O cerco. A princesa rebelde. A promessa de que o imperador regente, a cidade e os guardas do palácio os protegerão.

Montado em seu cavalo, Kang observa o fluxo de plebeus enquanto eles são conduzidos para o centro da cidade. Pelo menos serão cuidados se a batalha por Jia ocorrer. Ele tem esperança de que as vidas perdidas no conflito serão mínimas. Ou que a batalha não acontecerá, se puderem impedir Gongyu, e seu pai cairá em si.

Quando entra no palácio, Kang é escoltado através dos corredores sinuosos, passando pelas portas para pátios abarrotados de gente. Bebês chorando, uma multidão de vozes, o barulho de tantas pessoas contidas no terreno do palácio.

Ele é recebido na câmara do conselho, onde, debruçado sobre um mapa dos territórios de Dàxī, o pai consulta seus outros conselheiros. O Chanceler Zhou já está ali e o recebe com um olhar de ódio.

— Pai. — Ele cumprimenta o imperador regente, que está vestido com um manto de dragão.

— Meu filho. — Seu pai abre um sorriso. — O chanceler relata que você foi essencial na busca para obter o tesouro. Sabia que não iria me decepcionar. — A Pérola que Ilumina a Noite repousa no centro da mesa, emanando luz própria sobre a dobra de tecido que cobre uma porção de Ānhé.

Os oficiais ao redor murmuram suas felicitações. As palavras do pai não evocam a habitual onda de orgulho. Em vez disso, Kang engole a bile que lhe sobe à boca.

— Em breve todos em Jia verão que sou o mais adequado para governar. — O general aponta para o mapa. — A lealdade das províncias. O apoio do exército. Os tesouros do Primeiro Imperador.

— Pai, tenho informações importantes que devo compartilhar com você — interrompe Kang, pois pode não ter outra chance de se manifestar. Ele junta as mãos e se curva, esperando que o pai ouça a urgência em sua voz. Mas o general o dispensa com um aceno de mão. Ele não vê o filho, tudo o que vê é o mapa, a extensão de Dàxī. Todas as coisas que lhe foram tiradas agora ao seu alcance.

— Amanhã você verá — diz o pai. — Vai ficar ao meu lado nas muralhas da cidade e contemplar o império que governará um dia. Esse é meu legado para você, aquele que sua mãe sempre desejou. Nossos exércitos se posicionarão no campo de batalha diante de Jia, onde o Primeiro Imperador conquistou aqueles que se opunham a ele.

Amanhã, nas muralhas da cidade, decide Kang. Será a oportunidade de fazer seu apelo. Para finalmente obrigar o general a ouvir. Ele não é apenas filho de seu pai. Também se tornará o príncipe que a mãe sempre o ensinou a ser.

Capítulo Trinta e Nove
Ning 寧

O ASTRÔNOMO VIAJA COM APENAS ALGUNS VOLUMES ENCADER-nados, mas transporta os textos para o interior da tenda a fim de que possamos lê-los e discutir nossas descobertas. É uma atividade familiar para mim e Lian. Eu me debruço sobre os volumes, ansiosa, com a esperança de que nos forneçam respostas. Enquanto isso, Astrônomo Wu examina a pena que se transformou em leque, do qual Shu relutou em se separar. Mas o objeto logo lhe é devolvido, depois que o sábio determinou que não pode sentir nenhuma magia contida nele.

— As relíquias respondem apenas àqueles que os deuses consideram dignos — explica. — Parece que Bi-Fang determinou que cabe a você empunhar o leque.

Discutimos a existência das outras relíquias. Depois de algum convencimento, e com grande relutância, o Comandante Fan entregou à princesa a relíquia que ele carregava consigo desde Yěliŭ a pedido do duque. Uma tigela de pedra, com padrões gravados tanto do lado de dentro quanto no de fora, marcações antigas que nenhum estudioso vivo pode compreender.

— Há rumores de que a maioria dos shénnóng-shī do império está nas masmorras imperiais — revela Ruyi. — Foram recebidos no palácio sob o pretexto de escolher o novo shénnóng-shī da corte e depois capturados.

Não posso deixar de me perguntar sobre Shao. De início, sinto uma certa satisfação doentia por ele ter lutado tanto por aquela posição apenas para descobrir que era uma farsa. Mas sei que é apenas minha amargura falando por mim.

— Os relatórios da capital diziam que havia uma relíquia entre os tributos de Hánxiá. Será apresentada na cerimônia da ascensão do imperador, junto com a relíquia de Wǔlín. Uma adaga.

Então a Garra do Tigre também está ao alcance do general. Se o chanceler pode controlar a mente dos guerreiros Wǔlín, então não é nenhuma surpresa que consiga se infiltrar entre eles e pegar a relíquia para si.

— O planejamento para a cerimônia ainda continua, então? — pergunta Zhen, com a expressão sombria.

— Isso é o que os batedores nos disseram — confirma o Embaixador Luo, tendo se juntado a nosso conselho. — O general informou aos cidadãos de Jia que esmagará a revolta nas margens do Rio Jade, de modo similar à batalha que conquistou a cidade de Jia para o Primeiro Imperador.

O Vale Púrpura queimou naquela batalha. Demorou anos para as terras ao redor da capital se recuperarem. As pessoas tiveram de ser deslocadas, se mudar para o sul em busca de campos mais férteis.

O general já mobilizou suas tropas e ergueu as defesas de Jia para a eventualidade de um cerco, e seu exército de Lùzhou está em marcha para se juntar a ele como reforço. As forças da princesa também se preparam para se mover sob seu comando, prontas para atacar se o general continuar com os planos de ascender ao trono.

Mas o deslocamento dos exércitos não é da minha conta. Propus ao Astrônomo Wu e à princesa uma tarefa diferente.

— Gongyu não vai atingir o ápice de seu poder até que consuma mil almas, e é nesse momento que talvez esteja mais fraco — explico a eles. — Acredito que foi o que Lady An tentou me dizer. Ele agora tem a perna, o coração e o olho. Está no processo de assumir completamente sua forma humana para mais uma vez vagar pela terra como um imortal. Mas antes que consuma essas almas, ele é vulnerável.

— Essa é nossa chance, então — diz o Astrônomo Wu. — Não vamos dar a ele a batalha que quer. Ele não vai conseguir essas almas.

— Ele estará bem protegido — acrescento. — Precisamos de alguém perto de Gongyu quando estiver fraco. Providenciar uma distração e em seguida...

— Feri-lo, quem sabe até matá-lo. — Ruyi assente. — Um plano sensato, mas como sugere que nos comuniquemos com Kang?

— Vou usar minhas... quero dizer, nossas... magias — digo a ela. — Shu conseguiu transportar três pessoas através do império. Acredito ser capaz de alcançá-lo com a ajuda da minha irmã.

— Li Kang... Acha que podemos confiar nele? — pondera o astrônomo, e a pergunta pesa em minha mente. Eu me indaguei o mesmo repetidas vezes, mesmo depois de todo aquele tempo. O menino cuja mente tocou a minha.

— Sim, confio nele — respondo, baixinho.
Tenho de confiar.

O tempo, como sempre, está contra nós. Com a carruagem mais rápida, viajando dia e noite, o chanceler pode reduzir à metade o tempo de viagem de Ràohé a Jia. Dois dias. É tudo o que temos, e assim a princesa envia um emissário com uma mensagem.

Termos de negociação de uma possível rendição e uma oferta de paz como prova de sua sinceridade. Zhen ouviu dizer que o general está à procura das relíquias dos deuses e vai lhe presentear o casco de Bìxì, que tem em sua posse.

O enviado volta de Jia com duas exigências.

A primeira é que a princesa deve ser vista no campo de batalha. Para mostrar que ela está, de fato, por trás da mensagem.

A segunda é que a relíquia deve ser entregue em mãos pela shénnóng-tú procurada em todo o reino.

Eu.

Aquilo é um ponto a nosso favor: posso garantir que as relíquias não serão perdidas. Se for a vontade dos deuses, poderei reuni-las e confrontar Gongyu se nosso plano falhar. Tenho esperança de que as relíquias não sejam necessárias, que nosso plano inicial será suficiente para que os deuses nos abençoem com o sucesso. Caso contrário, haverá guerra e milhares morrerão, além de Gongyu colher mil almas.

No segundo dia, os espiões do embaixador entregam uma mensagem destinada a nós: o chanceler e o príncipe entraram em Jia.

Kang está ao meu alcance. Devo falar com ele.

Usarei meu último dān para isso. Acredito que já utilizei o generoso presente oferecido por Lian da melhor maneira de que sou capaz. Agora é hora de ver se Kang me fornecerá a ajuda prometida. Mostrei a ele a verdade sobre meu conhecimento do veneno, sobre a real natureza de Gongyu. Espero que seja suficiente e que, com seu regresso para o lado do pai, ele não se deixe influenciar mais uma vez pelos laços familiares. Sei o quanto tais vínculos podem nos unir, mesmo quando não concordamos com as decisões de entes queridos. Seguimos suas instruções, apesar de suas falhas, porque os amamos e nos importamos com eles.

Foi me dado acesso ao edifício mais alto do acampamento — a torre do tambor — porque acredito que, se puder ver o palácio, posso fazer a conexão a distância. Então amanhã ao meio-dia, quando o sol estiver no apogeu, vou pegar um cavalo e entregar a relíquia de Bìxì ao chanceler.

O pregoeiro soa a Hora dos Fantasmas. Parece apropriado, pois é o horário em que ele costumava me visitar quando vivíamos no palácio e eu era uma competidora. Parece ter se passado uma eternidade. O fogo arde no braseiro ao meu lado, a chaleira em uma fervura constante que despejo no bule. No acampamento só tenho disponível o potente tijolo de chá, mas encontro um mais antigo, com uma fragrância mais fermentada. Preciso de seu tempo de existência, sua história.

A disponibilidade de ingredientes no local é limitada. Tenho acesso aos estoques dos médicos, e eles trouxeram consigo tratamentos para doenças comuns. Escolho o cogumelo língzhī mais uma vez, para acuidade mental. O bulbo seco da cebolinha longa das cozinhas para abrir um canal. Fios marrons de yuănzhì para concentração, pois me manter ancorada exigirá todo o meu poder e foco. No limite das tendas, observo a cidadela de Jia ao longe, as luzes que dançam no topo de suas muralhas.

Shu está comigo, como sempre deveria ter estado. Vamos realizar o ritual juntas. Observo o acampamento e vejo Ruyi sentada diante de uma fogueira mais abaixo. A aia vai cuidar de nós, assegurar que estamos seguras. Fico feliz com sua presença, mesmo que jamais admita.

À sombra do tambor, fatio o chá e coloco um pedaço no bule. Perdi o bule pintado que comprei de Ho-yi na estrada, mas aquele, simples e sem adornos, vai servir. Sua aspereza reconfortante, familiar. Coloco o pedaço de cogumelo língzhī por cima das folhas, depois o bulbo de cebolinha e os fios descascados de raiz de yuǎnzhì. A água é derramada. Aspiro o aroma das flores de camélia, chá e magia. As folhas de chá e as ervas amolecem, maceradas, sabores liberados na água.

A magia irrompe, brilhante e forte dentro de mim.

— Shénnóng, Bi-Fang — sussurro, sabendo agora que a magia está ao meu redor, sabendo que carrego o toque de todos eles. — Tigre Preto. Bìxì... e Lady An. — Eu me recuso a acreditar que ela não esteja em algum lugar lá fora, que alguma parte da Eremita ainda não permaneça entre nós, à espera de ver se seremos bem-sucedidos. — Ouçam meu chamado. Ajudem-me com o que preciso fazer.

Na mesa ao lado do meu jogo de chá tenho a lâmina de Kang, aquela que ele tirou da bota e jogou para Irmão Huang nos defender. O padrão ondulado da adaga capta a luz e as incrustações de madrepérola brilham no punho.

Eu a reconheço: é a adaga que ele me presenteou no palácio. Aquela que lhe devolvi na Morada do Sonho Invernal. Ele a carregou todo aquele tempo, a manteve perto de si. Muito embora fosse um presente rejeitado, muito embora despertasse lembranças desagradáveis.

Sinto um calor no peito. Ternura aliada à incerteza. Semelhante ao medo de que os deuses me tirem a magia. Ao medo de que ele me rejeite e se afaste. Que ele me repudie.

Estou com medo, mas mesmo assim sigo em frente. Tenho Shu ao meu lado. Ela é um lembrete de que a magia nunca é totalmente perdida, que pode se tornar algo mais. Minha irmã sempre estará comigo, mesmo que tudo o mais desapareça.

Coloco o dān na boca. Sirvo o chá. A tampa do bule queima a ponta dos meus dedos enquanto o líquido flui para as xícaras. Bebemos, seguindo o ritual. Permitindo que o calor preencha meu corpo, que a magia se espraie pela minha mente como um raio e, por sua vez, me conecte a minha irmã. Shu desiste de sua essência de bom grado, ansiosa para ajudar. Minha língua rompe a casca externa do dān e o chá o dissolve.

Levanto a adaga com as duas mãos e envio nossa magia para aquela cidade brilhante, então o chamo pelo nome.

Kang.

Capítulo Quarenta
Kang 康

Ele sonha com o fogo que queimou as portas do palácio. O guarda-costas da mãe irrompe em seu quarto e o arranca da cama. Kang está cercado pelo cheiro de fumaça e metal. Gritos. Choro. Ele tem nove anos novamente, menor que os demais, passado de mão em mão no caos. A mãe, olhos tão afiados quanto a lâmina curva no quadril, direciona as pessoas para a saída pelo portão dos fundos.

Vá com eles, Kang!, ordena, se virando para voltar à batalha.

Não!, o menino protesta, mas braços o levantam e o afastam...

Ele acorda se debatendo na cama, testa e corpo encharcados de suor. Está outra vez no palácio. Engasgado com o cheiro de incenso. Cercado por madeira e papel. Tudo tão fácil de queimar.

— Kang?

Alguém chama seu nome no meio da noite. Parece Ning.

— Kang!

A voz acena para ele, mais urgente daquela vez.

Seus pés tocam o chão. Ele tem de seguir o chamado.

Ela o espera no jardim iluminado pelo luar, onde a princesa uma vez o fez se ajoelhar, chamando-o de traidor. O jardim é seu agora, mas ele nunca se demorou ali. Prefere atravessá-lo o mais rápido possível para não ser lembrado daquela noite. É fácil demais se recordar das acusações da prima, que estão se tornando realidade agora.

Uma brisa suave agita o cabelo de Ning. Ela está vestida como em sua lembrança mais vívida: aquele dia no mercado, com a túnica de competidora. Aquilo é um sonho? Ele não tem certeza. Eles se encontraram repetidas vezes. O destino os aproximando, os fios emaranhados uns nos outros até que seus destinos estivessem inevitavelmente ligados.

— Você está realmente aqui? — pergunta ele.

Ning sorri e gesticula para que Kang se sente.

— É tudo um sonho.

Ele se senta no banco de pedra. Parece real sob ele, sólido. O banco em que a princesa colocou uma faca em sua garganta. Quando ele se lembrou da dor de ser marcado pelos soldados do imperador, de ser levado da única casa que já conheceu. De assistir aos homens fazerem o mesmo com seu pai e sua mãe. Ele encontra os olhos de Ning e sabe que ela sente o peso daquela memória. A raiva e a vergonha. Mas ela não o julga. Ela sabe o que é amar e perder. Sabe o que é amar e se decepcionar.

Ning lhe serve uma xícara de chá, os movimentos tão graciosos quanto ele se recorda. Cada gesto ligado ao outro, uma fluidez ensaiada.

— Amanhã trarei a relíquia restante para seu pai — informa ela, a voz leve e despreocupada, como se lhe dissesse que o visitaria em sua residência com presentes. Como sua prometida faria, se ela se tornasse sua noiva. Se eles tivessem se conhecido em qualquer outro momento. Se fossem duas pessoas muito diferentes.

— Gongyu pediu por isso — diz ele, entre dentes. O chanceler está fazendo isso porque ela o envergonhou, para ferir Kang. — Ele é obcecado por você. Será o mesmo que ceder a ele. Não vá.

Ela não discorda.

— Você soa como a princesa. — Ela sorri, e há afeição em suas palavras. — Ela também tentou me convencer do contrário, mas você não vê? O que quer que me conecte a você também me conecta a ele. É onde preciso estar.

Ning empurra a xícara para ele do outro lado da mesa e, com a outra mão, segura seu punho cerrado. Passa o polegar com ternura sobre os nós, o mais leve dos toques. Ele permite que ela lhe abra os dedos, que se demore sobre cada linha e sulco de sua palma, acaricie os calos, enviando um arrepio por seu corpo. Até que ele quase se esqueça de que ela não está ali, de fato.

— A mão de um guerreiro — comenta Ning, as sobrancelhas unidas. — Odeio ter de pedir que faça isso.

Kang ergue o rosto e encontra os olhos de Ning, sentindo a hesitação ali. O arrependimento. Tão familiar para ele quanto os próprios pensamentos.

— Você pode me contar — encoraja Kang.

— É melhor você tomar o chá — argumenta ela, franzindo o cenho, e afasta a mão.

O chá desce suave. Limpo, doce, levemente floral. Ele fica maravilhado com o sabor, mesmo no sonho. Quase tão real quanto a realidade.

— A princesa e o general trarão suas forças para o campo diante de Jia — diz Ning. — Zhen solicitou uma reunião com seu pai, a apresentou como uma possível rendição e, como uma demonstração de boa-fé, vai lhe presentear com uma relíquia.

Kang já sabe. O casco de Bìxì. Como os conselheiros do seu pai haviam festejado quando ouviram a mensagem, convencidos de que a princesa era fraca e medrosa... Mas, pelo que conhece da prima, ele sabe que não pode ser tão simples. Sabe que o chanceler preparou uma resposta. Só não sabia que envolveria a própria Ning.

— Estas são as relíquias que Lady An me disse que podem ser necessárias para detê-lo, como fizeram antes — explica ela. — A escama de Shénnóng. O casco de Bìxì. A pena de Bi-Fang. A garra do Tigre Preto.

Algo trepida no ar ao nosso redor quando ela profere as palavras, como se o reino dos sonhos se curvasse diante do poder e reconhecimento dos antigos deuses.

— E ela concorda que você as dê a ele? A princesa acredita que uma trégua é possível? — pergunta Kang. — Que meu pai pode ser persuadido a parar sem derramamento de sangue? — Até ele sabe que se trata de uma tentativa vã. Seu pai não obteve sua reputação do nada. O general busca o sucesso, não importa o custo, explorando cada possível fraqueza.

Ning balança a cabeça.

— Não faz diferença para mim. Desejo evitar que o povo de Dàxī encontre um destino pior que a morte.

Abominações ganhando vida, rastejando para fora das entranhas da terra. Kang vê tudo em sua mente, imagens, cada uma mais horrível que a anterior, sendo mostradas a ele por meio da conexão entre ambos.

— Quais são as outras exigências? — pergunta, ciente de que o chanceler é cheio de artimanhas e de que deve haver algo por trás daquela estratégia. Algo que Kang não entende muito bem.

— Apenas a data. A troca deve ser feita amanhã.

Por que concordar com um encontro quando não há nenhuma vantagem real? Quando os celeiros de Jia estão cheios, quando a capital mantém uma posição facilmente defensável no ponto mais alto do vale. Quando há os guardas do palácio, os guardas da cidade, os soldados de Sù e Lùzhou. Jia pode resistir a um cerco. Seu pai pode ascender como imperador no momento auspicioso, seguramente acautelado atrás das muralhas da capital. Tem o benefício do tempo, para esperar por mais reforços de Lùzhou e para a inquietação dentro de Ānhé se resolver por si mesma, porque, embora haja facções leais ao antigo imperador, também existem forças favoráveis à ascensão do general.

— O que há de tão especial amanhã? — murmura Kang, tentando analisar a situação de uma perspectiva militar, tentando ver o plano pelos olhos do pai.

— Ela me avisou sobre a magia de Gongyu — diz Ning. — Ele vai exigir sacrifícios para se ligar a sua forma humana. A serpente não tem sangue próprio, nenhuma força vital. Só pode manter a forma humana por um tempo, uma ilusão. Gongyu terá de usar a magia mais sombria para assumir totalmente o corpo do chanceler, para voltar a caminhar sobre a terra. Não como um parasita, não como um manipulador de marionetes, mas para tomar um verdadeiro corpo humano para si.

Kang não quer fazer a próxima pergunta.

— O que ele requer?

— Mil almas. Ele precisa consumir mil almas para caminhar sobre a terra outra vez.

Kang estremece com o pensamento.

— Quando ele usar o poder do olho, da perna e do coração, vai desgastar seu invólucro humano. Acreditamos que ele tenha um tempo limitado para consumir essas almas a fim de sobreviver, e essa é a razão para o prazo.

— Como ele será capaz de devorar tantos de uma vez?

— Algum tipo de ritual. — Ning esfrega a testa.

— Espere... — diz ele. — A troca. Quantos devem estar no campo?

Ning pondera sobre o assunto, e então chegam à conclusão ao mesmo tempo. Ela bate com a mão na mesa.

— Ele pretende inundar as planícies. Matar todos no corredor entre Jia e Huadu. Não admira que tenha concordado com os termos da rendição, exigido ver Zhen das muralhas da cidade. A princesa não estaria sozinha. Teria a proteção de seus batalhões ao redor. — Ning se levanta de súbito, andando de um lado para o outro. — Assim que ele conseguisse alcançar uma porção da sua magia, não demoraria muito. Os rios já estão cheios da chuva, as enchentes que começaram no final do inverno, início da primavera... As tempestades têm sido diferentes de todas já vistas nos últimos cem anos. Foi ele. Se preparando.

— O antigo nome do Águas Claras é Ouro — comenta Kang, lentamente. — Pois o rio às vezes corria límpido, às vezes em torrentes amareladas, com sedimentos de rochas que destruíam tudo em seu caminho, desaguando no Jade, tornando suas águas impróprias para o consumo por um tempo...

Jade e Ouro. Dragão e Serpente.

— Agora sabemos o que temos de fazer, e é isso que devo pedir a você. — Ela se aproxima de Kang e segura suas mãos.

Mas ele já entendeu.

— Você quer que eu o mate.

— Pegue a espada de osso e a enfie em seu coração quando ele estiver mais vulnerável. Antes que tenha a chance de consumir as mil almas, ele precisa selar sua magia — diz ela, com segurança.

Ele compreende aquilo. Todos os caminhos levam ao inevitável. Eles devem garantir que a serpente caia.

Combater veneno com veneno, Kang capta o pensamento fugaz.

— A espada de osso é nossa melhor chance de feri-lo, pois contém uma parte de Gongyu. Vamos usar sua própria magia contra ele — argumenta ela, depressa, a mente já calculando as possibilidades.

Kang terá sua vingança contra o chanceler, por trazer tamanho mal ao império, por envolver seu pai naqueles esquemas.

— Tome cuidado — sussurra Ning, o encarando. Ela aninha o rosto de Kang na mão. Ele coloca a mão sobre a dela, compartilhando seu calor.

— Vejo você amanhã — sussurra ele em resposta. Ao redor dos dois, o sonho começa a desmoronar, as paredes desaparecendo no nada. O jardim se encolhe, cada vez menor. E então ela se foi.

Capítulo Quarenta e Um
Ning 寧

Pela manhã, estou vestida com elegância, como convém a uma emissária do reino. Um manto de prata com o mais leve esboço de bambus verdes. Um bordado de flores decora as mangas e a gola. Um aro em volta do pescoço, anéis em meus dedos. Meu cabelo foi penteado em um estilo condizente a uma nobre solteira, preso por um alfinete incrustado com pedras preciosas. Vou cavalgar portando uma mensagem da princesa. Mas, em vez de levar riquezas e honra para minha vila, posso muito bem estar sendo guiada para minha própria perdição.

Antes da partida, tenho tempo para me preparar para a mais importante xícara de chá que talvez prepare na vida. Shu atua como minha assistente, reunindo os ingredientes de que preciso. Sinto suas emoções ao meu lado, a preocupação e a frustração. Mesmo que odeie vê-la partir, eu a abraço e a mando embora com Lian. Preciso me concentrar na tarefa adiante.

O *Livro do Chá* diz que a bebida preparada permitirá ao mestre enxergar através das ilusões. Espero que me ajude no que preciso fazer. Quando abro a embalagem, a mistura de aromas flutua até mim. O cheiro da terra. O cheiro do jardim. O cheiro da minha herança.

Ruyi entra na tenda, me cumprimentando com uma reverência. A guarda-costas da princesa sempre tem a aparência de uma guerreira, com a pele queimada de sol e o corpo esguio vestido em armadura, uma espada no quadril. Invejo sua confiança.

— Junta-se a mim para uma bebida? — ofereço. Ela se senta à minha frente, e continuo meu rito.

Repito os passos em voz alta, pois sei que Ruyi vai querer saber o que está ingerindo.

— Dāncān — sussurro, enquanto macero o ingrediente na água. — Para acessar a força vital interior. Chénxiāng. — Dou uma longa baforada, atraindo a fragrância para meus pulmões. — Para limpeza do espírito, para iluminar o caminho. E shārén, para mãos firmes. — Trituro as sementes secas, depois as polvilho no bule.

Leva apenas alguns momentos para a infusão descansar, para eu sentir a atração da magia. Saindo dos ingredientes, entrando na água, se transformando em algo novo e maravilhoso. Bebemos juntas, o sabor tanto doce quanto amargo.

Eu a observo, a aia da princesa. Certa vez, segui Ruyi pelo palácio com a intenção de matá-la para me vingar. E, no entanto, ela se tornou outra coisa para mim. Alguém em quem confio, com quem posso desabafar, a quem posso até chamar de amiga. Como Lian. Ruyi está disposta a me defender, mesmo contrariando a quem ama.

— A princesa nunca iria querer que eu mentisse e dissesse apenas o que ela deseja ouvir — revela Ruyi, e percebo que, com a conexão do chá, ela consegue captar a sugestão dos meus pensamentos. Como se eu precisasse de mais uma maneira de alguém ler minhas intenções, já tão facilmente reveladas em meu rosto.

Ruyi ri do meu argumento, um som gutural. Dentro do peito, sinto uma pontada de melancolia. Ela é linda, e eu só queria que alguém me olhasse do modo como a guarda-costas olha para Zhen.

E, então, antes que eu possa impedir, o resquício de outra memória surge. Um garoto que me encara enquanto meu toque se demora em sua mão, que parece querer dizer muito, mas não sabe como fazê-lo.

— Acho que alguém já a olha assim — diz a aia, suavemente.

O calor inunda meu rosto e coro de vergonha, me atrapalhando para ficar de pé.

— Não importa — digo, e sua risada me segue até eu sair da tenda.

Estamos no campo onde a batalha foi travada centenas de anos antes. Ao meu lado o Rio Jade, cujas águas esculpiram um caminho entre o que existia antes de Dàxī e o que permanecerá depois de Dàxī se tornar pó.

A princesa monta seu cavalo de batalha, emparelhada com o Comandante Fan. Ao seu redor, o batalhão em formação. Avisei a ela sobre os deslizamentos de rochas nas montanhas perto do Rio das Águas Claras, sobre o plano de Gongyu de invocar a água e afogar todos em seu caminho. Ela está levando uma força de apenas duzentos homens, todos cavaleiros montados. Espero que seja o suficiente para frustrar os planos da serpente.

Eu me coloco diante da princesa e faço uma mesura; nas mãos, carrego a relíquia de Bìxì. Ela também se curva, reconhecendo o risco que estou correndo. Ao meu lado, Ruyi se aproxima com o cavalo. Aquilo, tenho certeza, aflige Zhen mais que qualquer coisa. A princesa não queria colocar a amada em perigo e, ainda assim, ela é a única que conhece e aceita minha magia. Que me permitirá usar sua essência, seu corpo, sua mente se houver necessidade.

É a diferença entre Shénnóng e Gongyu. A serpente sabe apenas como tomar, mas Shénnóng pede a você que ceda. Um toma lá dá cá. Pergunta e resposta.

Sinto a intensa conexão entre mim e Ruyi. Minha percepção da sua presença conforme ela se aproxima. Por um momento sou eu mesma, mas também sou ela. Em preparação para o que está por vir.

Você confia em mim?

Sim, é a resposta que ecoa. A resposta retumbante. Mais além, as torres dos tambores começam a bater o compasso. Ouço o ressoar de uma trombeta de algum lugar distante.

Disparamos pela estrada em direção a Jia. Em direção ao general à espera, em direção a Gongyu.

Sou eu mesma, mas não sou. Sinto o tropel de cascos sob mim; sinto a força de Ruyi em minhas mãos e pernas, incitando o cavalo a ir mais rápido. Ela está pensando em Zhen. Está se lembrando daquela manhã, daquele momento no quarto de dormir, no barco. Quando tudo estava quieto ao redor das duas, quando eram apenas elas, juntas, os dedos da aia acariciando o cabelo de Zhen. Ruyi abriu a boca para falar, mas a princesa pressionou o dedo contra seus lábios. *Shh... me deixe aproveitar este momento um pouco mais...*

Eu me afasto da memória íntima. Não é para mim.

A distância encolhe. Vejo as fileiras de soldados parados diante dos portões da cidade. Vejo figuras nas muralhas, arqueiros apontando as flechas em nossa direção. Sinto o cheiro de camélias e, na boca, sorvo a reminiscente fragrância de chénxiāng. A presença obscura logo à frente, pois aquele tipo de magia é algo que não pode ser escondido, não pode ser contido. A entidade sombria à espreita atrás dos olhos do segundo homem mais importante do reino. Há muito a temer.

Cair no abismo, se perder na escuridão que rasteja além da borda da floresta, se deixar enveredar pelo sussurro dos próprios pesadelos. Perder-se. Perder aqueles que ama.

Dou força a Ruyi enquanto ela se firma e se ergue na sela. No alforje, ela escondeu uma aljava de flechas.

Estamos quase alcançando a fileira de soldados. Estamos perto o suficiente para ver o rosto do general, do chanceler, e perto o suficiente para ver... Kang. Ele tomou o chá que eu pedi que bebesse, acrescentou à mistura um ingrediente que lhe revelei durante a noite. Um que alivia dores de cabeça, mas também fortalece nossa conexão. Que me une a ele enquanto minha magia o alcança através da distância, porque minha magia o conhece, o reconhece, o enxerga por quem ele é.

Ruyi puxa o arco e dispara uma flecha, direta e certeira, rumo ao coração do general.

Capítulo Quarenta e Dois
Kang 康

Kang sente a magia de Ning lhe acariciar a mente. Um sinal para se preparar para o que está por vir. A mão encontra o cabo da espada e, quando vê Ruyi se levantar na sela, a lâmina surge em seu punho. Ele se lança para a frente enquanto a flecha gira em direção a eles.
— Pai! — grita, cada átomo do seu ser soando como o filho devoto.
A espada derruba a flecha no chão. O pai o encara, atônito. A seus pés, ouvem-se gritos enquanto os comandantes ordenam aos arqueiros que disparem flechas na direção do emissário.
O general sorri, mas sua aprovação já não tem o mesmo efeito sobre Kang.
— Meu filho! Você me salvou.
— Sinto muito — lamenta Kang, estendendo a mão para a outra espada em seu quadril. Ele a puxa para fora da bainha e, com um giro, empurra o general para trás.
Parado na beira das muralhas da cidade, o Chanceler Zhou observa o caos abaixo com satisfação.
Kang põe a mão no ombro do homem, em seguida crava a espada de osso em suas costas, na altura do coração.
A espada afunda no corpo do homem, acertando o alvo. Com um solavanco, o chanceler cai para a frente, cuspindo um jorro sangrento no ar. Kang fica parado ali, ofegante, enquanto o corpo desliza até as pedras do chão. Ele conseguiu. Fez o que lhe foi pedido.
— O que você *fez*?! — o general grita atrás de Kang, perplexo e incrédulo.

Ele se vira para encarar o pai, o sangue do chanceler nas mãos.

— Pai, por favor, você precisa entender. — Agora o general vai descobrir a verdade. Verá que tudo aconteceu como deveria.

Mas, de repente, uma lâmina aparece na garganta de Kang, um braço aperta seu corpo, hálito quente sopra sua orelha. O Chanceler Zhou surge ao seu lado, o peito uma ruína sangrenta. O sangue escorre sobre as pedras. O pai olha horrorizado para o chanceler.

E eis a verdade. Nenhum homem poderia resistir a uma espada nas costas. Kang sentiu a torção, o triturar do osso, e sabia que o pai também tinha ouvido. Sentiu a pele e os músculos se separando, sentiu a lâmina rasgar a carne e sair do outro lado. O homem não deveria ter sobrevivido, e Kang estava disposto a morrer para mostrar ao pai a verdade sobre aquele monstro à espreita ao seu lado, lhe guiando as ações.

O semblante do general vacila diante dele. Kang pisca. Deve ser o suor ou a luz pregando peças em seus olhos. Ele sente o desespero de Ning, o medo, amplificando o seu.

Alguma coisa... alguma coisa não está certa... Foram as palavras dela... ou dele?

— Eu lhe dei o que você pediu — diz Gongyu. — Eliminei seus inimigos, aqueles que mataram sua amada. Trouxe a vingança até sua porta e arranquei deles o que foi tirado de você. Agora é hora de me dar o que me prometeu em troca.

Ele o vê nitidamente agora. *O general pescando um orbe de jade das águas do Mar Oriental. Uma voz retumbando na mente do pai. Cheia de promessas, se ele se dispusesse a seguir, a fazer o que lhe fosse exigido. Mas o preço final seria seu corpo.*

— Tenho seu filho, sua esperança, aquele que você aceitou como seu — diz a voz oleosa do chanceler em seu ouvido. — Você quer a proteção que prometi conceder a ele? Então termine o que começou!

Kang não entende. Não entende por que o pai levanta as mãos. Não entende por que o pai se ajoelha diante do chanceler, lhe implorando que não machuque o filho. Não entende por que o pai fecha os olhos e assente.

De repente, braços o puxam para trás e guerreiros Wŭlín com expressões impassíveis o contêm. Ele grita para que alguém, qualquer um, impeça aquilo, mas não há mais ninguém nas muralhas da cidade para ajudá-lo.

— Kang! — Ele ouve o grito de Ning atravessar o campo de batalha abaixo. *Não...* Ele a ouve com nitidez em sua mente.

O chanceler está na frente do pai de Kang. A pele descascando, se desprendendo como poeira escura. O homem parece se desintegrar em sombras diante de seus olhos. As mãos apertam os ombros do general. Cuidadosamente, como faria um amante, ele o puxa para perto. O pai de Kang está envolto em sombras, os olhos obscuros. Os braços de Kang são puxados para trás com força. Ele estremece.

A esfera de cristal no corpo do chanceler brilha através da escuridão, depois entra no peito de seu pai, afundando na pele. A espada de osso vai até a perna do general. O olho de jade se materializa acima dele e, com um estalo, a cabeça do general é puxada para trás, a boca aberta em um grito silencioso.

As sombras descem pela boca aberta e fluem para dentro de seu corpo, que convulsiona, trêmulo, até que o homem cai para a frente, se apoiando nas mãos estendidas. Kang luta contra o aperto de ferro dos soldados Wǔlín, mas é inútil. Eles não vão soltá-lo.

O deus dentro de seu pai joga a cabeça para trás e ri. Lentamente, ele se endireita até ficar de pé. Gira os ombros para trás. Vira a cabeça. Para um lado, depois para o outro.

— Achou que seria fácil assim? — A voz é baixa, sussurrada. Kang sente o medo de Ning ao reconhecer a voz de seus pesadelos. — Antes, você poderia ter sido capaz de me matar com minha própria espada, mas estou forte demais agora. Recuperei toda a minha magia. — Ele abre e fecha a mão, maravilhado com o movimento.

"Meu olho, que seu pai pescou das profundezas. Meu coração, devolvido a mim pela garota que ama. E agora, Li Kang, você tentou me matar. Isso apenas me diz que tenho razão: os humanos são patéticos e fracos, facilmente influenciáveis. Tudo o que preciso fazer é ameaçar as pessoas que amam, em seguida assistir enquanto tentam desesperadamente salvar aqueles que sequer salvariam a si mesmos. Vocês vão rastejar diante de mim como as criaturas miseráveis que são."

Seu rosto ondula novamente, e então linhas aparecem na superfície da pele. Rachaduras. Sua silhueta se contorce, transforma, seu corpo se avoluma, incha de modo inimaginável. Pedaços da sua armadura caem no chão, o elmo bate nas pedras com um tinido. A pele descasca, revelando escamas pretas do tamanho de uma cabeça humana. A serpente continua a se alongar em direção ao céu conforme o solo sob a muralha treme e retumba.

Kang sabe, por meio de sua conexão, que Ning sente a repentina torrente de magia drenada das profundezas da terra, algo adormecido, à espera daquele momento. Do ressurgimento de um deus.

Gritos soam a distância quando os soldados de Jia começam a ver a forma escura da serpente acima da cidade. As pedras se quebram sob a criatura à medida que cresce, fazendo desmoronar parte da muralha da cidade. É mais alta até que a torre do sino, o ponto mais alto da capital.

Kang tenta gritar para Ning e Ruyi fugirem, mas um dos guerreiros Wǔlín o atinge no estômago, fazendo-o cair de joelhos.

Flechas voam, atingindo as escamas grossas apenas para ricochetear de modo inofensivo.

A serpente ri de novo, um terrível som trovejante que perfura o crânio de Kang.

— Você pensou que era tão inteligente. Pensou que poderia me enganar, mas eu estava preparado. Afinal, como meros humanos poderiam ser páreos para um deus?

A criatura se aproxima, o corpo deslizando em espirais ao redor de Kang, que tenta afastá-la, resistir. Mas a serpente o aperta, se enrolando em suas pernas, seu corpo, até que ele esteja preso até o pescoço naquele abraço. Até que ache difícil respirar.

— Traga-os para mim. Traga todos eles. Vão testemunhar meus planos para o grande Império de Dàxī — a serpente ordena.

É a última coisa de que Kang se lembra antes que a escuridão se feche sobre sua cabeça.

Capítulo Quarenta e Três
Ning 寧

A serpente me observa com olhos vermelhos. Ela me vê enquanto puxo os fios que conectam nosso mundo ao próximo; envia uma mensagem diretamente a minha mente.

Eu devia tê-la matado quando tive a chance, e agora não me permitirei arrependimentos. Vou devorar todos os seus sonhos e desejos patéticos. Sua crença tola de que ainda pode salvar a princesa, salvar este império da ruína.

A terra continua a rugir sob mim, os tambores ainda ecoando ao nosso redor. Há gritos dentro da cidade, de todas as pessoas presas ali dentro.

Sinto a pressão dos anéis da serpente no corpo de Kang. Aquela força esmagadora o oprimindo até que se torna difícil respirar. Senti cada átimo daquela dor como se fosse em meu próprio corpo, e, pelo modo como Ruyi cai ao meu lado, sei que sente o mesmo. Conforme o ar é espremido para fora dos pulmões de Kang, perdemos a consciência também. Enquanto perco a consciência, vejo os soldados das sombras acima de nós. Eles nos levam embora.

Acordo arfando. Estou sendo carregada nos braços de um soldado impassível. Muito embora tente estender um filete da minha magia, uma tentativa desesperada de persuasão, esta se depara com uma parede em branco. Kang está em algum lugar, perdido e fora de alcance. Não tenho nenhum dān. Tenho apenas duas relíquias, metade do que é necessário para derrotar o poder de Gongyu. Mas ele está próximo de ascender a sua verdadeira forma. E não inundou o vale, então não tenho ideia de qual é seu plano. Ruyi também solta um suspiro trêmulo ao meu lado, depois se debate nas mãos do soldado que a segura. A aia luta, mas o homem é muito forte e ela é contida com facilidade pelos outros. A tentativa de fuga lhe rendeu mãos e pés amarrados.

Envio uma hesitante gavinha de magia na direção de Kang, tento senti-lo através da nossa conexão. Está fraca, mas a ligação existe. Ele parece se afastar de mim, inconsciente.

Somos transportadas pelas ruas da cidade, agora silenciosas. Não há mais ninguém além de nós. Nenhuma figura nos olhando das janelas fechadas. Ninguém nos observando dos becos. Silêncio absoluto. Sinistro. É como se mover por uma cidade de fantasmas. A inquietação dentro de mim se intensifica. Onde está todo mundo? Dezenas de milhares de pessoas devem morar em Jia. Não poderiam ter fugido durante a comoção.

Entramos no palácio por um dos portões laterais. Somos levadas por corredores e atravessamos pátios, onde muitas pessoas parecem estar se enfileirando de maneira ordenada. O silêncio persiste. Um silêncio sepulcral. Não entendo o motivo de estarem tão dóceis. Tento gritar com elas para lhes dizer que fujam, mas um pedaço de tecido é rapidamente enfiado em minha boca, me silenciando antes que eu possa dar um pio.

Estamos no Pátio do Futuro Promissor, que conheço bem. Seus imponentes muros testemunharam meus muitos testes no palácio. Somos carregadas pelos degraus de mármore branco feito porcos premiados prontos para o abate, a caminho de um banquete, em direção às grandes portas abertas do Salão da Luz Eterna. Atrás de nós, há uma multidão. Muitas pessoas ocupam o espaço. Soldados, plebeus e mercadores. Tantas pessoas, e ainda assim fazem silêncio. Estão muito quietas, e eu, com medo.

É quando atravessamos as portas que vejo o que está acontecendo. O grande corpo da serpente preenche toda a parede do fundo, curvado ao redor do trono no qual o imperador teria se sentado para receber dignitários e homenagens. Mas no lugar de mesas postas para os oficiais, a bela mobília de sequoia se encontra estilhaçada e empilhada em um canto. Vasos quebrados entulham o chão enquanto os soldados conduzem as pessoas até a serpente.

A cabeçorra da criatura se curva sobre o primeiro dos humanos na fila. É uma mulher de sorriso plácido, que se abaixa em uma reverência desleixada. A cabeça da serpente paira logo acima dela. A magia irrompe do interior de Gongyu como um chicote, mas a mulher não vacila diante daquele toque, mesmo quando se entranha em sua pele. Então filamentos de sua essência são extraídos de seus olhos, nariz, garganta… engolidos pela boca aberta do monstro. Gongyu está se alimentando.

O rosto da mulher fica cada vez mais macilento e pálido diante de nós. Os olhos se tornam fundos, a carne retesada sobre o osso, até que ela se transforma em pó. À medida que os últimos fios de força vital são sugados, uma única escama perfeita se forma nas costas da serpente, dourada e brilhante. Tudo o que resta da mulher é um monte de cinzas para ser esmagado sob os calcanhares da próxima vítima, logo chamada à frente. Os brilhantes vestígios do que pensei ser areia no chão não passam dos restos das pessoas que a criatura já matou.

O outrora belo salão, a glória de Dàxī, se tornou um cemitério.

Os soldados das sombras nos empurram para a frente, e somos obrigadas a ajoelhar diante de Gongyu. As mordaças são arrancadas de nossas bocas. A serpente faz uma pausa em seu consumo de almas para nos olhar de soslaio, regozijando-se em seu poder e no sucesso de seu plano.

— Testemunhem! — grita, o horrível som de sua voz ecoando na câmara. Reverberando nas paredes e no chão. — Vou consumir os cidadãos de Jia e atingir o ápice do meu poder. Vou lhes mostrar a futilidade da sua luta.

Um dos soldados das sombras se aproxima, segurando itens em uma bandeja. Reconheço o que são com um suspiro.

— Sim, seus tesouros patéticos — diz ele. — O que resta dos seus outrora gloriosos deuses.

Mãos ásperas se atrapalham com a bolsa ao meu lado, retirando do interior o casco de Bìxì, e nada posso fazer senão assistir enquanto o levam. A relíquia é colocada na bandeja ao lado dos outros tesouros.

— Uma tigela. Uma adaga. Um disco — zomba a serpente.

Estão todos ali. Tudo o que procuramos. A pena que se transformou em leque, eu escondi junto ao corpo. Talvez se pudesse...

Mas minha esperança é rapidamente destruída. Um dos soldados das sombras pega o disco e o quebra ao meio, jogando os cacos na parede. A tigela, ele esmaga nas mãos e a adaga é partida ao meio, separando o metal do cabo. Grito em desespero.

— Junte-se a seus deuses e a seu príncipe. — A serpente gargalha enquanto os soldados das sombras me levantam pelos braços e me arremessam contra a parede. Eu a atinjo com um baque, então caio no chão. Um amontoado de panos escondido nas sombras se move ligeiramente, e percebo que é uma pessoa.

Kang. Ele ofega a cada respiração. Sinto suas costelas quebradas, o pulmão perfurado.

— Quebre as pernas dela — instrui a serpente, e um dos soldados segura uma beligerante Ruyi enquanto outro a golpeia com um cajado até que ela grita. Sinto o estalar de seus ossos como se fossem meus e grito com ela. Os homens também a jogam perto de nós, e minhas pernas queimam com a dor da aia.

— Vou saborear vocês três quando estiver pronta. — A serpente sorri.

As relíquias estão espalhadas em pedaços ao nosso redor. Almas inocentes são devoradas diante de nós, uma após outra. Só podemos ficar deitados ali e assistir, os corpos alquebrados, deploráveis. Estou mais uma vez impotente diante da inevitabilidade do meu fracasso.

Consigo rastejar em direção a Ruyi, a dor irradiando por meu corpo a cada movimento trôpego. Ouço a respiração fraca e afasto seu cabelo dos olhos. Acesso o reservatório de magia dentro de mim, o resquício dos poderes curativos do cogumelo e do chá. Compartilho minha própria essência com a dela.

— É só o que consigo fazer — sussurro para ela. Com meu limitado poder. Ela assente para mim, e sinto seu agradecimento.

Em seguida, verifico Kang. Ele tenta abrir um sorriso, mas então estremece quando inspira novamente. Também lhe envio um pouco da minha magia para aliviar a pressão em seu flanco. Para embotar o pior da sua dor. Enquanto apoio o corpo cansado na parede ao seu lado, pronta para aceitar minha eventual morte, algo machuca minha mão.

A metade do disco de jade. A escama de Shénnóng. Está quebrado e a ponta afiada é suficiente para me furar a pele. Olho para a serpente e os soldados das sombras. A atenção deles não está em mim, pelo menos não naquele momento. Começo a cortar as cordas usando as pontas afiadas.

Quando solto minhas mãos, vou até Ruyi e também a ajudo a desamarrar braços e pernas, embora a guarda-costas não consiga ficar de pé. A serpente continua a se alimentar. Tento juntar os cacos das relíquias para ver o que consigo salvar. Não há reparo possível.

Ergo o olhar. O corpo da criatura é quase ofuscante demais para que eu consiga contemplar; agora há apenas um punhado de escamas pretas à vista. Entendo enfim por que o consideravam um deus. Gongyu, irmão do Dragão de Jade, um deus de sonhos e pesadelos. Então sinto algo quente na lateral do corpo e rapidamente sufoco um grito. O leque. Eu o puxo para fora de seu esconderijo e o seguro na mão, intocado e branco.

A mão de Kang aperta minha perna.

Olhe!

Os cacos das relíquias começam a tremer.

Capítulo Quarenta e Quatro
Ning 寧

Diante de mim, o disco de Shénnóng se funde de volta em um círculo. O casco de Bìxì se retorce como se feito de barro macio, moldando-se uma vez mais como uma tigela. A Garra do Tigre se encaixa, girando sobre a lateral até que retorne à plena forma.

Um disco ornamental. Uma tigela de pedra. Uma adaga de metal. Um leque de papel.

Objetos simples e cotidianos. Fáceis de descartar. Fáceis de ignorar.

Mas vibram com poder, com magia, e me sinto reagir. A energia corre através de mim e a envio para os dois corpos ao meu lado, fazendo a conexão. O poder de Shénnóng flui através de Kang e Ruyi, fundindo ossos quebrados, cicatrizando cortes, estancando sangramentos até que estejamos todos inteiros, nós mesmos novamente.

Estamos ligados pela magia, nossas mentes conectadas, nos movendo como se fôssemos um. Escolho o disco e pego também o leque. Ruyi segura a tigela. Kang empunha a adaga.

O fogo purifica. Ouço a voz sussurrada da Dama Branca na mente e sei que meus companheiros também a ouvem.

Abro o leque e o abano diante de mim. O fogo flui, saltando na pilha de móveis, que explode em chamas.

A serpente dá meia-volta, soltando um corpo de suas garras, a refeição interrompida, e avança sobre nós. Os olhos giram nas órbitas enquanto a cauda estala como açoite em nossa direção. Sinto o movimento de Ruyi como meu, sincronizado. Saltamos e rolamos para fora do caminho.

O fogo atinge rapidamente os painéis de madeira, que sei serem polidos regularmente para manter o brilho. O lugar todo é um barril de pólvora e pega fogo com rapidez. Os principais edifícios do palácio são construídos não a partir de um alicerce de pedra, mas de madeira, prova das maravilhas arquitetônicas de Dàxī — e da arrogância de conseguir manter a estrutura com o tipo de tora pesada que deve ser extraído das densas florestas de Yún. É o que faz com que todo o lugar se incendeie facilmente, o fogo lambendo os troncos grossos, desesperado por combustível.

A serpente arremete depressa contra nós enquanto os soldados das sombras nos encurralam, bloqueando a saída. Ruyi e eu ficamos de costas uma para a outra, separadas de Kang. Como está com a adaga, ele entra em ação, dispersando os soldados das sombras. A sala rapidamente se enche de fumaça. Ao passar por baixo de um golpe da enorme cauda, Ruyi toma impulso e pressiona a tigela na lateral da serpente. Anéis verdes explodem ao tocar o corpo de Gongyu, formando símbolos de Bìxì. As argolas envolvem a serpente, prendendo-a. Os aros se movem rapidamente ao longo da criatura, a constringindo em segmentos, brilhando com uma chama peculiar.

— *O que é isto?!* — Seu corpo começa a se debater, a língua dardejando.

Ruyi pega um punhal que caiu a seus pés. Tenta golpear as escamas de ouro, produzindo um som estridente e agudo, doloroso para os ouvidos. Então a ponta da sua lâmina atinge a borda de uma escama preta, encontrando um ponto fraco, e ela a decepa. Sangue preto esguicha, mas, onde quer que toque a pele, queima como ácido. Ruyi guincha, pontos fumegantes nos braços. Ela reajusta seu aperto e morde o lábio, então avança novamente e arranca outra escama.

Ele será contido novamente. Desta vez, um coro de vozes ecoa a nossa volta.

A serpente ruge, se virando e nos golpeando com a ponta da cauda. Os anéis verdes de Bìxì apertam seu corpo, o retesando. A aia continua sua tarefa sangrenta, extirpando cada escama usando o dao como alavanca. O sangue jorra, mas Ruyi agora está ciente do padrão dos respingos e desvia deles. O sangue corrói o chão com um chiado, queimando desenhos estranhos na madeira, quase como flores.

Atrás de mim, gritos irrompem. Bìxì é o deus da verdade — sob sua influência, as ilusões da serpente não mais prevalecem. Os soldados das sombras apertam suas cabeças, gritando, conforme o controle de Gongyu sobre suas mentes enfraquece. Eles começam a se lembrar de quem são.

Vá!, grito para Kang. Ele entra em ação agora que os soldados das sombras não estão mais sobre ele. Garra do Tigre na mão, ele rasga toda a barriga da cobra, da extremidade ao pescoço, com um golpe certeiro.

Uma torrente de sangue preto jorra enquanto o corpo da serpente convulsiona. Os anéis verdes encolhem lentamente, e um homem rasteja para fora da carcaça, tossindo e engasgando. Correntes verdes prendem seu pescoço, braços e pernas. Ele nos encara com olhos cheios de ódio, ajoelhado, mas não derrotado. Ainda reconhecível como o general. Ainda reconhecível como o pai de Kang. Ele nos lança um sorriso amargo, largo.

— Vocês acham que podem me impedir com esses simples brinquedos, esses ecos do poder que os deuses costumavam empunhar? Lutei contra todos eles e uma parte de mim ainda sobreviveu. — Ele cospe sangue preto no chão e ri. — Meu corpo físico está enfraquecido, mas estou curado. Não sinto fome, não sinto sede. Posso esperar. Esperar até que um de vocês, mortais tolos, deseje me libertar de novo, até que alguém encontre um modo de terminar o que comecei.

Do chão, a relíquia de Shénnóng cintila, então se ergue do piso, se transformando de disco em escama — sua verdadeira forma —, e paira acima da cabeça de Gongyu. Mesmo enquanto o homem se debate e tenta se afastar, as correntes o prendem no lugar. A escama encolhe até assentar em sua testa, marcando-o.

Ruyi e Kang o arrastam para fora do corpo destroçado da besta e em seguida o forçam a se levantar. O restante do grande salão arde ao nosso redor como uma pira. Vejo Pequeno Wu na porta, conduzindo as pessoas para fora, e A'bing ao seu lado, além de mais pessoas das cozinhas. Eles olham para mim, perplexos e surpresos, enquanto sigo Ruyi e Kang degraus abaixo.

— Ajude-os! — peço a eles. — Tem mais gente aí dentro! — Eles assentem e voltam para a porta do prédio em chamas, gritando por aqueles que ainda permanecem no interior. O general cai de joelhos e seu filho o coloca de pé.

Nuvens de fumaça pairam sobre o Pátio do Futuro Promissor. Acima de toda Jia.

Capítulo Quarenta e Cinco
Kang 康

Kang carrega o pai pelos jardins do palácio. Ao redor, caos e destruição. O cheiro de fumaça, fogo e morte. Ruyi os conduz pelos túneis até o Mosteiro de Língyǎ, onde uma força menor de soldados leais à princesa aguarda por eles. Quando emergem do túnel, são recebidos pela abadessa, por um grupo de monges e também pela princesa, que usa a própria armadura vermelho brilhante. Pelo menos, Kang pensa de modo fugaz, ela não está vestida de preto e dourado, as cores preferidas do pai. Os soldados avançam e rapidamente restringem o general. Vestem nele uma túnica branca pela cabeça, em seguida amarram suas mãos e pés com cordas. As argolas verdes das correntes de Bìxì desapareceram.

Os três caem no chão diante da princesa Zhen, em harmonia, sujeitos à conexão que os une.

Zhen vai até Ruyi primeiro, abraçando-a com força.

— Meu amor — sussurra a princesa no cabelo da aia. Kang consegue ouvi-la, quase como se lhe falasse ao ouvido. Ele sente uma onda de amor crescente se derramar sobre Ruyi. Um amor que é quase dor, pois a prima quase perdeu sua amada.

Então ela levanta Ning, expressando sua gratidão com um abraço caloroso também, antes de parar diante de Kang, puxando-o para que fique de pé.

— Primo — diz ela. — Você tem minha gratidão.

— Por favor, me deixe falar com ele — implora Kang, negligenciando toda a cortesia. — Antes de prosseguir com qualquer punição que considere apropriada.

A princesa assente.

— Você tem minha palavra. — Ela se vira, então grita um comando. — Comecem os preparativos!

O general é conduzido pelos jardins do Mosteiro de Língyǎ. Kang vê, pela expressão de Ning, que a magoa o fato de as flores terem sido perturbadas. O outrora tranquilo jardim agora é parcialmente um poço de lama devido ao tropel de tantas botas em meio aos canteiros. O palácio ainda arde atrás deles, iluminando o céu com um sinistro brilho laranja.

A abadessa mostra o caminho, e eles veem o que os monges estavam preparando nas últimas horas enquanto a batalha acontecia no palácio. A terra foi aberta, a lateral da montanha de pedra, cortada, e uma encosta leva até as entranhas da terra. A fonte sagrada de Shénnóng. Ning coloca a mão no braço de Kang, e ele sabe que ela vivencia seus sentimentos. Fúria. Incerteza. Frustração. Kang queria tanto redimir o pai, e ainda assim...

Os soldados se postam com o general diante do lago. Estão cercados por tochas, o que lança o rosto de todos em sombras fantasmagóricas. Zhen gesticula para que se afastem, e Kang agora pode se aproximar.

— É isso que espera por você! — grita ele, empurrando Gongyu para a frente até que ele olhe para as águas da fonte. — Cercado de pedra e submerso em água. Acorrentado à parede. É assim que quer viver o resto da sua vida imortal? É assim que quer sofrer? Liberte-o. Retorne para debaixo da rocha de onde você rastejou.

A cabeça de Gongyu se volta em sua direção enquanto ele gorgoleja, zombeteiro. Um olho de jade girando na órbita, o incandescente selo de Shénnóng na testa.

— Tudo o que vivo, seu pai viverá, principezinho. Cada desesperada tentativa sufocante de respirar. Ele vai se afogar, de novo e de novo, com cada suspiro moribundo, cada oração para terminar com a agonia. Ele estará presente, vivenciando tudo ao meu lado. Ele estará lá. O que pretende fazer? — Gongyu retoma sua risada áspera, quase um latido, o som ecoando na câmara de pedra.

Kang lhe aponta a adaga para o pescoço com a intenção de silenciar aquela horrível gargalhada, mas Gongyu apenas agarra a lâmina e sorri, sangue pingando dos dedos.

— Kang! — Zhen grita em advertência. Ning aparece ao seu lado de novo, o levando para longe. Ele a empurra e caminha em direção à parede, passos triturando o cascalho da praia. Kang está ciente da futilidade de argumentar com um deus, ainda assim precisava tentar uma última vez.

Eles forçam o general a se ajoelhar. Os soldados substituem as cordas por algemas. Trazem correntes grossas, próprias para cavalos e trabalho pesado, e as prendem em seus punhos, tornozelos e pescoço.

— Uma última chance — anuncia Zhen. — Vai libertá-lo?

Gongyu cospe a seus pés.

— Não. — Ele ainda exibe aquele sorriso desvairado. — O que os livros de história dirão sobre você? Que fez seu tio desaparecer? Eles a chamarão de implacável? Sábia?

— Vá em frente — interrompe Zhen.

A mão de Ning encontra a de Kang e, naquele gesto, ele pode ao menos encontrar um discreto conforto.

O processo é sangrento e violento. Eles extirpam os pedaços eternos de Gongyu. O olho, o coração, a perna. Kang se força a assistir. Até o fim. Cada momento guardado na memória, pois ele é a razão por trás da terrível barganha do pai.

Quando o castigo chega ao fim, o general cai para a frente, apoiado nas mãos.

— Meu filho... — diz ele, fraco, levantando a cabeça ligeiramente. Kang estuda aquele rosto hediondo, o buraco onde o olho deveria estar.
— Certifique-se de que esses fragmentos sejam enviados para os confins da terra. Certifique-se de enterrá-los onde jamais possam ser encontrados.

— Vou me certificar disso — assegura Kang, com a voz embargada. Ele não vacila, muito embora os joelhos queiram ceder. Ning não emite nenhum som ao seu lado, mesmo quando ele lhe esmaga os dedos da mão. Ela parece ser a única coisa que o prende ao mundo.

Com um aceno da princesa, as correntes são arrastadas, erguidas e passadas para mãos que aguardavam a ordem. Seus elos estão conectados a quatro anéis de ferro engastados profundamente em pedra. O prisioneiro é colocado em uma plataforma, as correntes amontoadas a seus pés. Quatro homens empurram a plataforma flutuante para o centro do lago, e então, um a um, soltam os barris, e a figura de branco afunda lentamente na água. Até que nada dele reste.

Capítulo Quarenta e Seis
Ning 寧

Passam-se horas até o fogo ser extinto, e em seu rastro o Salão da Luz Eterna se torna uma ruína fumegante. A maravilha arquitetônica do império se foi, levando consigo a ameaça que aterrorizou Dàxī. Depois que o fogo foi controlado, eu me reencontro com Shu nos jardins. Minha irmã está coberta de fuligem, e eu também. Ela se joga em meus braços ao me ver, soluçando aliviada.

— Está tudo acabado — sussurro, e ela balança a cabeça em meio às lágrimas.

Mais tarde, trabalho com Lian nas tendas de enfermaria montadas no pátio dos médicos, nos tornando úteis. Encho baldes com água, torço panos, corto ataduras, tudo para escapar da lembrança da serpente sinuosa erguida sobre nossas cabeças. Lamento as muitas almas que foram ceifadas antes que pudéssemos salvá-las. Daqueles consumidos por Gongyu, não restam corpos para enterrar.

Fico feliz em ver a própria Zhen caminhando entre os feridos, oferecendo palavras de encorajamento, ajudando como pode. Eu me perguntei, no passado, se ela seria uma governante capaz, e, conhecendo-a agora, acredito que vai provar seu valor na corte e apagar a discórdia que Gongyu semeou por toda parte.

Camas são montadas nos alojamentos e no pagode da biblioteca para acomodar aqueles que permaneceram no palácio, muito embora a maioria tenha sido enviada para o mosteiro ou para outros pontos de Jia. A ajuda de muitos será necessária para a recuperação exigida, para a reconstrução da capital.

Mesmo que a cama me chame, me prometendo o descanso de que preciso, sinto um leve puxão no peito. Aquele cordão insistente, aquela conexão. Chamando por mim, agora que meu corpo está quieto. Ele está lá fora em algum lugar, sozinho.

O destinatário deve estar disposto. Não entendi de fato quando a Dama Branca disse aquilo para mim antes. Mas agora entendo. Ele está aberto para mim por vontade própria. Kang me ouve, e eu o ouço de volta. Não sinto mais medo da nossa conexão e do que a magia tem a oferecer. Nossa estranha intimidade compartilhada. Um vínculo que é exclusivamente nosso.

Saio para o Jardim da Reflexão Perfumada. O ar ainda cheira a fumaça. A lua é uma lasca no céu. Mas não preciso de luz. Sigo a conexão entre nós, sinto o caos de seus pensamentos, que também lhe roubam o sono.

O fio me leva por todo o palácio, do oeste até o leste. Subo a muralha e sigo o caminho ao longo do telhado, me sentando ao seu lado. Aquela era minha antiga residência, onde ele me procurou naquela noite fatídica.

— Sim — diz ele, suavemente, se virando para mim no escuro. — Quando você tentou me matar. Eu me lembro.

Solto uma risada.

— Não sou eu que estou sempre à espreita nas sombras.

— Acho que podem ser meu lugar — argumenta Kang. Seu humor logo se torna sombrio, como a lua obscurecida por nuvens sopradas em uma noite ventosa.

— Você se culpa — digo a ele, e também cutuco a jarra de vinho de painço quase vazia a seus pés. — Então vai beber até se inebriar.

— Não é como os poetas fazem? Como alcançam a iluminação?

Ele ri, mas não é um som feliz. Tive apenas um vislumbre deste Kang antes, consumido pela culpa e vergonha.

Sei que as aparências enganam. Ele não é apenas o menino brincalhão ou o quase-príncipe sério. Há uma parte sua que sempre tentou esconder de mim, muito embora o Chave de Ouro e o Agulha de Prata tentassem persuadi-la a se mostrar.

— A maioria acaba afogada, tentando pegar a lua. Vão encontrar seu corpo em um barril de chuva, com as pernas de fora — digo a ele, tentando aliviar a tensão. Ele me recompensa com uma risada mais sincera.

— Um final digno de um príncipe fracassado — argumenta, tentando alcançar sua jarra de vinho. Sou mais rápida, minha mente não está embotada pelo álcool. Eu a arranco da sua mão e jogo a cabeça para trás. Bebo tudo, mesmo quando um pouco da bebida escorre pela frente da minha túnica.

Kang me encara boquiaberto. Limpo a boca com a mão e rolo a jarra pelas telhas, até desaparecer nos arbustos abaixo com um ruído.

— Você me disse às margens da fonte sagrada para não me culpar. — Eu o desafio, o vinho fazendo meu rosto e meu corpo arderem, me dando a coragem para dizer as coisas que vou dizer. — Não tinha como saber, mas era verdade. Não foi minha culpa, minha mãe ter morrido. Foi culpa... daquele rato traiçoeiro. Gongyu.

Ele me encara por um momento, então cai de lado, rindo. Quase perde o equilíbrio, e eu o puxo pela manga, certa de que vai rolar pelo telhado e quebrar a cabeça, como aconteceu com a jarra.

— Só você... só você... — suspira ele. — Só você chamaria o deus dos pesadelos... de *rato traiçoeiro*.

— Não pensei muito bem nas palavras — murmuro.

Eu deveria me sentir envergonhada. Deveria empurrá-lo do telhado eu mesma, mas estou feliz com sua risada. Noto seu tremor sob minhas mãos, e então, quando ele tenta se virar e esconder o rosto, vejo as bochechas manchadas pelas lágrimas. Brilhantes sob a luz suave da lua.

Eu o puxo para perto, mesmo quando ele tenta me afastar. No final, Kang me permite abraçá-lo, assim como ele me abraçou nas margens daquela praia de seixos.

— Não é culpa sua — sussurro para o garoto que foi tirado de casa repetidas vezes, cuja solidão reflete a minha.

Em meus braços, ele chora pela mãe, que morreu em vão. Chora pelo pai, que a vingou e quase arruinou o mundo. O pai que deu a vida para salvá-lo, como minha mãe fez por mim.

Epílogo

O inverno chegou tarde a Jia. As portas da cidade estão adornadas com pergaminhos de caligrafia, e os cidadãos de Jia desfilam seus melhores trajes. Naquele ano, o decreto da nova imperatriz foi promulgado para anunciar que a cidade ganharia cores vibrantes. Ela solicitou corantes de tons ricos, anteriormente proibidos por serem considerados extravagantes pela velha corte, mas, agora, disponíveis para o uso de todos.

Os templos se enchem com a presença dos fiéis, reunidos para prestar homenagem aos deuses, pois viram com os próprios olhos o que teria acontecido se estes não houvessem aparecido para protegê-los.

Oficial Qiu, representante do Ministério dos Ritos, me ofereceu um palanquim para me levar pelas ruas de Jia, como sempre imaginei em meus devaneios, mas recusei a oferta. Prefiro caminhar, me misturar à multidão feliz. Quero ver por mim mesma como Jia se reconstruiu da devastação que deixei para trás meses antes, quando parti como integrante do comboio responsável por garantir que as partes de Gongyu nunca fossem encontradas. Demorou muitos meses, mas nossa tarefa foi concluída no início do inverno, então pude voltar para casa.

Visitei o pomar de pomelos com meu pai e Shu para falar com minha mãe no aniversário de um ano de sua morte. Nós lhe presenteamos com um prato com três fisális brancas e macias e três laranjas carnudas. Fiz questão de descascá-las porque ela odiava a sensação da pele da fruta sob as unhas. No bosque, acendi seu incenso favorito e deixei a fumaça carregar meus pensamentos até ela.

Minha mãe deixou evidente ao longo da vida que não queria ser lembrada com uma placa dentro de casa. Queria ser encontrada nas árvores, para nos lembrarmos dela quando estivéssemos ao ar livre. Eu me perguntei uma vez se existia um shénnóng-shī cuja habilidade incluísse falar com os mortos. Com o que quer que restasse da minha mãe. Considerei a ideia uma tolice na época, mas agora jamais diria que tal coisa não é possível, pois já vi e experimentei muito do impossível.

Shu e eu voltamos a Jia a partir de Sù, subindo o Rio Jade, e foi uma experiência diferente da primeira vez que embarquei na balsa. Com o selo da imperatriz, conseguimos fretar um pequeno navio e ter uma sala privada.

Para o Dōngzhì, o dia mais curto do ano, o reino celebra o fim da colheita, os celeiros cheios. Feliz que o ano está chegando ao fim, o novo cada vez mais perto. É hora de os oficiais prestarem homenagem à imperatriz e encerrarem os últimos dias do ano antes de voltarem para casa e para as próprias famílias.

Mas agora, mesmo enquanto comemoramos, sei que a capital ainda está de luto. Quando atravessamos os portões do palácio, vejo a estrutura em ruínas do Salão da Luz Eterna à frente. Só resta a base, a grande escadaria subindo para o nada.

O Ministro Song nos assegurou, por meio de cartas, que realizaram os ritos fúnebres não muito depois de partirmos. As almas de todas aquelas pessoas. Espero que o que restou delas tenha encontrado o caminho de volta para suas famílias e para as estrelas.

Pelo menos os que vivem no palácio podem agora respirar, livres do medo de investigação e castigo. Encontrei Qing'er na cozinha mais cedo. Acendemos incensos para sua avó e sua mãe. Pequeno Wu e A'bing o acolheram, garantiram que ainda tivesse uma família para chamar de sua. Deixei Shu com Lian em sua residência, brincando com jogos de Kallah. As duas se tornaram amigas, como imaginei. Fiquei feliz, também, de ver Fei e Hongbo — eles foram adotados pelo povo de Kallah.

Mas há mais um lugar que preciso visitar neste dia mais curto, a noite mais escura. Mais alguém que tenho de encontrar.

Atravesso os portões do mosteiro, e os guardas me deixam passar quando veem o pingente que uso.

Tudo está coberto com uma leve camada de gelo. A neve é linda, mas sei com que fervor as flores vão desabrochar na primavera e sinto falta de seus botões. A folia nas ruas atrás de mim oferece um contraste com o tranquilo lago congelado e, no centro, uma colina de terra. Diante do monte, quatro estelas de pedra, mais altas que dois homens, cada qual com uma escultura de um dos deuses.

Há uma escada esculpida na rocha, curvada em torno do lado direito do monte, cinzelada na terra. No topo, uma coluna de pedra aponta para o céu. Ali, uma figura familiar está de pé, examinando as marcas na coluna. Seus dedos traçam os caracteres, demorando-se sobre eles.

永誌不忘

Nunca se esqueça.

Selada sob aquele monte, há uma fonte e um quase deus enterrado em correntes.

Ele ouve quando me aproximo e se vira para me cumprimentar com um sorriso.

Esta será a última vez que nos veremos pessoalmente por um tempo. Em breve, ele se tornará o recém-nomeado Marquês de Lǜzhou, e eu ficarei encarregada de manter o *Livro do Chá* em Hánxiá. A distância não é grande. Apenas algumas horas de barco, descendo o Rio das Águas Claras. Mas vou precisar me acostumar com sua ausência, considerando o tempo que passamos juntos, todos os dias, enquanto viajávamos através do império, cumprindo o último desejo de seu pai.

— Como você está? — pergunto a ele, sabendo que é seu primeiro Dōngzhì sem a família.

— Pensando na facilidade com que tudo poderia ter virado pó — responde ele, os ombros curvados com o peso da revelação.

— Ele fez uma escolha — lembro a Kang, embora saiba que minhas palavras não amenizam sua dor.

Ele descansa a palma da mão na pedra.

— Pensando em tudo o que foi perdido.

Coloco minha mão sobre a dele, e Kang se vira para mim outra vez, me puxando para perto.

— E tudo o que ganhei — continua, os lábios contra meu cabelo.

Ele me abraça por um momento, até que o sino toca ao longe, nos lembrando da hora. Fomos convidados para a festa, muito embora eu saiba que nenhum de nós gosta de grandes celebrações.

— Antes de vestirmos nossos trajes da corte, posso ter persuadido Pequeno Wu a nos dar algo do seu estoque pessoal — revela Kang, pegando um frasco.

Retiro a rolha e inspiro, o nariz formigando com o aroma.

— Vinho de jasmim-do-imperador! — exclamo. — Você deve ter dado a ele alguma coisa espetacular para que se desfizesse desse frasco!

— Não vamos falar sobre isso. — Ele sorri, pegando também duas taças. A minha ainda está quente por ter ficado guardada sob sua capa.

Brindamos e bebemos, o frio dissipado por ora. Conversamos sobre coisas mais leves, mais doces, como o tangyuan que ele prometeu fazer para mim mais tarde, enrolado por suas próprias mãos.

Certa vez, alguém falou de um novo amanhecer raiando sobre Dàxī. Mas não muito tempo atrás, uma grande serpente quase destruiu todos nós. Faço uma oração de agradecimento à Dama Branca, se ela estiver velando por mim.

Eu me sinto grata por estar viva e ao lado de quem amo, assistindo ao sol se pôr sobre Jia enquanto espraia o céu de cores.

Agradecimentos

Em primeiro lugar, obrigada a meus leitores por lerem a sequência e por finalizarem a duologia Os Livros do Chá comigo. Obrigada por me acompanharem nessa jornada. Agradeço todas as suas mensagens, críticas e comentários. Muito obrigada também aos livreiros e bibliotecários que compartilharam seu entusiasmo e apoio pela história de Ning.

Um agradecimento especial aos revisores, que tornaram minha experiência de estreia muito divertida: aqueles que participaram do TBR e da Beyond Book Tour, especialmente Melanie e Heather pela organização. Também a Bri e aos membros do B2Weird Book Club, por suas fotos e postagens maravilhosas no Bookstagram.

Agradeço a minha editora, Emily Settle, por ler o rascunho mais cru de todos e enxergar algo que valesse a pena ser salvo; pela paciência e pelo encorajamento em me ajudar a descobrir a história. Não teria sobrevivido ao processo sem sua orientação!

Agradeço a minha agente, Rachel Brooks, por estar presente a cada passo do caminho e pelo entusiasmo quando quero tentar algo novo.

Muito obrigada, Sija Hong, pela linda ilustração que deu vida a Kang, e Rich Deas, por projetar mais uma linda capa. Obrigada à editora de produção Avia Perez e à editora de texto Tracy Koontz pela minuciosa atenção para garantir que meu manuscrito estivesse o melhor possível. Ao restante do selo Feiwel and Friends, pelo constante apoio a essa duologia. Muito apreço também pelo incrível marketing e equipe de publicidade: Gabriella Salpeter, Leigh Ann Higgins, Morgan Rath, Sara Elroubi, Nicole Schaefer e Cynthia Lliguichuzhca, assim como Fernanda Viveiros, da Raincoast.

Para minhas boas amigas, Nafiza e Roselle: nosso bate-papo em grupo me ajudou a passar por momentos difíceis, e aprecio muito vocês.

A Kat Cho e Axie Oh, por estarem entre meus primeiros contatos como autoras e por continuarem sendo amigas engraçadas e fabulosas durante anos.

Aos membros da Our Writer's Room: obrigada, Lana, por moderar o grupo, e a todos os participantes. Vocês são muito generosos com seu tempo e suporte a novos autores.

Obrigada a Joan He, Xiran Jay Zhao e Juliet Marillier, por reservar um tempo para ler a obra de uma autora estreante.

Para minha professora do ensino fundamental, Sra. Wees, que foi a primeira a me encorajar a prosseguir com a publicação e quem plantou aquele sonho inicial em minha mente. Tão incrível me conectar com você anos depois!

Para Mimi, que me ensinou sobre sororidade. Mal posso esperar para comemorar com você pessoalmente.

Como sempre, obrigada a meu marido e a Lyra. Amo nossa linda família.

Este livro foi composto na tipografia Minion Pro,
em corpo 11,5/15, e impresso em
papel off-white no Sistema Cameron da
Divisão Gráfica da Distribuidora Record.